Angela Schmidt-Bernhardt

Der Fassadenkletterer

D1734416

Angela Schmidt-Bernhardt

Der Fassadenkletterer

Roman

ANTHEA
VERLAG

Impressum

© 2023 by ANTHEA VERLAG
Hubertusstraße 14, 10365 Berlin
Tel.: (030) 993 93 16
e-Mail: info@anthea-verlag.de
Verlagsleitung: Margarita Stein
www.anthea-verlag.de

Ein Verlag in der ANTHEA VERLAGSGRUPPE.
www.anthea-verlagsgruppe.de

Umschlaggestaltung: Stefan Zimmermann
Umschlagszeichnung: Robert Bernhardt
Lektorat, Korrektorat und Satz: Paul Richter

ISBN 978-3-89998-409-5

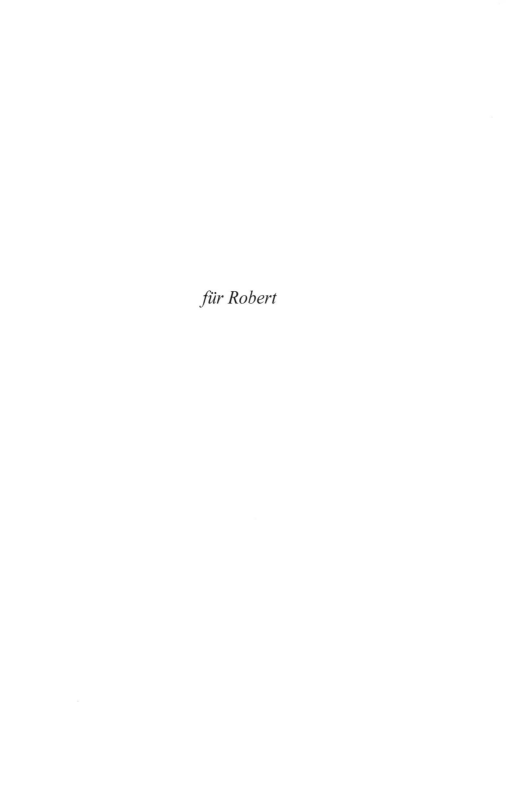

für Robert

1

MONA

Die unbekannte Nummer auf dem Display hatte sie irritiert. Und eigentlich auch gestört. Getränke holen, Blumen aussuchen, Küche aufräumen, dann sorglos ins Wochenende starten. Und wenn sie den Anruf ignoriert hätte? Einfach nicht reagiert hätte? In ihrem alten Leben geblieben wäre? Der Anrufer entschuldigte sich für die Störung, fragte, ob sie tatsächlich die Tochter von Martin Czernowicz sei, entschuldigte sich erneut, und begann zu erzählen; etwas holpriges aber deutliches Deutsch, osteuropäischer Akzent. Der singende Klang der Stimme brachte vergessene Erinnerungen zurück. Mona blieb zunächst in der Tür stehen, den leeren Getränkekasten noch in der linken Hand; bei der zweiten Entschuldigung stellte sie den Kasten ab; einige Minuten später schloss sie die Wohnungstür, verharrte im Flur, schälte sich aus der Daunenjacke ohne das Handy vom Ohr zu nehmen, machte ein paar Schritte in Richtung Küche, öffnete mit der freien Hand die Schublade des Küchenschranks, wühlte, zog einen Zettel heraus, wühlte weiter, ein Bleistift, zum Glück nicht abgebrochen. Sie ließ sich auf den Küchenstuhl sinken, wechselte das Handy in die linke Hand, notierte Namen und Telefonnummer. Sie fragte noch einmal nach, ob sie auch alles richtig verstanden hätte, besonders die Zahlen.

Mona nahm sich zunächst vor, sich ihr Wochenende nicht durcheinander bringen zu lassen. Sie räumte auf, sie gönnte ihrem Zyperngras einen größeren Topf, sie machte sich mit den leeren Kästen auf den Weg zum Getränkemarkt, sie traf sich abends mit July zu Kino und Vino; sie wollte am Sonnabend ausschlafen und war um fünf Uhr hellwach. Sie dachte hin und dachte her; sie machte Pläne und verwarf sie sogleich; sie ging zur Haustür, doch die Zeitung war noch nicht da; sie holte die Zeitung von gestern, die sie nicht gelesen hatte, die sie aber nicht mehr interessierte, sie versuchte, noch einmal einzuschlafen und gab den Versuch gleich wieder auf. Irgendwann war es dann endlich so spät, dass sie Alisa anrufen konnte. Seitdem ihre Tochter selber Mutter war, war sie morgens gut erreichbar. Mona legte das Telefon zurück auf die Station. Die Bahnfahrt mit Alisa. Ein Traum. Die schnelle Zusage von Alisa. Vielleicht etwas missmutig, aber egal. Sie griff sich den Laptop und suchte nach Verbindungen. So richtige Sparpreise würde es nicht geben, dazu war nicht genug Zeit, andererseits keine Touristensaison, mal sehen, nur Geduld, doch, besser als erwartet, Zugbindung, zwei Personen, von Berlin aus natürlich Reservierungspflicht, auf der polnischen Strecke, aber in der Buchung enthalten. Sollte sie nochmal kurz Alisa zurückrufen? Nein, lieber schnell buchen, ehe das weg war, so wie neulich, als sie nach Frankfurt wollte, ein tolles Schnäppchen gefunden hatte, dann noch mal im Kalender alles überprüft hatte, dann war die Seite nicht mehr offen, musste neu aufgerufen werden, das Lockangebot war weg, nein so sollte es diesmal nicht sein; Verbindung buchen, Bahncard eingeben, Punkte sammeln, Geschäftsbedingungen annehmen, fertig, geklappt.

Eine halbe Stunde später kam Alisas Nachricht. Leider. Sie hatte mit Thomas gesprochen, wegen Jonas, zwei Tage später ginge es, wäre ja sicher nicht schlimm, alles ok?

Was jetzt? Alisa anrufen? Alles neu buchen? Stornieren? Hohe Gebühren? Zu hohe Gebühren. Und der Zug zwei Tage später?

Wie teuer? Viel teurer. Erst Storno zahlen, und dann ein viel teureres Ticket? Die Rückfahrt war sowieso schon richtig teuer. Und wer würde zahlen? Alisa? Wovon? Quatsch. Also sie natürlich. Das wusste sie doch. In der Klemme saß sie. Aber wie! So viel Geld für nichts. Miese Stimmung mit Alisa. Sowieso miese Stimmung. Eigentlich wollte sie nun gar nicht mehr fahren. Könnte auch alles lassen. Einfach sein lassen.

Mona drückte auf die Fernbedienung, egal was im Fernsehen kommt, Mittagsfernsehen, was war das denn? Und dann holte sie sich ein Glas Wein aus der Küche.
Am Sonntagmorgen rief sie Richard an.
Warum hatte sie nicht gleich an ihren Bruder gedacht? Das fragte sich Mona nach dem Anruf. Sie ärgerte sich; sie hätte doch wissen können, dass es mit Richard unkompliziert sein würde, dass sie ganz schnell übereinkommen würden, dass es so wäre wie früher; vierzig Jahre her, nein eigentlich schon fast fünfzig Jahre, als er der kleine Bruder war, mit dem sie tatsächlich immer und überall durch dick und dünn gehen konnte. Sie hatte vorgeschlagen, mit den Fahrrädern einen ganzen Sonntag unterwegs zu sein, Richard war sofort einverstanden. Sie hatte vorgeschlagen, für die Familie und, weil das ja außer Richard und ihr nur Mama und Papa wären, auch für die Freundinnen Ingrid, Vera und Doris, und wenn er wollte, auch für seine Freunde Olaf und Werner, also für alle zusammen, Pommes Frites in der Fritteuse zu machen, und sie hatten gemeinsam Kartoffeln gewaschen, geschält, geschnitten, frittiert, Unmengen an Fett verbraucht und noch viel riesigere Unmengen an Kartoffeln. Es war alles ganz grandios geworden.

Und später hatten sie Marmelade gekocht, Erdbeere, Johannis-beere, Himbeere und am allerliebsten Pflaumenmus.

Also, Richard hätte ihr wirklich schon gleich einfallen können. Warum nicht gleich? Vielleicht machte er es ihr zu leicht. Mit seiner Anhimmelei. Er stellte sie auf alle möglichen Podeste. So weit oben wollte sie gar nicht stehen. Der kleine Bruder bewundernd zu ihren Füßen. Na ja, sie wusste schon, dass sie sich immer den großen Bruder gewünscht hatte, so einen wie ihn ihre Freundin Anita hatte. Manche Wünsche konnten sich einfach nie erfüllen.

ALISA

Alisa hatte sich auf das Treffen mit Dorota gefreut. Sie disku-tierten über die Van Gogh Ausstellung, die sie zusammen be-sucht hatten, sie regten sich über Tassen, Gläser, Feuerzeuge und Handytäschchen mit dem Van Gogh Konterfei auf, wahl-weise auch mit Sonnenblumen. Anfangs war alles ganz nett. Dann kam Dorotas kritische Phase. Was war mit der denn los? Worauf wollte sie hinaus? Nach zwei Stunden reichte es. Alisa spürte ein Kribbeln in den Zehen, in den Fingern, keine Kälte, eher Unruhe und Unbehagen.

„Ich muss dann langsam mal...“

„Schon?“

„Gemüse kaufen, frisches Obst, bevor ich Jonas abhole.“

„Ach so, ich dachte, du hättest länger Zeit. Hast du das nicht gesagt, du hättest heute viel Zeit?“

„Ja, stimmt, hab ich gesagt, aber sicher nächstes Mal.“

Eine flüchtige Umarmung, Alisa schaute sich beim Weggehen nicht um. Sie lenkte ihren Schritt ins Café Frida, tief durchat-men, da ging Dorota nicht hin, jedenfalls jetzt nicht; sie hatte aus den Augenwinkeln gesehen, dass Dorota die Gegenrichtung eingeschlagen hatte.

Machst du nicht viel zu viel? Was musst du dir beweisen? Kannst du auch einfach mal Löcher in die Luft starren? Große Löcher. Riesengroße Löcher.

Was war in Dorota gefahren?

Alisa hatte zögernd geantwortet, sich gerechtfertigt, wie sie sich dafür hasste, für dieses ewige Rechtfertigen; sie hatte sich gewunden wie ein Aal in der Reuse, wie eine dumme Fliege im Spinnennetz, wie? Ja, wie eigentlich? Wie vor tausend Jahren, wie früher bei Mama. Deshalb regte sie das so auf. Dorota konnte nichts dafür. Es war wegen Mama. Immer war das so gewesen. Immer dieselbe Litanei. Besonders am Telefon. Schluss jetzt damit. Nicht mehr dran denken. Weggewischt. Beim kleinen Espresso schrieb Alisa ihren Einkaufszettel, beim Salat die To-Do-Liste.

Alisa holte ihr Smartphone aus der Tasche. Anruf von Dorota.

„Ja, was gibt's?"

„Ach, ich wollte nur wissen, ob alles in Ordnung bei dir ist? So schnell, wie du verschwunden warst eben."

„Mach dir keine Gedanken. Alles ok. War nur in Eile. Ach so, mit Jonas? Alles gut. Hab ihn gerade abgeholt."

„Na ja dann, ok. Bis die Tage."

Alisa atmete tief durch. Ein Blick auf die Uhr. Jetzt war es wirklich Zeit für Jonas. Sie war die Vorletzte. Zum Glück nicht die Letzte. In der Ecke saß noch Nina. Jonas spielte mit Fredi. Also die Vorvorletzte. Noch besser.

Jonas bleibt gerne lange. Besonders mit Fredi. Alisa will jetzt aber nach Hause. Jonas nörgelt. Fredis Vater taucht auf. Zum

Glück. Alisa hat keine Nerven für Gezerre und Gezeter. Zu viert gehen sie. Problemlos.

Endlich Wochenende.

Der Anruf am Samstagmorgen war merkwürdig.

Alisa hatte erwartet, es wäre Dorota, die schon wieder was erzählen wollte und natürlich auch gleich wieder was Kritisches auf Lager hätte. Warum war sie gestern so schnell abgehauen? Was war eigentlich mit ihr los? Sollte sie Dorota mal sagen, dass sie enttäuscht von ihr war? Oder würde sich das sowieso wieder geben, in nichts auflösen? Wie von selbst.

Es war Mona. Wann hatte Mona sie zuletzt angerufen? Ihre Freundinnen hatten ständig Anrufe von ihren Müttern. Sie nie. Und wenn, dann dauerte es nicht lange, bis so was Oberkritisches kam.

„Es gibt da solche Briefe. In Poznań. Willst du mit mir hinfahren?"

„Mama, mal langsam. Was ist überhaupt los? Wovon redest du? Was für Briefe?"

„Weiß ich doch auch nicht. Habs gerade erst gehört."

„Was soll der Quatsch? Von wem gehört?"

„Ach, den kennst du nicht."

„Was sagst du da? Und dann belämmerst du mich damit. Kennst du ihn denn? Was willst du überhaupt von mir?"

Und schließlich hatte sie doch zugestimmt. Na ja, so halb zumindest.

Jetzt saß sie da. Briefe. Poznań. Der Bekannte von Opa. Mama war wie immer in ihrem eigenen Film. Die hatte schon immer alles ganz gut abwälzen können. Besonders auf sie natürlich. Sie zog jemand Komischen an Land, irgendwen, der sie interessierte, war Feuer und Flamme, und kurze Zeit später, wenn

11

es irgendwie anstrengend wurde, – schwupp die wupp – landete ein Riesenpaket Arbeit bei Alisa.

Wie mit dem Typ mit den Gesangstunden. Zwanzig Jahre her. Im Zug von Berlin. Mama mit glänzenden Augen, verfolgte jedes Wort von dem, hing an seinen Lippen wie eine Verdurstende in der Sahara am letzten Schluck aus der Wasserflasche, lachte unnatürlich, so richtig gekünstelt und doof über seine Witze, die eigentlich keine waren, nestelte an ihrem Pullover rum, zog den Saum mit ihrem rechten Daumen in die Länge, ließ ihn wieder los, also den Pulli, raffte mit links alles zusammen, verbiss sich mit der linken Hand in ihrem Pullover, merkte gar nicht, was sie da tat, grinste nur schief, spitzte die Lippen, als wollte sie einen Erdbeercocktail wie in der Werbung schlürfen. Das Ende vom Lied, Alisa hatte ein ganzes Jahr lang nicht enden wollende Gesangstunden bei dem Typ. Solange, bis Mama ihn nicht mehr sehen konnte oder wollte, was ja eigentlich dasselbe war.

Alisa sendete ihrer Mutter eine Sprachnachricht. So schnell könne sie doch nicht mitkommen. Sie habe mit Thomas gesprochen. Sie habe noch einiges mit ihm zu organisieren, ehe sie fahren könnte. Sie würde nachkommen.

MONA

Was konnte das sein? Wovon war da die Rede? Was für Briefe hatte Piotr entdeckt? Im Nachlass seines Vaters. Überhaupt Piotr. Sie hatte ihn eine Ewigkeit nicht gesehen, aber so geheimnisvoll brauchte er trotzdem nicht zu tun. Ob sie die Tochter von Martin Czernowicz sei? Er hätte sie schließlich gleich an ihrer Stimme erkennen können. Sie vielleicht nicht, sie war ja nicht drauf vorbereitet. Aber er hatte ja ihren Namen im Telefonbuch gesucht. Sehr genau schien er sich wohl nicht an früher zu erinnern. Erinnern zu wollen. Egal.

Jetzt ging es um etwas anderes. Nicht um sie. Jetzt ging es um die Briefe. Im Nachlass seines Vaters Dariusz. Papas bester Freund. Könnte interessant sein. Falls sie mehr über ihren Vater erfahren wollte. Ja, falls. Was hatte Papa ihnen allen vorenthalten, vielleicht wissentlich verheimlicht? Richard hatte auch keine Idee. Wie auch? Sie hatte da von seiner Seite gar nichts erwartet. Die Vaterspezialistin oder Expertin war sie selbst. Und sie musste passen. Zu doof.

Mona ging im Zimmer hin und her, was wollte sie doch gleich? Sie rannte in die Küche, holte eine Mandarine aus dem Obstfach des Kühlschranks, schälte die Mandarine, pulte die weißen Streifen ab, besah jede Scheibe einzeln, zog noch einmal zarte weiße Flechten ab, schob eine Mandarinenscheibe in den Mund, ließ die anderen auf dem Küchentisch liegen, öffnete in ihrem Schreibtisch die große mittlere Schublade; Papiere und Briefe in Mappen, Datum obendrauf, fünf Mappen lagen übereinander, ewig nicht angesehen, *1980* stand auf der ersten, die sie herauszog. Beim Öffnen der Mappe flog ihr alles entgegen; Briefe, Postkarten, Zeichnungen, alles ergoss sich auf den Parkettboden. Mona griff zwei Zeichnungen und flitzte wieder in die Küche; die Mandarinenscheiben warteten noch auf sie; ein starker Kaffee könnte auch nicht schaden; Landschaftszeichnungen in hellem Blaugrau, Hügel, Baumgruppen, Wolkenhimmel, wo war das? In Vaters geheimnisvollem Polen? In seiner Heimatstadt? Er, ein kleiner Junge, kann man als Junge so schön zeichnen? Nicht als kleiner Junge, als Jugendlicher, seine kleinen Fluchten, sein Von-Zu-Hause-Fort-Sein, Landschaften, die noch genauso waren, würde sie davon was zu sehen bekommen, auf der Fahrt mit Alisa, nein, mit Richard? Mona besah sich die eine Zeichnung genauer und entdeckte ihren Vornamen unten rechts in der Ecke, ganz klein, genauso auf der anderen Karte, hatte etwa sie selbst das gezeichnet? ‚Ach, du mein Schreck!' Ja, natürlich, das war ja sie selbst. Papa hatte sie so gelobt, jetzt fiel es ihr wieder ein. Er hatte ihr manchmal polnische Lieder vorgesungen, wenn sie zu zweit waren, und hatte mit ihr gezeichnet. Sollte das Polen sein, was sie gezeichnet hatten? Er hatte ihre Hand, in der sie den Stift hielt, geführt. Und sie nachher dann lächelnd mit ihrem Namen signieren lassen. Und dann hatte er gesagt, sie könne so schön zeichnen wie Hanka, überhaupt habe sie Ähnlichkeit mit Tante Hanka. Etwas Schöneres hätte er ihr nicht sagen können, das spürte sie damals.

Tante Hanka. Piotr hatte Briefe von Hanka erwähnt. Mona wusste, warum sie jetzt nach Polen wollte. Jetzt oder nie. Im Februar freute sich ihr Chef über jeden Urlaubsantrag. Was war im Gartenbau bei Raureif, Graupel oder Matsch schon los.

RICHARD

Was war das mit Mona? Sie ließ lange nichts von sich hören, seit Vater tot war, die Treffen wurden immer seltener, Mona hatte wenig Zeit – Arbeit, Ehrenamt, politische Aufgaben, Freundinnen und so weiter und so fort. Er rief sie an, immer wieder, dann trafen sie sich, aber eben nur dann.

Nun aber ihre Stimme auf dem Anrufbeantworter. Lustig. Das würde er nicht gleich löschen. Könnte ein bisschen draufbleiben. Zurückrufen würde er sie, gleich, nach der Tagesschau, dann hatte er Zeit, alle Zeit der Welt.

Es sprudelte aus ihr heraus, Dariusz, der Vater von Piotr, er wüsste sicher mehr über ihn, sicher mehr als sie, sein Gedächtnis, phänomenal, sagte sie; das fand er leider nicht.

Vater hatte von Dariusz gesprochen, das wusste er, jemand in seinem früheren Leben, in seinem polnischen Leben. Alt war der, auf jeden Fall, Vater wäre jetzt 87, kam mit 29 nach Deutschland, dann könnte dieser Dariusz allenfalls ein, zwei Jahre jünger sein, war ja schließlich mit ihm zur Schule gegangen, und Kontakt mit Jüngeren gab es bei Schulkindern eigentlich nur im Notfall, also, wenn keine Gleichaltrigen verfügbar waren. Man erinnerte sich doch immer an die, die eine Klassenstufe höher waren als man selbst, nie an die in den Klassen drunter. Von denen wusste man normalerweise nichts, jedenfalls nicht viel. Also, wenn der noch lebte, dann musste der auf jeden Fall jetzt Ende Achtzig sein. Aber hatte Mona nicht auf der Mailbox was von Nachlass gesagt? Von diesem Dariusz.

Und dann hatte sie Piotr erwähnt, natürlich wusste er von Piotr, mehr als er Mona jemals sagen würde.

Liebend gerne würde er mit Mona recherchieren, was es mit diesen Briefen auf sich hätte. Wo sich Mona bei ihm gemeldet hatte. Klaro. Endlich mal hatte sie sich gemeldet, dachte er, sagte es aber natürlich nicht.

Mona und Richard – als Kinder wurden sie immer in einem Atemzug genannt, dabei waren sie doch über drei Jahre auseinander; warum waren sie nicht siamesische Zwillinge; ein Foto in der Zeitung, Mama hatte das gezeigt, ein medizinisches Wunder, eine geglückte Trennung; er fand das komisch, wozu die Trennung, das wäre doch das Größte, immer zusammen rumlaufen, nie unterschiedliche Richtungen einschlagen, immer dasselbe essen, immer gleichzeitig ins Bett gehen, immer dieselben Freunde, immer in derselben Schulklasse.

Mona und Richard, man hätte auch Mona-Richard sagen können oder schreiben, wie in den tausenden von Doppelnamen, noch besser Richard als französischer Nachname, also Mona Richard, dann verschwände er ganz in ihrem Namen und tauchte doch bei jeder Unterschrift wieder auf. Er verschwände hinter ihr, er verschwände unter ihrem Pullover, so wie damals, wenn Mama ihn rief und er nicht kommen wollte.

Ewigkeiten hörte er nicht von ihr, aber das spielte jetzt keine Rolle.

Wenn sie sich sahen, war es wieder Mona Richard, wie immer, ging gar nicht anders.

Er würde gleich morgen zum Chef gehen, er hatte noch Urlaubstage, das war kein Problem. Er könnte fahren. Vielleicht brauchte er auch gar nicht die Urlaubstage, er könnte sich kurz auf der Baustelle blicken lassen, wenn dort alles nach Plan liefe, könnte er die nächsten Tage das Weitere elektronisch voranbringen. Das wäre besser.

2

RICHARD und MONA

Verabredet hatten sie sich am Hauptbahnhof Hannover. Mona kam von Osnabrück, Richard aus Hildesheim dorthin. Natürlich hatte Richard genug Umsteigezeit eingeplant.

Er kam vierzig Minuten vor Abfahrt des ICE nach Berlin an. Was war daran besonders? Zu früh war er eigentlich immer. Besonders waren nur die vierzig Minuten. Das war ungewöhnlich viel. Richard warf einen Blick auf El País, irgendwas mit Fridays for future, rechtsextreme Bewegungen in halb Europa, für die Reise geeignet, sein Spanisch wollte er schon lange auffrischen, noch was? Ratgeber zum ‚Bei-Sich-Selbst-bleiben', Reiseführer für Kinder, die gezwungen waren mit ihren Eltern Urlaub zu machen, Ratgeber für Halbstarke – aber so hießen die doch eigentlich schon längst nicht mehr – und solche für Eltern mit Säuglingen, der siebenundachtzigste Moselkrimi, fleischlos mit Genuss gleich neben Lowcarb mit viel Fleisch, das, was bei den einen eingespart wurde, hüpfte auf den Teller der anderen ... und immer noch zwanzig Minuten bis zur Abfahrt, Mona würde sicher noch auf sich warten lassen; schon stand sie neben ihm, dunkle Jeans und leuchtend rote Jacke, die kannte er noch nicht, er kannte sowieso nicht viel von Mona, jedenfalls nicht von ihrer Garderobe. Sie stand da und lachte: „Willst du jetzt etwa lowcarb machen? Bitte warte damit bis nach der Reise." Er lachte auch, dachte an seine gut geschmierten und noch besser belegten Brote in der Brotdose, doppelte Portion, Mona würde sicher keine mithaben, keine Zeit, Mona hatte nie Zeit, wieso war ihr Zeitkontingent so viel kleiner als seins?

„Hast du was gegen Regen mit? Sieht gar nicht so aus."

„Doch, der Schirm ist in der Reisetasche, und außerdem soll es nicht regnen." Wieso konnte Mona nicht einfach eine Regenjacke mitnehmen und vielleicht sogar anziehen, so wie andere Menschen auch? Ein Schirm, den sie sowieso im Hotel ließ, wenn's drauf ankam; in wie vielen Restaurants sammelten sich Monas Schirme? Und hässlich waren all diese Exemplare, Drogeriemarktware, eigentlich schon zum Stehenlassen gekauft, für Achtlosigkeit gemacht.

Richard wollte zum Bahnsteig; doch Mona stand nur deshalb schon neben ihm, weil sie unbedingt noch einen Kaffee brauchte, weil sie ohne den Kaffee unterwegs nur ein halber Mensch war. Außerdem fehlte, das war das Wichtigste, noch ein typisches Mitbringsel für Piotr und seine Kasia, sie wussten ja gar nicht, was denen Spaß machen könnte, deshalb dachte sie an deutsches Konfekt, es gab da diesen Süßwarenladen gleich vorne in der Bahnhofshalle, den kannte sie; Blumen würden nur vor sich hinwelken, und Wein wollte sie auf keinen Fall, vielleicht tranken die keinen Alkohol, wer weiß. Ehe Richard was sagen konnte, war Mona schon in den Laden gestürmt, Richard stolperte hinterher; Mona gezielt das Adlerauge auf die Schokoladen gerichtet, Richard den Blick nur auf Mona geheftet, zwischendurch auf die Uhr, das Handy zeigte 09:37, also noch zehn Minuten bis zur Abfahrt.

„Dunkle oder helle Schokolade, was meinst du? Mit Alkoholfüllung oder lieber nicht?"

„Nee, lieber nicht." Dann hätte sie auch gleich einen guten Wein kaufen können.

„Diese 300 Grammpackung, davon gleich zweimal, oder die anderen mit dem moderneren Design, oder einmal mit heller und einmal mit dunkler Schokolade? Lindt, eigentlich nicht Deutsch, schweizerisch, ginge das auch?" Richard spürte, er musste das jetzt abkürzen. Nicht zu grob, aber zögern durfte er auch nicht, noch acht Minuten, der Aufgang zu Gleis 4 war einige Gehminuten entfernt, an der Kasse stand glücklicherweise niemand.

„Nimm doch diese avantgardistische Packung, und die zweimal, das passt zu dir."

„Oh nein, Kasia ist eine Dame; und wir kennen sie überhaupt nicht; das geht glaub ich nicht; das geht höchstens für Piotr, obwohl, naja." Die Digitalanzeige war auf 09:42 geklettert, noch fünf Minuten, die Karten mit Zugbindung, Schnäppchenpreis ohne Umtauschmöglichkeit; ein Herr näherte sich bedrohlich zielsicher mit seinem gefüllten Süßigkeitenkörbchen der Kasse; Mona stand neben der Kasse, in jeder Hand eine Packung, klassisch oder modernistisch, zögernd, abwägend; in drei Schritten war Richard an der Kasse, sagte im Gehen zu Mona: „Gib her, wir nehmen das klassische Konfekt und das modernistische, damit sind wir auf der sicheren Seite." Sie erreichten den Bahnsteig, als der Zug einfuhr, Richard mit dem Konfekt in der Hand, mit seinem Rucksack auf dem Rücken, als Erster. Diesmal war es Mona, die folgte, mürrisch, weil es nicht für ihren Kaffee gereicht hatte, weil sie der Meinung war, sie hätte doch jetzt noch schnell einen kaufen können, der Zug bliebe doch einige Minuten zum Aus- und Einsteigen stehen, warum diese Hektik mit ihm, er solle sich mal locker machen; Richard sah sich nicht um, sagte nichts, immerhin folgte sie ihm.

Wagenstandanzeiger, Wagen 23, glücklicherweise nicht weit, Großraumwagen, zwei gegenüberliegende Plätze am Tisch.

Richard ließ das Gepäck auf seinem Sitz, reichte Mona die beiden Konfektschachteln, stand wortlos auf. Nach fünf Minuten war er mit zwei Kaffeebechern aus dem Bordrestaurant wieder da. Mona strahlte.

Schließlich bekam Mona beim Umsteigen in Berlin dann noch einen Kaffee.

Im Berlin-Warschau-Express hatten sie feste Plätze in einem Abteil. Wieder gegenüber. El País auf dem Klapptischchen. Daneben Apfelscheiben, Mandarinen und belegte Brote auf einem Küchenkrepp. Sie erzählten gleichzeitig, dann abwechselnd und dann wieder lachend gleichzeitig.

Zwanzig Minuten vor Poznań kam Leben in das Abteil. Taschen wurden gepackt, Essensreste und Verpackungen in den Abfall geworfen, Mäntel angezogen und Schals umgebunden.

Eigentlich recht nett, so ein Abteil, dachte Mona, wie eine kleine Gemeinschaft, aber keine Familie, auch keine Freunde, die Unverbindlichkeit gefiel ihr, sie lächelte der Dame im blauen Kostüm zu. Erst jetzt fielen ihr die Mitreisenden auf. Auch das gefiel ihr an dieser Gemeinschaft, alle hatten an ihrem Geschwistergespräch teilgenommen ohne teilzunehmen. So sie denn Deutsch verständen. Alle würden aussteigen, etwas von ihrem und Richards Leben im Gepäck, kein schweres Gepäck, eher wie ein leichtes Tüchlein oder wie ein sommerliches Parfum, nur eben etwas Neues, etwas, was sie vorher nicht dabei hatten, sie würden es wieder vergessen, morgen schon, oder sie würden am Kaffeetisch zu Hause erzählen: „Ja, ich hatte eine gute Fahrt, ein Paar, so mittelalt, aber eigentlich kein richtiges Paar, ich glaube eher Geschwister, saß im Abteil, die mochten sich, die hatten sich viel zu sagen, es war eine nette Abwechslung auf der Fahrt." Ja, vielleicht würden sie das sagen, vielleicht auch nicht.

Richard und Mona packten die ungelesenen Zeitschriften wieder ein, verstauten die Reste vom Proviant in der Tasche und holten die Rollkoffer aus der Ablage über ihren Köpfen.

‚Wie früher‘, ging es Mona durch den Kopf, als sie belegte Brote, Mandarinen und Schokolade wegpackte, wie auf ihren Reisen als Kinder, einmal im Jahr, große Ferien, die ganze Familie mit der Bahn unterwegs, so viele Gummibärchen, wie sie wollten, und Salzstangen in Hülle und Fülle, die Packung riss leicht, dann musste man gleich alle auf einmal essen, die wollten gar nicht mehr in das zerrissene Zellophan zurück. Papa hatte nur gelacht. Zu Hause hätte er geschimpft, beim Zugfahren unterwegs herrschten andere Regeln, oder keine.

Der Zug fährt in den Bahnhof ein. Ein Gewimmel und Gewusel auf dem Bahnsteig. Noch ehe sich die Türen öffnen. Dann schieben sich Mona und Richard durch die schmale Gasse, die die zuerst Ausgestiegenen bereits geschlagen haben. Sie schieben sich und werden geschoben. Der Sog zieht sie den Bahnsteig entlang. Vor der Rolltreppe gelingt es Richard nach links auszuscheren. Mona wird weitergeschoben. Vorbei an Richard, der ihr irgendetwas zuruft und wild gestikuliert. Mit der linken Hand stößt Mona ihren Rollkoffer aus dem Sog heraus, wendet ruckartig ihren Oberkörper zur Seite und macht mit dem rechten Fuß einen riesigen Ausfallschritt in Richtung Richard. Er fängt seine Schwester, ihren Koffer, ihre Umhängetasche und ihre Handtasche gleichzeitig auf.

Sie rühren sich nicht vom Fleck.

Immer noch strömen die Menschen auf die Rolltreppe zu. Inzwischen drängeln auch Menschen in die entgegengesetzte Richtung, die in den Zug einsteigen wollen. Dazwischen kleinere Trauben von Abholenden.

Der Bahnsteig ist viel schmaler als alle Bahnsteige, die die Geschwister je gesehen haben.

Der Strom in Richtung Rolltreppe lässt nach. Der Gegenstrom erreicht jetzt störungsfrei sein Ziel. Die Trauben der Abholenden werden größer und größer. Sie haben sich mit Ankommenden gemischt, Umarmungen, Küsse, Schulterklopfen – „Wie war die Reise?" „Nein, wie ist der Junge gewachsen!" „Ja, wir sind mit dem Auto da, nur ein paar Meter, da drüben. Ihr werdet euch wundern!" Die Gruppen der Abholenden und Ankommenden lösen sich auf.

Die Geschwister rühren sich nicht vom Fleck.

Jetzt ist das Ende des Bahnsteigs zu erkennen. Jetzt steigen die letzten Nachzügler ein. Jetzt lösen sich die letzten Grüppchen auf. Jetzt sind zwischen Rolltreppe und dem anderen Ende des Bahnsteigs nur noch fünf oder sechs Personen auszumachen.

Ein Paar kommt auf die Geschwister zu.

„Darf ich vorstellen, meine Frau Kasia, naja, mich kennt ihr ja. Gut, dass ihr hier gewartet habt. Sehr schlau von euch."

Im Hotel Lech hat Piotr zwei Einzelzimmer reserviert.

„Erholt euch von den Strapazen der Reise. Ich hole euch in zwei Stunden mit dem Auto ab. Wir essen dann eine Kleinigkeit bei uns."

Richard denkt beim Auspacken, wie schade, eigentlich hätte er gerne ein Zimmer mit Mona geteilt. Alleinsein möchte er eigentlich gar nicht.

Mona denkt beim Auspacken: ‚Na ja, das ist für zwei Nächte ganz in Ordnung so; aber danach, wenn Alisa kommt, dann teilen wir uns ein Zimmer, das muss ich gleich unten an der Rezeption klären. Ist ja auf die Dauer zu teuer, lauter Einzelzimmer.'

‚Hätte ich Doofe doch nicht vorhin im Hotelzimmer die letzten Hasenbrote von der Reise in mich reingestopft. Aber was blieb mir übrig, die lagen ja rum, und ein Kühlschrank war nicht zu sehen.' Das ging Mona durch den Kopf, als sie zwei Stunden später mit Richard, Piotr und Kasia am Tisch saß. Eine Kleinigkeit zu essen, so hieß es. Gefüllte Wachteleier, Schafskäsecreme, Lammfilets, Ofenkartoffeln, Rote-Bete-Salat, Kraut-Salat.... Als Kasia zum Nachtisch Eis mit heißen Himbeeren auf den Tisch zauberte, glaubte Mona zu platzen. Der italienische Rotwein verlieh ihr milde Schläfrigkeit. Sie konnte stolz auf ihren kleinen Bruder sein, der lässig die Unterhaltung auf Englisch managte. Mist, sie hätten bei Vater nachbohren müssen, darauf bestehen müssen, Polnisch-Unterricht, wenigstens einmal die Woche, das wäre doch wohl drin gewesen. Vater hatte das nie richtig gewollt, hatte immer gesagt, die polnische Sprache sei die Schwierigste auf der ganzen Welt. Dann hatten sie sich beide geärgert und gemeint, er traue ihnen wohl nichts zu. Dann hatte er umgelenkt und gesagt, es nütze ihnen doch viel mehr, wenn sie Englisch und Französisch und vielleicht noch Spanisch lernen würden. Irgendwann hatte er gemeint, selbst Russisch zu lernen sei sinnvoller als sich mit Polnisch zu quälen. Irgendwann hatten sie aufgehört, ihn zu bedrängen und hatten die Lust dran verloren. Das fiel Mona bei Tisch alles wieder ein. Warum nur hatte Vater nichts davon wissen wollen? Heute würde er damit nicht mehr durchkommen. Heute war Mehrsprachigkeit schon bei Säuglingen angesagt. Später hatte sie dann doch Polnisch gelernt. Davon wusste Vater nichts. Sie lernte schnell, so verliebt war sie damals. Doch daran wollte sie jetzt lieber nicht denken. Sie ließ sich noch Wein nachschenken. Würde Vater, der Mehrsprachige, verstehen, was hier abging? Wahrscheinlich wäre er wütend, nach allem, was er jahrzehntelang verheimlicht hatte. Würde er verstehen, dass sie was wissen wollten von seinem früheren Leben? Dass sie nicht einfach so weitermachen konnten als wäre nichts gewesen? Nein, er würde nichts verstehen wollen, er würde schweigen und irgendwann wortlos vom Tisch aufstehen und gehen. Einfach gehen.

In Monas Kopf drehte sich der Rotwein und verhalf ihr zum Sprechen. Plötzlich war Polnisch gar nicht mehr so schwer. Die Briefe? Ja, natürlich waren sie deswegen gekommen. Ja, gerne nähmen sie gleich die Stapel mit. So schwer zu verstehen wäre das sicher nicht. Sie könnten ja schon mal anfangen zu entziffern. Richard staunte über seine Schwester.

Natürlich begleiteten die höflichen Gastgeber sie zu Fuß zum Hotel. Richard hatte gesehen, wie es um seine Schwester stand. Er reichte ihr den Arm, sie hängte sich ein. Der Weg war nicht lang.

Piotr und Kasia schlugen ein Treffen am übernächsten Tag vor. Wenn auch Alisa angekommen wäre. Dann könnten sie gemeinsam über die Briefe sprechen. Er hatte einen Bekannten, fast zweisprachig. Der könnte ihnen helfen, sollten sie mit den Briefen nicht weiterkommen. Er könne zwar Deutsch, aber so sicher sei er doch nicht darin, meinte er. Vielleicht besser, der

Bekannte käme dazu. Und in der Stadt wollte er ihnen alles Mögliche zeigen.

Richard begleitete Mona bis zu ihrem Zimmer; wartete, bis sie den Schlüssel aus ihrer Tasche hervorgekramt hatte, aufgeschlossen hatte, ein paar Schritte gemacht hatte und sich aufs Bett fallen ließ. Mit Mantel, Schal, Umhängetasche. Darin waren alle Briefe.

ALISA

Ist denn das Geld so knapp? Wofür hebt sie es auf? Hortet es? Für das, was ein Zimmer in, sagen wir mal, Düsseldorf kostet, kannst du hier eine Woche ins Luxushotel mit Sauna und Pool. Oder sogar zwei. Aber das ist ihr wohl egal. Schnäppchen machen lautet das Motto, das über allem schwebt. Das kleinste Zimmer, kein richtiger Schrank, nur so eine Ablage und ein paar Kleiderhaken und insgesamt vier Kleiderbügel für zwei Personen, ein winziges Duschbad mit einem Puppenwaschbecken, in dem es nichts gab, um die notwendigsten Kosmetikartikel abzustellen; die absolute Krönung war aber das Doppelbett, das seinen Namen eigentlich nicht verdiente, das vielleicht für anderthalb Personen richtig ist, für Liebespaare in den ersten Wochen ihres Honeymoons, für ausgemergelte Dünnerchen mit Streichholzärmchen und ebensolchen Beinchen. Und da drin sollte sie nun mit ihrer eigenen Mutter liegen? Seit zwei Stunden waren sie in diesem Quartier, das man Hotelzimmer nennen sollte; dreimal vierundzwanzig Stunden sollten sie noch bleiben; wenn sie nur genug zu tun hätten, dass sie so wenig Zeit wie irgend möglich von diesen dreimal vierundzwanzig Stunden in der Absteige verbringen müssten; die Nächte ließen sich nicht umgehen, da ließ sich nichts machen.

Mama hatte gesagt, hier könne sie sich mal so richtig erholen, ohne Jonas, ohne nächtliche Unterbrechungen. Nein, Unterbrechungen würde es nicht geben; schließlich würde sie gar nicht erst einschlafen können.

Vielleicht war es gar nicht der Geiz. Vielleicht steckte der neueste Guru, Heiler, Seelenflüsterer von Mama dahinter.

„Du brauchst die Nähe mit deiner Tochter, die physische Nähe, nur so könnt ihr euch auch seelisch wieder annähern, nur so kann es dir gelingen, wieder eins mit deiner Tochter zu werden; eure Heilung liegt in eurer Zweisamkeit, diese Reise, die ihr antreten werdet, ist eure Chance, ihr werdet beide gestärkt, gereift, geläutert daraus hervorgehen."

Und warum hatte sie, Alisa, sich das bieten lassen, sich nicht gewehrt? Stumm war sie geblieben, als Mama ihr am Telefon von der Buchung zum Schnäppchenpreis erzählt hatte, stumm war sie, als Mama das Doppelzimmer erwähnt hatte, kein Wort hatte sie herausgebracht, als Mama betont hatte, wie gut ihnen beiden diese Zeit tun würde. Ihre Kehle wie zugeschnürt. Kein Sterbenswörtchen. Kein noch so zaghafter Protest und natürlich auch kein Dankeschön. Einfach nichts.

Na ja, ein bisschen gewehrt hatte sie sich ja schon, wenn sie ehrlich war. Sie hatte Mama das mit dem Schnäppchenpreis vermiest, als sie ihre erzwungene Zusage schnell rückgängig gemacht hatte. Als sie dann für sich alleine gebucht hatte, für zwei Tage später. Das war ganz gut gewesen. Ein Punkt für sie. Die Notlüge als Begründung machte den Punktgewinn gleich wieder zunichte.

Und warum hatte sie nicht Jonas mitgenommen? Dann hätte sie wenigstens ihn gehabt, hier, hätte was zu tun gehabt, hätte nicht so doof hinterherdackeln müssen; hätte nicht gehört:

„Ach wer ist das? Achso, deine Tochter", co sluchasz, dobrze dobrze, gut gehen musste es sowieso, dabei war doch das einzige Wort, das man sich gut merken konnte das šle, sie zog das šle in die Länge und fand, es klang so richtig schlecht, viel schlechter als das deutsche *schlecht*; durfte man aber hier auf keinen Fall sagen, nie und nimmer. Und das war ja erst der Anfang gewesen. Bisher hatten sie nur Kasia getroffen, die zur Ankunft ihres Zuges am Bahnhof aufgetaucht war.

Jonas blieb gerne mit Thomas, Thomas blieb gerne mit Jonas; Thomas hatte gleich gesagt: „Mach diese Fahrt mit deiner Mutter, mach es für dich, das wird euch gut tun. Und lass deine Mutter ruhig vorfahren, fahr du hinterher, und dann wirst du sehen, du wirst es nicht bereuen."

Ach ja, Thomas und Mama, das ging gut, hätte er mal fahren sollen, hätte er mal das Alltagsgesicht von Mama bemerkt, die zusammengezogenen Lippen, oder zusammengeschnürt, von einer dünnen, festen Schnur, zwischen den Enden der Schnur Platz für ein spitzes Lächeln, ein Zusammenziehen der Mundwinkel, besser könnte man Ironie – oder war es Sarkasmus – nicht an der renommiertesten Schauspielschule lernen, vielleicht hätte ihn ja noch nicht mal das gestört, sein verklärter Blick auf Mama; wenigstens hätte Mama dann tiefer in die Tasche greifen müssen, hätte zwei Einzelzimmer buchen müssen; na ja, und dann hätte das Experiment ja auch wieder nicht geklappt, das richtige, echte Alltagsgesicht hätte Thomas doch nicht gesehen, das kam ja nicht im Frühstücksraum zu Tage, geschweige denn bei der Einladung zum Tee.

Alisa spannte die Beinmuskeln an, sie krampfte sich mit angespannten Beinen an der rechten Bettkante fest; jetzt zog sie auch den Bauch und den Nabel fest ein. „Bis zur Wirbelsäule hochziehen", wie die Trainerin im Fitnessstudio sagen würde, so rutschte sie wenigstens nicht in die Bettmitte. Wann hatte sie zuletzt auf so einer miesen Matratze gelegen? Ausgeleiert, ausgelegen, durchgelegen, ohne Muskeltraining trafen sich die Körper unweigerlich in der Mitte, ekelhaft, dann schon lieber die Bettkante, die sich ins Fleisch bohrte, jedenfalls, wenn man wie Alisa schon mindestens zwei Stunden so lag.

Überhaupt, Thomas, der immer mit seinem grenzenlosen Verständnis für jeden, das sogar für Mona reichte: „Sie weiß es nicht besser, schau sie dir doch mal an, überleg mal, Mona und ihre Mutter..."

„Aber die kennst du doch gar nicht."

„Nein, aber die Bilder, die kenne ich. Wie soll sie Mütterliches geben, wenn sie es selbst nicht bekommen hat?"

„Ach hör auf mit dem transgenerationalen Kram, wie soll ich denn dann nur ein Fünkchen mütterlich sein, dann sag doch gleich, dass keine in unserer Familie..." Spätestens dann war der Moment gekommen, an dem Thomas ihre Hand nahm, ihr leicht über den Handrücken strich, „meine Alice, meine süße Alice", murmelte, und wenn Jonas sich nicht dazwischen gedrängelt hätte, dann hätte er den Tag mit ihr verstreichen lassen, als sei es ihr erster oder ihr letzter gemeinsamer, auf jeden Fall ihr bester gemeinsamer Tag.

Ein bisschen gefreut hatte sie sich auf die unverhofften, freien Tage, auf Polen, und auf das Treffen mit diesem Piotr. Der war ihr damals sympathisch gewesen. Ein netter Typ. Hatte Mama mal wieder nichts von mitbekommen. Die hatte so von Piotr geredet, als würde Alisa ihn gar nicht kennen. Egal, Mama in ihrem eigenen Film. Wollte ihr die Welt erklären, als sei sie keine drei Jahre alt.

PIOTR

Bis kurz vor seinem Tod hatte Dariusz sich alleine versorgen können. Nur eine Hilfe zum Putzen war einmal die Woche gekommen. Auf Wunsch der Kinder.

Mit einer Erkältung fing es an. Die nistete sich in ihm ein, nicht so, wie er es kannte, der Schnupfen, drei Tage kommt er, drei Tage bleibt er, drei Tage geht er. Diesmal blieb der Schnupfen und lockte Halsschmerzen an, nach einer Woche auch Kopfschmerzen. Der Apotheker riet Dariusz zum Arztbesuch. Er bekam Medikamente und die Maßgabe sich zu schonen. ‚Was ist das mit dem Schonen im Alter?‘, dachte Dariusz und machte sich daran, die Rosen zu schneiden. ‚Wenn man nur noch so wenig Zeit hat wie ich, dann bleibt keine Zeit zum Schonen mehr. Das ist ein Luxus für Junge.‘ Der Schnupfen und die Halsschmerzen blieben. Wenigstens die Kopfschmerzen verschwanden dank der Medikamente stundenweise.

Als Piotr nach zwei Wochen nach Łódź fuhr, um nach seinem Vater zu schauen, war er entsetzt, wie dünn der geworden war.

Piotr schrieb eine Whatsapp-Nachricht an seine Geschwister. „Wir müssen reden.“

Piotr kaufte Lauch, Kartoffeln und Krakauer Würstchen. Er kochte eine kräftige Suppe und aß selbst das meiste davon. Dariusz freute sich, dass sein Sohn ihm so etwas Gutes zubereitete, bemühte sich, so viel es ging von der Suppe zu essen, aber das war wenig, es ging nicht anders. Piotr telefonierte lange mit Ewa und mit Janek. Heimunterbringung? Häusliche

Pflege? Einer von ihnen mit unbezahltem Urlaub? Sie konnten sich nicht entscheiden, und Vater wollte nichts davon wissen. Sie verteilten die Aufgaben, er wollte die Heime anrufen, Ewa kümmerte sich um häusliche Pflege. Ukrainische Pflegekräfte sind sehr leicht zu bekommen, wusste sie.

Dann ging alles ganz schnell. Lungenentzündung, Fieber, Krankenhauseinweisung. Ein Besuch von Ewa am Krankenbett, ein Besuch von Piotr, da schlief Vater, Piotr holte sich einen starken Kaffee im Krankenhausbistro, als er wieder ins Zimmer kam, lächelte sein Vater ihn an, ohne zu sprechen, das Sprechen strengte ihn zu sehr an; am nächsten Morgen ein Anruf vom Krankenhaus. Das war's.

Mit der Wohnungsauflösung ließen sie sich Zeit, die Miete war niedrig.

Irgendwann musste es doch sein.

Was blieb, waren stapelweise Bücher und kartonweise Briefe.

Die Bücher schauten sie schnell durch, nahmen sich einige heraus und brachten alles Übrige zur Bibliothek eines nahe gelegenen Altenheims.

Die Briefe nahm Piotr mit nach Poznań.

Geordnete Stapel. Beschriftete Kartons.

Der Briefwechsel mit seinem lebenslangen Freund Martin bis kurz vor dessen Tod knapp drei Jahre zuvor.

Den Briefwechsel mit seiner Schwester Małgorzata, ein kleinerer Stapel.

Einige Briefe von Małgorzata an Martin. Wie kamen die zu Piotr? Hatte Małgorzata sie ihm überantwortet? Zwecks Reinigung von Erinnerungen.

Auf einem kleinen Karton stand mit Bleistift ‚Hanka'. Verblichen, aber noch lesbar. Piotr öffnete den Karton, entnahm die

Briefe, ungefähr zwanzig, alle in Umschlägen, das Stempeldatum war nicht zu erkennen, nur bei zwei Briefen entzifferte er es, einmal irgendwas mit Februar 1964, konnte genauso gut auch 1966 sein; auf dem zweiten Brief entzifferte er die 1968. Der Absender auf der Umschlagrückseite immer nur ein geschnörkeltes H als Großbuchstabe. Er öffnete vier weitere Briefe, alle ohne Datumsangabe der Verfasserin, mit Bleistift fand sich in anderer Schrift eine Jahreszahl. Er las 1970.

Piotr erinnerte sich daran, dass in der Familie manchmal von dieser Hanka gesprochen wurde, als er noch klein war. Er erinnerte sich an die traurigen Stimmen der Eltern, er wusste, dass sie jung gestorben war. Die Stimmen der Eltern viel leiser als sonst, viel tiefer, Mamas Stimme so ähnlich, wie dann, wenn sie beim Spielen mit den Kindern einen Brummbär nachmachte.

Diese tiefen Stimmen waren wie ein Vorhängeschloss, hinter das die Kinder nicht schauen durften, und öffnen ließ es sich schon gar nicht.

Er nahm den kleinen Stapel, ging Richtung Mülleimer und machte kehrt, als er an Mona dachte. Die würde er anrufen, die könnte Interesse daran haben. Schließlich war Hanka die Schwester ihres Vaters gewesen. Schließlich hatte Mona ihm immer erzählt, dass sie leider viel zu wenig über diese früh verstorbene Tante und ihren mysteriösen Tod wusste.

Er scheute ein wenig davor zurück Mona anzurufen, so lange hatte er keinen Kontakt mit ihr gehabt. Die Nummer musste er erst im Internet suchen, sie stand nicht in seinem Adressbuch.

Er hatte die Scheu schnell überwunden, fühlte sich wohl, als er Monas Stimme hörte, wollte in aller Ruhe mit ihr sprechen, und dann, er hatte schon gesagt, dass er Briefe ihres Vaters und den Briefwechsel mit ihrem Vater gefunden hatte, dann hatte er Hanka erwähnt, da spürte er Hektik am anderen Ende der Leitung, dann ging alles ganz schnell. Und so schnell war sie dann auch gekommen. Er hatte Mona angerufen, um ihr seinen Fund bei der Wohnungsauflösung mitzuteilen, er hatte sie und ihre Familie nach Poznań einladen wollen, er hatte nicht mit ihrer Aufregung gerechnet.

Die Briefe hätte er ihr auch schicken können.

Über ihren schnellen Entschluss war er verwundert.

Piotr hatte Mona lange nicht gesehen, zum letzten Mal bei der Beerdigung ihres Vaters. Er war damals zur Beerdigung gefahren, weil er es seinem Vater versprochen hatte. Sein Vater lebte noch, war aber aufgrund einer Erkrankung körperlich zu schwach zum Reisen. Er hatte an dem Tag nicht viel mit der Familie gesprochen, am meisten mit Monas Tochter, einer Enkelin des Verstorbenen. Und beim Beerdigungskaffee hatte er ihr das Geheimnis der Liebe zwischen Martin und Małgorzata anvertraut. Warum? Weil er sie nett fand. Weil sie die Offenste von allen war. Und weil er von Mona und sich ablenken wollte. Es war ihm peinlich gewesen, Mona wiederzusehen. Er wusste nicht, wie er sich ihr gegenüber verhalten sollte.

3

ALISA

Alisa wusste es als Erste. Schon vor dem Frühstück. Aber da glaubte sie es noch nicht. Beim Frühstück zu zweit hatte sie zu ihrem Onkel gesagt: „Die kommt schon wieder, spätestens heute Mittag ist sie wieder da, die will doch hier nichts verpassen. Du kennst doch deine Schwester." Am Mittag war Mona nicht wieder aufgetaucht, und abends wollten oder sollten sie sich doch alle mit Piotr und Kasia treffen. Alisa rief Thomas an.

„Mona ist weg!"

„Was soll das heißen?"

„Sie ist weg, sag ich doch."

„Und wohin ist sie?"

„Ja, wenn ich das wüsste."

„Was sagt Onkel Richard?"

„Gar nichts."

„Wie, gar nichts?"

„Ja, einfach gar nichts, er weiß doch auch nichts."

„Ihr seid eine komische Familie."

Alisa brach das Gespräch ab. Dass ihre Familie merkwürdig war, das wusste sie auch selber. Warum hatte Thomas schlechte Laune? Weil sie nicht nach ihm gefragt hatte? Und noch nicht mal nach Jonas?

Nach einem schnellen Mittagessen mit Onkel Richard verzog sie sich. Richard hätte zwar gerne den Nachmittag mit ihr verbracht, hätte mit ihr gemeinsam überlegt, wie das hier alles weitergehen könnte, hätte mit ihr die Suche nach Mona eingeleitet. Das bildete sie sich nicht ein, das sprach aus seinen Blicken, da musste er gar nichts sagen, er war still gewesen. Erst, als sie sich schon bis zum späten Nachmittag verabschiedet hatte, hatte er es gewagt und doch noch mal vorsichtig nachgefragt, ob sie nicht im Hotel bleiben wolle, solange Mona noch nicht wieder da war; er hatte es ihr leicht gemacht zu gehen.

Noch sechs Stunden bis zum Treffen bei Piotr und Kasia. In vier, allerspätestens fünf Stunden müsste sie zurück sein, müsste mit Richard überlegen, was sie Piotr sagen würden, und eine Stunde später entspannt und locker bei ihm zum Essen auftauchen.

Vier Stunden, so lange war sie schon seit Ewigkeiten nicht mehr ganz alleine gewesen.

Alisa schlenderte die Swiete Marcin entlang, warf achtlose Blicke in die Auslagen der Drogerien, Modegeschäfte, Apotheken, Schuhläden. Sie hielt sich links und erreichte den Wolności Platz, registrierte, dass hier die Auslagen in den Schaufenstern teurer wurden, blieb vor einem Juwelier stehen, Ohrringe mit dunkelblau leuchtenden Steinen, 790 złote, das machte knapp 200 Euro, zu viel, oder vielleicht doch nicht, sie würde später wieder vorbeikommen, vielleicht dann auch reingehen. Wenigstens anprobieren wollte sie die Ohrringe dann, vielleicht stünden sie ihr ja, vielleicht hätte der Tag ja noch sein Gutes. Mit Mama hätte sie niemals so was kaufen können, sowieso eigentlich gar nichts außer Billigkram, Mama lief ja so rum wie mit 20 oder sagen wir mal 30, diese ewigen Schlabberklamotten, diese Plastikohrgehänge, grauenvoll, und diese missbilligenden Blicke, wenn Alisa das nicht mitmachte. Aus Mamas Augen sprang ihr die Kritik entgegen. Sie biss sich wohl auf die Zunge, um ja nichts zu sagen. Manchmal vergaß Mama sich auf die Zunge zubeißen und fragte, was das Tuch

34

denn gekostet habe. Manchmal sagte sie dann was, nannte einen Phantasiepreis, freute sich diebisch über das Entsetzen in den Augen der Mutter. Warum eigentlich diebisch, was war diebische Freude? Na ja, das war aber auch die einzige Freude in Sachen Klamotten mit Mama.

Hier, im Schaufenster des Juweliers Kruk, hier konnte sie sich ganz alleine spiegeln.

Die Ohrringe waren toll, aber sie würde trotzdem noch abwarten; alles, bloß kein dämlicher Frustkauf, darüber war sie doch wohl hinaus, oder?

Ziellos ging Alisa weiter, am Ufer der Warthe blieb sie stehen, suchte lange nach einer Bank, fand schließlich eine unbesetzte, schaute aufs Wasser, aber das beruhigte sie nicht sonderlich. Besser war es weiterzugehen, einfach zu gehen. Das Gehen, ohne dass irgendjemand ihr sagte, wohin, warum, wie weit. Und plötzlich fiel es ihr auf, wie froh sie darüber war. Und ihr fiel auf, wie wenig sie Mama vermisste. Und da war er wieder, der gestrige Mittag, das gemeinsame Essen, ohne Onkel Richard, nur sie beide.

Sie hatte von der unzulässigen Staffelmiete und von der angekündigten Mieterhöhung erzählt, und Mama hatte sie angeschaut, und dann, ja dann weiß sie nicht so genau, was sie mehr aufgeregt hatte, diese kritische Stimme, die zu ihr sprach, als sei sie noch das achtjährige Mädchen, das die Trinkflasche nicht richtig zugedreht hatte, wieder einmal nicht richtig, wieder alle Hefte im Ranzen durchgenässt, diese Stimme, die ihr nicht viel zutraute, und die ihr die Welt erklärte, erklären musste. Ja, vielleicht war es diese Stimme; genauso gut konnte es aber auch das Hilfsangebot sein, sie wollte keine Hilfe, sie kam klar, auch wenn es gerade mal nicht so aussah, auch wenn der

Vermieterstreit sie ganz schön fertig machte, sie musste da durch, und zwar ohne Mamas Hilfe, was sollte das Hilfegefasel, war es nicht letztlich dasselbe wie die kritische Stimme?

Sie hatte sich gerade noch so gut gefühlt, hatte sich gefreut, dass sie das Ptasie Radio wiedergefunden hatten, in dem sie mit Richard gleich nach ihrer Ankunft gewesen waren, in einer ersten Etage, eine schmale Treppe führte nach oben, unten nur ein kleines Schild als Hinweis, der aber nicht nötig schien, die Menschen kannten den Ort, mehrere Räume, wie Wohnzimmer eingerichtet, überall entspannt plaudernde Gäste, freundliche Kellner. Am Nebentisch saß eine junge Frau vor einer mittlerweile leeren Tasse und schrieb in ihren Laptop, gegenüber frönten drei Damen dem sprichwörtlichen polnischen Kuchen, sie selbst hatten Humus mit Tomatensalat bestellt, dazu krosses Wallnussbrot. Mamas Blicke genügten, sie kriegte keinen Bissen mehr runter.

Sie hatte sich auf die Auszeit gefreut, und das hatte sie Mama am Telefon auch gesagt, als die gefragt hatte, ob es nicht zu viel für sie sei, vier Tage frei zu nehmen, von allem. Nein auf keinen Fall zu viel, mal raus aus allem, weg von allem, das wäre super. Und jetzt stimmte das überhaupt nicht, absolut nicht, sie war weg von allem und stattdessen mittendrin im Schlamassel mit Mama, darüber ärgerte sie sich natürlich, noch mehr ärgerte sie, dass sie so naiv gewesen war, das alles falsch einzuschätzen, nein eigentlich musste es heißen, sich selbst falsch einzuschätzen.

Sie ärgerte sich über diese unsäglichen Hilfsangebote von Mama, die nichts anderes waren als Einmischungen in ihr Leben, und sie ärgerte sich maßlos über sich. Mama machte sie zum Kind, sie ließ sich zum Kind machen. Zumindest kam es ihr so vor, als sie trotzig und wütend zugleich Mamas Kommentare abgewehrt hatte.

Sie hatten zu Ende gegessen und über Belanglosigkeiten gesprochen, natürlich über Jonas, über seine Garderobe, wie er sie selbst nannte, dreimal am Tag was anderes anziehen, und vor allem, was! Bei 38 Grad im Schatten den grünen Wollpullover, bei Eisglätte die blauen Sandalen, nichts zu machen, die Lösung war bloß, immer was anderes in der Tasche dabei zu haben. Neulich bei Oma war es ähnlich gewesen wie zu Hause, partout keine Regenjacke, nur ein dünnes T-Shirt, und unter den Schirm mit Oma, nein, das ging auch nicht. In der hintersten Ecke des Supermarktes, gleich neben den Rückgabeautomaten für Pfandflaschen, hatte er sich dann klaglos von Kopf bis Fuß umziehen lassen. Und später hatte Mama gesagt: „Das hat er alles von deinem Großvater, der war auch so, machte, was er wollte, sündhaft teures Hemd zur Schlabberhose vom Flohmarkt. Deine Großmutter wurde schier verrückt, und wir Kinder lachten uns schief."

So ging das Essen zu Ende, nach dem Vergleich mit Großvater redete Mama sich warm, kam sozusagen in Fahrt, Verrücktheiten, Skurriles und Verqueres; Alisa erinnerte sich an wenig davon, fast alles lag vor ihrer Zeit. Oder außerhalb ihrer Reichweite. Mama war mit Großvater in Polen gewesen, als sie ganz klein war; sie hatte Alisa bei Großmutti gelassen, Alisa weiß nur noch, dass sie jeden Tag Wackelpudding gegessen hat, in allen Farben, rot grün, gelb; grün war am allerbesten. Sie war noch klein, drei oder höchstens vier, also Ende der 90er Jahre, Mama sagte, an der Grenze ging es schon ziemlich einfach mit dem Rüberfahren, kurze Grenzkontrolle. Sie kamen beide aus dem Staunen nicht heraus, sagte Mama, also, ihr Vater und sie hatten sich das beide nicht so modern vorgestellt in Polen. Sie hatten Freunde von Alisas Großvater getroffen, besonders Papas Freund Darek, seinen Sohn Piotr, mit seiner Familie, na ja, mit seiner Frau. Mitten im Satz brach Mama abrupt ab. Ihr Blick verriet, da war etwas; sie schaute Alisa nicht an; Alisa fragte, was denn sei; Mona antwortete nicht; schaute an ihr vorbei. Dann kam ein ‚Ach nichts, ist egal‘, und nichts weiter; und sie fing als plumpes Ablenkungsmanöver doch tatsächlich wieder mit dem Mietstreit an, wollte partout wissen, wie Thomas sich in der Sache verhielt, erinnerte sich an einen Uraltbekannten, der zu befragen sei, seines Zeichens Jurist, unbedingt solle Alisa, oder noch besser Thomas, den anrufen. Alisa presste heraus: „Nicht das schon wieder, hör bitte endlich auf damit." Und sie konnte nicht umhin zu ergänzen: „Wir waren doch gerade bei deinen Bekanntschaften in Polen, wen du getroffen hast und so." Mama schwieg. Sie sah so zugeknöpft aus, wie immer, wenn es um irgendwelche Männer in ihrem Leben ging. Kaum waren sie draußen, zündete Mona sich eine Zigarette an, und die eine reichte nicht, das war gleich zu sehen. Danach gingen sie zurück zum Hotel, wollten eine kleine Pause einlegen, bevor sie mit Onkel Richard alles Weitere planten. Alles Weitere hatte Mutter dann den anderen überlassen.

Alisa kam ein ganz klein wenig verspätet zum Hotel zurück.

Mama war nicht wieder aufgetaucht. Natürlich nicht.

„Richard, gibt es da jemanden in der polnischen Verwandtschaft, mit dem Mama was hatte, in den sie verknallt war, von dem sie irgendwas erzählte, der ihr vielleicht Briefe schrieb, oder Mails oder sonst was, oder anrief?"

Richard der Ahnungslose, na klar, hatte sie sich schon so gedacht.

Aufmerksam und herzensgut und immer noch naiv wie ein Sechsjähriger.

MONA

Eben noch hatte Mona Lust auf polnische Pirogi gehabt, hatte sich auf Richards Schmunzeln gefreut, wenn sie ihn in ein Pirogirestaurant geschleppt hätte, hatte sich auf das Entziffern der Überschriften in der Gazeta Wyborska, auf ihren schwingenden Sommerrock passend zum lässigen Sonnenhut und sogar auf die meist zu laute Stimme von Alisa gefreut. Eben noch hatte sie Lust gehabt, zum Schwimmen zum Maltasee zu fahren und sich vorher einen Badeanzug auszusuchen, auch wenn sie zu Hause drei Badeanzüge und einen Tankini liegen hatte; sie hatte Lust auf Piotrs polnische Galanterie und auf Kasias lustigen Akzent gehabt. Sie hatte gewusst, dass sie gut zuhören konnte und gespürt, dass viele sie deshalb mochten. Und sie hatte sogar akzeptiert, dass sie ihre To-Do-Listen nie ganz abarbeitete, einfach, weil da für einen Tag so viel draufstand, wie in einer Woche nicht zu schaffen war. Natürlich war das in Polen leichter als zu Hause, denn die Listen waren von vornherein kürzer ohne Gartenarbeit, ohne Besorgungen, ohne Ehrenamt – welche Ehre stand da auf dem Spiel?

Und jetzt diese Schwere im Bauch, zu dick, unförmig, das T-Shirt einfach unmöglich, der Bauch darunter noch dicker, aber was anderes hatte sie zum Rock nicht mit, und überhaupt, der Rock, es war ja heute trüb, niemand außer ihr im Sommerrock, und die Knie schauten auch raus, die hatte sie früher gar nicht gekannt, die waren früher einfach ihre Knie gewesen, jetzt waren sie hässlich, unförmig, warum verdeckte der Rock sie nicht richtig? Und was sollte sie hier mit Richard und Alisa? Typisch für sie mal wieder, beide gleichzeitig dabei zu haben, total geschickt eingefädelt von ihr, sich um beide kümmern, dabei keinem von beiden gerecht werden. Verstanden die sich überhaupt? Wahrscheinlich nur mit ihr in der Mitte, dieses Dozieren von Alisa, polnischer Freiheitsdrang, polnischer Nationalismus, polnische Teilungen, polnischer Opfergeist, nicht zum Aushalten, aber Richard nickte einfach dazu, wie konnte er immer so nicken und lächeln, dieses blöde Lächeln, was daran interessierte ihn denn, das meiste wusste er doch längst, konnte man sowieso nicht wissen, was ihn interessierte, wusste er sicher selbst nicht, ständig und immer einfach nur höflich und korrekt, keine Kritik an niemandem, immer Verständnis für alle und alles. Die Frühstückseier waren fast roh, so flüssig schwamm das Gelbe in dem weißen milchigen Glibber, aber Richard sagte nur: „Das geht, ist schon ganz ok so.“ Die Betten waren weich wie eine, wie eine, ja was denn, vielleicht wie ein Plüschkissen voller Schaumstoffteilchen, aber Richard sagte nur: „Na ja, unterwegs ist das eben so, muss ich eben ein paar Rückenübungen mehr machen, geht doch auch, ist ja ansonsten ein nettes Hotel.“

Alisa hatte dann auch noch ihrem Onkel Richard ein paar Übungen gezeigt, ganz locker hatte sie sich hingestellt, vor ihn, sie hatte seine Schultern genommen und leicht nach hinten gebogen, Richard hatte sich blöd angestellt, das hatte Alisa weggelächelt, so freundlich, so liebenswert; Mona als überflüssiger Zaungast. Wann hatte ihre Tochter sie mal so angelächelt? An ihr vorbeisehen, das konnte ihre Tochter. Sonst nichts. Sie kannte die beiden, niemanden auf der Welt kannte sie so wie

Richard und Alisa. Warum hatte sie das arrangiert, wie blöd musste sie sein? Alt und immer noch blöd wie ein Teenager, erst alles arrangieren, sich von den anderen für die gute Organisation loben lassen, und dann innerlich kochen, ein wütendes Brodeln im Magen spüren, das sich in ihrem Inneren im Kreis drehte, sich Platz schaffen wollte, ihr keinen Raum mehr ließ, und was dann? Mona kannte das längst, aber das machte die Sache nicht besser. So war es auch mit Jörg gewesen, nach ein paar Jahren, sie hatte sich nicht wiedererkannt, ihre Lebenslust, ihre Energie, ihre Leichtigkeit, alles weg, das waren nur noch leere Begriffe ohne Sinn, eine Kulisse und nichts dahinter, und wer war sie?

Die anderen wurden ihr so fremd, wie sie sich selbst fremd wurde.

Es gab nur einen Ausweg, auch das wusste Mona, auch das war wie damals mit Jörg, als sie auf dem Schlussstrich beharrt hatte, dann alleine mit Alisa geblieben war; sie musste raus, sie musste weg.

Sie hatte den anderen beiden etwas über Tante Hanka sagen wollen, das Wenige, was sie wusste, auch, dass sie eigentlich wegen der Suche nach Hanka herkommen wollte. Das ging nicht, absolut nicht, nichts wie weg, sie schaffte es nicht, nie im Leben. Da sind auch Briefe von Hanka dabei, das wollte sie den beiden sagen, es ging nicht. Wenn sie sich das Erstaunen Richards vorstellt, seinen leicht geöffneten Mund, sein naives Erstaunen, beinahe Erschrecken, dann schnürt es ihr die Kehle zu, dann kann sie nichts mehr teilen. Sie stellt sich vor, wie es aus ihr herausplatzt, unkontrolliert, alles überschwemmt, Richard überschwemmt, sein naiv lächelndes, fragendes Gesicht überschwemmt. Nein, sie kann es nicht, sie muss weg.

41

In letzter Sekunde erreicht Mona den Zug. Die Warteschlange am Schalter war endlos gewesen. Im Übrigen war es die falsche Warteschlange. Für die Regionalzüge. Für den Fernverkehr ein anderer Schalter. Dort geht es schneller. Nach Gdansk. Nur Hinfahrt. Wer weiß.

Der Zug ist nicht voll. Reisen die Menschen nach der Pandemie weniger? Oder Zufall? Was lässt sich nicht alles auf die Pandemie schieben.

Schade, kein belegtes Brötchen, keine Zeit.

Also Speisewagen.

ALISA

Alisa fand lange keinen Schlaf. Dabei hatte sie jetzt das riesengroße Doppelbett für sich. Was wollte sie noch hier? Ihre Mutter hatte sie hierhin beordert. Eine typische Mamageschichte. Niemand wusste, warum. Sie hatte natürlich gehorcht. War folgsam, wie immer. Hatte sich gewunden, um nicht gar so folgsam zu sein. Nein, am nächsten Tag konnte sie unmöglich weg. Am übernächsten auch nicht. Ihr kleiner Triumph über die Mutter. Ach, wie revolutionär. Wie jämmerlich. Zwei Tage rebellisch und dann? Was war das gewesen, dass sie nach zwei Tagen hinterherfahren ließ? Klar, hatte Thomas gesagt, sie solle fahren. Aber das war es nicht. Sie hätte doch bleiben können. Bei Thomas wusste sie, was sie wollte, meistens zumindest. Bei Thomas hing sie nicht so fest am Faden. Nicht so wie bei Mama. War Mama froh, dass sie gekommen war? Noch nicht mal das konnte man bei ihr erkennen. Und wenn schon. Jetzt war sie jedenfalls weg.

Mama war also weg. Tatsächlich! Alisa war hellwach, griff nach ihrem Handy, und suchte im Schein der Smartphone-

Beleuchtung den Schalter ihrer Nachttischlampe. Spuren von Mama? Könnte sein. Systematisch suchen. Zunächst der Kleiderschrank. Nichts. Nur noch ihre eigenen Sachen. Hatte Mama da überhaupt viel eingeräumt? Beim Einräumen war Alisa nichts aufgefallen, und sie hatte es schlicht und einfach vergessen. Jetzt jedenfalls hing da nichts von ihrer Mutter. Und in den Fächern lag auch nichts. Im Bad ebenso wenig. Aber das war keine Kunst. Alisa wusste, dass ihre Mutter eine einzige Creme benutzte, sonst gar nichts außer Zahnbürste und Zahnpasta. Neben Alisas Regenjacke an der Garderobe – gähnende Leere. Alisa überlegte, wann ihre Mutter wohl gepackt hatte. Vielleicht hatte sie auch gar nicht viel ausgepackt, und alles war rasant schnell wieder eingepackt. Wann wohl? Glasklar! Vor dem Frühstück, ihrer Verabredung zu dritt. Richard war in seinem Zimmer gewesen und Alisa hatte sich zum Telefonieren in die Kunstlederpolster in der Lobby zurückgezogen. Als sie wieder hochgekommen war, hatte ihre Mutter irgendwas am Nachttisch rumgefingert. Da hatte sie sicher schon alles im Koffer und gewusst, dass ihre Tochter sowieso auf nichts achten würde. Dann waren sie zu zweit aus dem Zimmer gegangen und hatten bei Richard geklopft. Richard hatte die Tür geöffnet und gemeint, er könnte noch eine gute halbe Stunde brauchen, ob sie noch auf ihn warten würden mit dem Frühstück, er hätte gerade mit ein paar Mails für die Arbeit begonnen. Also, eine halbe Stunde. Kein Problem. Alisa war ganz froh, sie wollte noch telefonieren. Sie hatte vorher nur mit Thomas gesprochen, bei Nora war besetzt gewesen. Sie hatte sich wieder in die Lounge verzogen. Eine halbe Stunde später hatte sie ihre Jacke aus dem Zimmer geholt, dass ihre Mutter nicht im Zimmer war, hatte sie kaum registriert, sie hatte den Aufzug ins Erdgeschoss genommen, Richard im Frühstücksraum getroffen, gemeinsam hatten sie auf Mona gewartet. Das war's.

Der Schlaf wollte immer noch nicht kommen. Alisa öffnete die kleine Nachttischschublade auf der Bettseite ihrer Mutter. Ein knalliger, leuchtendroter Lippenstift. Das war's. Hatte Alisa erwartet, einen Abschiedsbrief zu finden? So pathetisch war sowieso niemand in der Familie. Und Entschuldigungen waren noch nie Mamas Ding gewesen. Alisa nahm den Lippenstift, legte ihn zurück in die Nachttischschublade und löschte das Licht.

4

MONA

Im Speisewagen fand Mona Platz. War das richtig, was sie gerade gemacht hatte? Mona fragte sich das zum hundertsten Mal an diesem Morgen. Bis sie entschied, dass diese Frage unbeantwortet bleiben müsste, dass sie sowieso niemals erfahren würde, wie alles gelaufen wäre, wenn sie sich anders entschieden hätte.

Sie konnte eben einfach nicht anders. Diese Höflichkeit von Richard, die anderen konnten den größten Blödsinn quatschen, Richard machte gute Miene dazu. Dieser intelligente Mann, wie konnte der nur? Sie begriff das nicht und wollte es nicht begreifen. Der musste doch merken, was da um ihn herum abging, aber nein, der lächelte einfach nur, dieses stoische Lächeln, verzog keine Miene, sagte nichts. Oh, wie sie das hasste, wie es sie zur Weißglut brachte, wie sie ihn schütteln wollte, wie sie laut und lauter wurde, wie ihre Stimme hämmerte, stolperte, sich überschlug und liegen blieb. So war das am ersten Abend gewesen, als sie von Piotr zurück waren, im Hotel, sie hatte ihm gesagt, was sie von Piotrs Vorschlag hielt, nämlich gar nichts, sie hatte ihm gesagt, sie müssten sich selbst auf den Weg machen, müssten nach Hinweisen in den Briefen schauen, selber suchen, nicht auf Piotr warten. Weshalb wären sie denn hierhergekommen? Es war ihr nicht gelungen zu Richard durchzudringen. Wie eine Gummiwand, an der alles abprallte. „Ach Schwesterchen, reg dich ab, wir müssen abwarten, wir sind doch hier auf fremdem Terrain, wir haben doch ein Treffen mit Piotr vereinbart." Und als sie nicht aufgab, dann sein:

„Lass uns erst mal schlafen gehen, wir sehen morgen weiter, gute Nacht."

Da hatte sie noch gehofft, es würde besser, wenn Alisa erst mal da wäre. Wie hatte sie nur so dumm sein können. Immer dieser heimliche Wunsch, Alisa könnte so sein oder so, auf jeden Fall anders, immer diese Hoffnungen, und dann, ja, und dann? „Lass mich in Ruhe, Mama!", war noch das Mildeste. War zumindest eine verbale Äußerung. Überwiegend Schweigen. An ihr Vorbeisehen. Oder durch sie durch. Das Schlimmste, nur mit ihr war sie so. Sie sah ihre Tochter mit Richard, wie ausgewechselt, freundlich, aufgeschlossen, sogar lustig. Die beiden zusammen, nicht zum Aushalten. Und dann erst ihre gemeinsame Nacht. Alisas totaler Rückzug, die komplette Niederlage. Kein einziges Wort, nachdem sie Richard eine gute Nacht gewünscht hatten. Wortlos war Alisa im Bad verschwunden, wortlos wieder aufgetaucht, wortlos auf ihre Bettseite gerückt, dann nur noch in Handykorrespondenz versunken.

Mona wollte nach Thomas und Jonas fragen, Pläne für den kommenden Tag schmieden, über das riesige Einkaufszentrum am Bahnhof lästern, so riesig, dass es den Bahnhof unter sich zu erdrücken schien und sich fast bis zu den Gleisen durchfraß, von ihrer Anreise mit Richard und ihrem ersten Abend mit Piotr erzählen. Jedes einzelne Wort blieb Mona im Halse stecken. Am Ende brachte sie ein: „Ich wünsch dir eine gute Nacht", heraus, hatte schon keine Antwort mehr erwartet und war sogar über das genuschelte: „Ich dir auch", verwundert.

Sie hatte schon gleich so was gespürt, schon als Alisa angekommen war und sie ihr Kleiderschrank, Regal und Ablage im Bad gezeigt hatte.

„Mama, ich find das schon alleine." Ihren Mantel hatte Alisa einfach an der Kapuze aufgehängt. Und als sie ihr einen Kleiderbügel aus dem Schrank gereicht hatte, da war das auch schon wieder zu viel gewesen.

„Ich bin kein Baby, lass das bitte." Der Kleiderbügel blieb auf dem kleinen Tischchen vorm Fenster liegen.

ALISA UND RICHARD

Alisa und Richard machten sich auf den Weg. Weit war es nicht bis zu den Freunden; ihnen erschien der Weg lang und mühsam; schweigend gingen sie nebeneinander her, bis Alisa es nicht mehr aushielt.

„Was wollen wir denn sagen? Wir müssen doch irgendwas sagen. Vielleicht, dass sie krank ist." Richard blieb stehen: „Nein, bloß nicht, auf keinen Fall. Du hast die beiden neulich nicht erlebt. Sie würden uns nicht in Ruhe lassen. Sie würden mit tausend Fläschchen, Pastillen, Säften und was nicht allem aufwarten."

„Ich dachte ja bloß, es wäre das Einfachste."

„Von wegen das Einfachste, das Komplizierteste ist das. Ich bin dafür, wir sagen, sie musste plötzlich nach Hause zurück, es war ein Anruf von der Arbeit, und weg war sie."

„Hm, ich weiß nicht, sicher bin ich nicht. Die haben doch ihre Festnetznummer. Da würden sie versuchen, sie zu erreichen."

„Glaub ich nicht, dafür sind sie zu diskret und außerdem vielleicht auch gekränkt, dass sie so einfach weg ist, so ohne Gruß."

Alisa zögerte. Sie hatte eigentlich vorgehabt, die Wahrheit zu sagen. Warum denn nicht? So war ihre Mutter nun mal. Unzuverlässig und sprunghaft. Warum das verheimlichen? Diesmal hatte sie sich in ihrem Onkel getäuscht. War der nicht immer eine ehrliche Haut? Und nun plötzlich ganz anders? Die Wahrheit, die ungeschminkte Wahrheit, das wollte Richard auf keinen Fall. Was würden sie von Mona denken? Am Ende würden sie sich noch auf die Suche machen. Oder sie würden die Polizei einschalten, sie würden alles tun, um Mona zu finden, das Land von der Ostsee bis zur Tatra umkrempeln. Nein, das ging nicht. Ganz und gar nicht.

Kurz vor der Haustür hatten sie ihre Version gefunden.

Richard übernahm den Part.

Die Begrüßung war herzlich. Richard wurde begrüßt, als sei er ein alter Freund. Alisa wurde mit lautem „Hallo" umarmt und gar nicht wieder losgelassen. Und Mona? Erst mal kam gar keine Frage. Vorsichtig setzte Richard an.

„Ja, übrigens Mona, die lässt euch ausrichten..."

„...ach, die ist sicher noch unterwegs auf Spurensuche, wird sicher nachkommen, setzt euch doch schon mal. Was wollt ihr trinken? Ein Gläschen von Kasias Aufgesetztem, den müsst ihr probieren, da vertreiben wir uns die Zeit so lange."

„Na ja, ich wollte sagen...", setzte Richard erneut an. Piotr unterbrach ihn: „Also einverstanden mit dem Aperitif? Ihr seid ja zu Fuß, da geht das gut. Mit dem Auto wäre das hier was anderes, striktes Alkoholverbot, na, die wissen schon, warum, das hat bei uns so seine Gründe." Also stießen sie erst mal mit dem feuerroten Likör an, zuckersüß. Lecker, fand Alisa. Grässlich, fand Richard und versuchte sich nichts anmerken zu lassen, nur am Glas zu nippen, damit nicht noch etwas nachgegossen würde. Was hätte er jetzt um ein Auto gegeben. Egal, er machte einen erneuten Anlauf. ‚Ob es wohl diesmal klappen wird?', dachte er sich. Sind alle guten Dinge wirklich drei, war das hier überhaupt ein gutes Ding? Also, die Sache schnell hinter sich bringen, sonst ginge das gar nicht mit der Version, auf die sie sich geeinigt hatten.

„Mona lässt euch herzlich grüßen; sie musste nach Łódź, sie hat doch dort eine Schulfreundin, die einen Polen geheiratet hat. Sie wollte die eigentlich am Ende der Reise besuchen, die Freundin konnte aber nur jetzt, und so ging es nicht anders. Wie lange sie dort bleibt, das wissen wir auch nicht, aber sicher nicht lange, sie hatte nur so große Lust, die Freundin zu treffen, nach Jahrzehnten, aber aus den Augen hatten sie sich nie verloren." Was war bloß in Onkel Richard gefahren? Der hörte ja gar nicht mehr auf. Wie konnte er bloß sagen, Mama käme sicher ganz bald wieder. Unmöglich. Wenn der jetzt so weitermachte, würden sie schon ganz bald alle vier im Auto sitzen und Mama nach Łódź folgen. Alisa unterbrach ihren Onkel: „Ich finde, wir lassen Mama jetzt einfach mal in Łódź. Stoßen wir doch noch mal an, das schmeckt wirklich köstlich, auf die Gesundheit, Na zdrowie, so heißt das doch, oder?" Alisa ließ sich nachschenken, was ihren Onkel freute; da konnte er sich vielleicht hinter ihr verstecken.

Alisa mochte den süßen Likör, und sie mochte es bedient zu werden. Piotr und Kasia gossen abwechselnd nach. Die Schale mit den Macadamianüssen im Wasabimantel wurde auch regelmäßig aufgefüllt. Sie schienen zu bemerken, dass Alisa immer wieder hinlangte und die andere Schale mit den Schokomandeln stehenließ. Kasia sah sie zum ersten Mal. Piotr war auf der Beerdigung ihres Großvaters, um den es hier ja wohl immer wieder ging, gewesen. Er hatte bei dem anschließenden Kaffeetrinken neben ihr gesessen und erzählt. Piotr hatte ihr Dinge anvertraut, nur ihr allein.

Er hatte ihr gesagt, dass Alisas Großvater, der Freund seines Vaters, zu dessen Beerdigung er nun kam, einmal in den 90er Jahren nach Poznań gekommen war. Das lag ja schon Jahre zurück, doch er erinnert sich an endlose Gespräche zwischen seinem Vater und dem Freund aus Deutschland. Er erinnert sich, dass sein Vater einigermaßen aufgewühlt war. Und weil sein Vater damals so aufgewühlt war, kam er, Piotr, Jahre später dem Wunsch seines Vaters nach und war nach Deutschland zur Beerdigung des Freundes gefahren. Sein Vater war zu schwach zum Reisen. Er hätte ihn gerne mitgenommen, schließlich war sein bester Jugendfreund gestorben. Und dann hatte er ihr auch erzählt, dass es Gründe dafür gab, dass es nicht immer so harmonisch zwischen den beiden gewesen war. Es muss wohl mit seiner Tante Małgorzata zu tun gehabt haben, die Schwester von seinem Vater, da gab es eine Liebesgeschichte zwischen Tante Małgorzata und Alisas Großvater. Sein Vater regte sich wohl drüber auf, dass sein bester Freund, Alisas Großvater, die Beziehung zu Małgorzata nicht richtig beendete, sich nicht so ganz korrekt verhalten hatte. Deshalb wohl die Auseinandersetzungen zwischen den beiden Freunden, die er als junger Mann mitbekommen hatte. Alisa hat das genau behalten, sie findet Liebesgeschichten von früher, sozusagen aus grauer Vorzeit, total spannend, wo aus handschriftlichen Briefen das Liebesschmalz nur so heraustropft, je weiter die Liebenden voneinander entfernt waren, desto schmalziger. Vielleicht ist sie deshalb hergekommen. Um mehr Herzensgeschichten zu hören.

Jetzt erzählte Piotr gerade, dass seine Tante Małgorzata in Gdansk lebt, dass ihre Tochter Konga, seine Cousine, hier in der Nähe ist, in Kalisz, dass sie sie gemeinsam besuchen könnten. Die würde sich sehr freuen. Die hat auch Erinnerungen an Richards Vater beziehungsweise Alisas Großvater. Und wird ihnen viel erzählen können.

Alisa und Richard standen in der Hotelhalle, rote Polster, angestaubte graue Gardinen, die irgendwann mal weiß gewesen waren, grelles Licht. Die Gastgeber waren um die Ecke verschwunden, Alisa wandte sich zum Aufzug und drückte den Knopf. Warum kam Richard nicht? Er stand noch so wie zuvor da und nickte ihr kurz zu. Sie verstand nicht, was das sollte. Der Aufzug kam, die Tür öffnete sich. Sie drehte sich erneut um, ließ den Aufzug fahren und blickte fragend ihren Onkel an. „Ich geh nochmal um den Block."
„Ok."
„Kommst du mit?"
„Kann ich machen. Warum nicht."
Trotz Wind und Nieselregen kamen ihnen Menschen entgegen. Nach dem Theater? Nach der Oper? Richard spannte seinen großen Schirm auf, Alisa hakte sich bei ihrem Onkel unter. Wie er immer an alles dachte und für alle sorgte. Sie kamen am Zamek vorbei, der in der Dunkelheit noch wuchtiger als tagsüber war. Richard steuerte auf den Eingang zu.
Nein, das Café hat leider um 22:00 Uhr geschlossen.
Auf der Rückseite des grässlichen Schlosses sahen sie Leuchtreklame. Am Eingang einer Bar standen zwei Damen, die ihre Lacklederpumps gegen Stiefel tauschten. Die dazugehörenden Herren hielten die Schirme über sie.
Richard schaute Alisa kurz auffordernd an. So forsch hatte Alisa ihren Onkel noch nie erlebt. Sicher, weil Mama nicht da war.

Sie bestellten ein Bier.

„Ich weiß nicht, was das soll. Sie wollte unbedingt, dass ich mitkomme. Sie spricht viel besser Polnisch als ich. Wenn ich den Mund aufmache, kommt doch nur Blödsinn raus, oder Gestammel und Gestotter. Wer hat denn gut Polnisch gelernt? Sie oder ich? Sie kennt die Leute hier sowieso besser. Sie war es doch, die hierher wollte. Es war ihr Projekt. Es ist zum Kotzen. Ich bin so ein Blödmann, dass ich darauf reingefallen bin. So ein bescheuerter Trottel bin ich. Wirklich, ich könnte kotzen."

So hatte Alisa ihren Onkel noch nie reden hören. Wirklich noch nie. Dafür musste sie erst nach Polen reisen, musste von ihrer blöden Mutter im Stich gelassen werden – wie immer, eigentlich nichts großartig Neues, das bekannte Muster. Aber das hier war was Neues. Da saß sie hier in einer schummrigen Bar – irgendwas zwischen Bar, Kneipe und Restaurant –, Gelächter und Stimmen, Damen in eleganter Garderobe nippten an künstlichen rosafarbenen und grünlichen Cocktails, flankiert von Herren mit Krawatten. Ja, wahrlich, alle mit Krawatte, die tranken große Biere. Die Musik – hintergrundmäßig seicht. Die Sache begann ihr zu gefallen. Das konnte ruhig so weitergehen. Wenn Richard gerade begann, interessant zu werden, so wie er rummotzte, so wie ein beleidigter Schuljunge, wenn er sich noch weiter reinsteigerte, dann wäre was mit ihm anzufangen. Jetzt jedenfalls wollte sie nicht zurück, nicht jetzt, nicht gleich, hier war Spannung drin; sie winkte dem Kellner, sie bestellte einen pinkfarbenen Cocktail.

RICHARD

Spät war es, als Richard und Alisa wieder im Hotel eintrafen. Richard umarmte seine Nichte und gab ihr sogar einen scheuen

Kuss auf die Wange, ehe er in seinem Zimmer verschwand. Nach wenigen Minuten lag er im Bett und scrollte sich in seinem Handy durch die neuen Nachrichten. Das ging schnell, in den vergangenen drei Stunden waren gerade mal fünfzehn Mails und sieben Whatsapp-Nachrichten eingegangen. Nichts von Mona, er hatte auch gar nicht damit gerechnet; erleichtert ging er die Absender durch und stellte fest, dass alles Zeit bis morgen früh hätte. Alles, bis auf eine Whatsapp, die musste er jetzt schnell lesen, was war da los, warum überhaupt diese Nachricht? Sekunden später atmete er auf, alles in Ordnung, glücklicherweise, Piotr würde dichthalten, auf ihn war Verlass. Hatte er daran gezweifelt? Vor der Reise nicht, unterwegs auf der Bahnfahrt mit Mona dann erste leise Zweifel. Als Piotr aufgetaucht war und sie für den ersten gemeinsamen Abend abgeholt hatte, hatte ein Blick genügt und seine Zweifel waren fürs erste ausgeräumt. Im Laufe des Begrüßungsabends rutschte Richard ab und an unruhig auf seinem Stuhl hin und her, Piotr hatte reichlich getrunken, hoffentlich nicht zu viel. Er ließ sich bis zum Abschied nach Mitternacht nichts anmerken. Auch beim Abschied nicht, oder war sein Blick möglicherweise irgendwie anders, in Anlehnung an ein Modewort der vergangenen zwei Jahre, sozusagen verschwörerisch? Mona hatte jedenfalls nichts mitbekommen, und nun war Mona weg, das machte alles einfacher. Heute Abend mit Alisa hatte er sich bei Piotr viel lockerer gefühlt, fast schon normal. Irgendwann im Laufe des Abends hatte er alles vergessen, und erst recht in den letzten Stunden. Was heißt ‚erst recht‘, fragte sich Richard, entweder man vergisst, oder man hat diese eine Sache irgendwo im Hinterkopf. Er jedenfalls hatte das Vergessen genossen. Besser hätte es nicht sein können. Ohne Mona sowieso. Warum nur war Mona immer so anstrengend? Liebenswert und so was von anstrengend.

Hatte Piotr doch noch eine kleine Unruhe bei ihm gespürt? Und deshalb vorhin diese Nachricht geschrieben? Wann hatte er geschrieben? 22:14 Uhr las er im Display. Wann waren Alisa und er gegangen? Ja, das stand nun wohl nicht im Handy. Vielleicht so gegen zehn. Und verabredet hatten sie sich auch, nicht für morgen, aber für übermorgen. Ob Piotr auch erleichtert war, dass nur Alisa und er gekommen waren? Hatte Piotr auch Sorge sich zu verplappern? Und nun vielleicht deshalb gleich geschrieben? Auf Piotr war Verlass.

Richard las die Nachricht nochmal.

„Das mit dem Geld geht niemanden außer uns was an, Kasia weiß auch von nichts, und das soll auch so bleiben." Erst da begriff Richard, dass es um Kasia ging. Nicht nur er hatte Sorge, dass was ans Licht kommen könnte. Er war nicht der Einzige.

In dieser Nacht schlief Richard zum ersten Mal tief und traumlos.

5

RICHARD und ALISA

„Die Sache beginnt mich zu interessieren, trotzdem weiß ich nicht so recht, eigentlich muss ich schnell zurück. Was meinst du denn?"

Alisa nahm noch einen Schluck Kaffee und schaute ihrem Onkel kurz in die Augen. Dann schnitt sie sich ein Brötchen auf, schmierte Frischkäse oder etwas, was zumindest so aussah, drauf und belegte eine Hälfte mit Tomatenscheiben.

„Na ja, nach Kalisz sollten wir schon fahren, Piotr schien ziemlich überzeugt davon, dass uns das was bringen würde."

„Vielleicht, aber trotzdem, ich weiß nicht."

„Wenn es bei dir gar nicht passt, dann fahr ich ohne dich, ich kann das einrichten. Aber schöner wäre es schon, wir wären zu zweit. Würde mir gefallen. Jetzt, da deine Mutter wohl endgültig ihren eigenen Weg eingeschlagen hat."

Richard saß schon eine ganze Weile im Frühstücksraum. Er hatte sich mindestens dreimal Kaffee nachgeschenkt. Zu essen begann er erst, als Alisa auftauchte. Ziemlich spät. Machte nichts. Seine Nichte brauchte den Schlaf, dachte er sich. Sie wirkte gestern gestresst. Nein, am Ende des Tages nicht mehr, sie war wohl eine Nachteule, weil sie nach dem Besuch bei den Freunden noch mit ihm um die Ecken gezogen war. Damit hatte er nicht gerechnet. Auf jeden Fall war sie da ganz locker. Und jetzt schien sie von ihm eine Entscheidung zu wollen. Was konnte er schon sagen? Er würde nach Kalisz fahren. Das war klar. Er hatte schon mit seinem Arbeitskollegen das aktuelle Projekt besprochen, gleich heute früh, schon vor dem ersten

Kaffee; nach der zweiten Tasse hatte er den Kunden angerufen, für den sie in dieser Woche arbeiteten, und gerade, kurz bevor Alisa auftauchte, hatte er mit den ersten Skizzen begonnen. Nach dem Frühstück würde er weitermachen, mittags bei einem erneuten Kundengespräch seine Ideen vorstellen, der Nachmittag bliebe ihm zum Überarbeiten der Entwürfe. So wäre der heutige Tag kein verlorener Arbeitstag, morgen könnte er problemlos nach Kalisz fahren, sicher wären sie am späteren Nachmittag zurück, er hätte dann noch ein paar Stunden zum Weiterfeilen.

Was war mit seiner Nichte? Sollte er sie zum Bleiben drängen? Nein, das konnte er nicht. Das musste sie schon selbst wissen. Er hatte doch keine Ahnung, wie es bei ihr zu Hause ausschaute. Thomas kannte er ein wenig, der wirkte nett, der schien sich um den kleinen Sohn zu kümmern. Aber wie konnte er das schon beurteilen? Was wusste er schon von der Aufteilung bei den beiden? Und verantwortlich sein für irgendwas, was sich nicht absehen ließ – schlechte Stimmung, Streitereien –, das wollte er nicht. Das konnte keiner von ihm verlangen, seine Nichte am allerwenigsten.

„Ich weiß nicht, ich hab Thomas gesagt, ich bleib drei oder vier Tage."

„Und wenn du ihn anrufst und ihn fragst? Vielleicht ist es ja kein Problem für ihn mit Jonas."

„Ja, könnte ich machen. Ich weiß nicht, wie wichtig diese Sache ist. Also für mich. Und das kann mir auch Thomas nicht sagen."

So kam Richard nicht weiter. Klar konnte Thomas ihr das nicht sagen, aber er schließlich erst recht nicht. Das musste sie schon selber wissen. Mit so was konnte er nicht umgehen. Also mit solchen Entscheidungsunfähigkeiten. Jetzt hatte er gesagt, es gefiele ihm, wenn sie zu zweit seien. Das sollte reichen. Mehr könnte er nicht sagen.

„Ja, dann. Du musst das schon selber wissen. Ich jedenfalls bleibe hier."

Alisa biss in ihr Brötchen und schaute auf ihren Teller.

Jetzt tat sie ihm schon fast wieder leid.

„Na ja, du kannst das doch in Ruhe heute im Laufe des Tages klarkriegen. Von mir aus gibt es da keine Eile. Ich habe sowieso zu tun. Wir können uns gerne später zum Essen verabreden. Vielleicht siehst du dann ja klarer."

Das wäre geschafft. Er hatte das klar und deutlich gesagt, dabei einen freundlichen Ausdruck in sein Gesicht gezaubert. Das mit der Mimik fiel ihm nicht schwer, das klare und deutliche Verbalisieren schon eher. Bei Mona hätte er das nie so geschafft, und bei Barbara ging das auch nie so über seine Lippen. Vielleicht gelang es nun, weil seine Nichte eben seine Nichte war, die er von klein auf kannte, vor der er sich nicht fürchtete, vielleicht, weil er mit seiner Nichte zu zweit in einem fremden Land, in einem mittelmäßigen Hotel, in einem durchschnittlich nichtssagenden Frühstücksraum saß. Vielleicht war es das. Vielleicht lernte er in Polen klar und deutlich zu sein. Richard nickte Alisa zu, stand vom Frühstückstisch auf, ging zur Rezeption, fragte, wo im Hotel die beste Internetverbindung sei, fragte, ob er nach der Frühstückszeit einen Tisch im Frühstücksraum belegen könne. Die Dame an der Rezeption antwortete in Polnisch klingendem Englisch: „Selbstverständlich." Er solle noch dreißig Minuten warten, solange könne er gerne an dem kleinen Tisch neben der Rezeption mit seinem Laptop Platz nehmen. Er bedankte sich höflich auf Polnisch, die Dame lächelte nun richtig – also nicht nur professionell. Er fügte auf Englisch hinzu, er müsse nur noch kurz auf sein Zimmer, er käme gleich wieder.

Am nächsten Tag saß Alisa schon am Frühstückstisch, als Richard hereinkam.
„Um wieviel Uhr holt uns Piotr ab? Hat er nicht gesagt, er käme um neun?"
Richard bejahte kurz und bemühte sich, nicht überschwänglich zu wirken. Auf keinen Fall sollte Alisa sich erklären müssen, auf keinen Fall sollte sie denken, er habe sie gedrängt, sie müsse seinetwegen mitfahren. Auf keinen Fall. Bloß nichts falsch machen. Jedes Wort zu viel könnte grottenfalsch sein. Lieber fragte er nicht, wie es mit Thomas gelaufen war, lieber biss er sich auf die Zunge. Er holte sich Kaffee, Brötchen, Aufschnitt und Butter am Buffet. Sie aßen schweigend. Alisa wunderte sich, dass ihr Onkel so still blieb. So anders als in den letzten Tagen. Na gut, sie konnte auch still sein. Wenn er gar nicht wissen wollte, wie sie zu ihrem Entschluss gekommen war. Dann eben nicht.
Richard sprach erst wieder, als sie mit Piotr und Kasia im Auto saßen.
Erzählte von seinem Job, von den Planungen für einen mittelgroßen Gebäudekomplex in Berlin, von den Entwürfen, die er gestern erstellt hatte, von der Rezeptionistin, die ihm den ganzen Tag einen Arbeitsplatz verschafft hatte, erst in einem Winkel hinter der Rezeption, dann im Frühstücksraum, am Nachmittag in einem Konferenzraum.
„Und das machte dir nichts aus, immer wieder mit Sack und Pack hin- und herzuziehen?

„Absolut nicht. Mein Laptop ist mein Werkzeug. Mehr brauche ich nicht. Seit wir die Skizzen nicht mehr auf Papier anfertigen, ist da einiges einfacher geworden."

Richard saß vorne neben Piotr. Kasia und Alisa hinten. Kasia, die schräg hinter Piotr saß, rutschte auf ihrem Sitz nach vorne, berührte Piotr leicht am rechten Oberarm. Er bemerkte die Berührung, drehte sich ganz kurz leicht nach hinten, murmelte etwas auf Polnisch, Kasia nickte und setzte sich wieder zurück.

Piotr räusperte sich und wandte sich dann an die Gäste.

„Ich muss euch noch was sagen, ehe wir in Kalisz ankommen. Nur, dass ihr euch nicht wundert. Die sind alle sehr gastfreundlich. Wir sind sicher zum Mittagessen eingeladen. Ist ja von der Uhrzeit ganz passend. Und wenn wir Glück haben, zeigen sie uns hinterher die schmucke kleine Altstadt. Die wird euch gefallen. Aber da ist noch was, was ich euch sagen wollte."

Zum ersten Mal vermisste Richard seine Schwester. Sie kamen mit leeren Händen. Das wäre mit Mona nie passiert. Ein kurzer Blick nach hinten zu Alisa, und er wusste, dass sie auch nichts besorgt hatte. Blumen, das wäre es. Ein schöner Strauß.

„Können wir an einem Blumenladen anhalten? Gibt es da was auf dem Weg?"

„Vielleicht kommen wir an einem vorbei. Ich kenne Kalisz auch nicht so gut. Aber ihr braucht nichts mitzubringen. Das ist nicht nötig. Lass mich noch was anderes sagen."

„Gleich. Bitte, die Blumen sind wichtig. Das möchten wir wirklich unbedingt. Du könntest vielleicht da vorne in der Tankstelle fragen."

Sie fuhren schon in die Stadt hinein.

Piotr wirkte unruhig.

„Ja, ja, aber wie gesagt, da ist noch was."

Als Piotr an der Tankstelle hielt, sprang Kasia schnell aus dem Wagen, um drinnen an der Kasse nach einem Blumengeschäft zu fragen.

Und wieder räusperte sich Piotr.

„Was ist los?", wollte Alisa wissen.

Richard war so mit seinem fehlenden Gastgeschenk beschäftigt, dass ihm Piotrs Unruhe völlig entgangen war.

„Also, das ist so. Ich habe uns ja angekündigt. Und sie wollen euch unbedingt treffen. Sie werden euch sicher was von der Familie erzählen. Aber bitte, seid vorsichtig. Fragt nicht so viel Politisches nach. Das könnte, na ja, ich weiß nicht, das könnte schlecht ankommen oder so. Ich weiß nicht, was die erzählen wollen. Keine Ahnung. Witold ist manchmal echt komisch, hat merkwürdige Ansichten, ist nicht so unbedingt deutschfreundlich. Also bitte nicht wundern. Und nicht so viel nachfragen, vor allem nicht so viel Politisches."

Richard und Alisa nickten heftig und beteuerten fast gleichzeitig, sich daran halten zu wollen.

Das verbotene Zimmer im Märchen, kam es Alisa in den Sinn.

Richard summte vor sich hin: „Keiner tut gern tun, was er tun darf – was verboten ist, das macht uns gerade scharf."

Kasia stieg wieder ins Auto und leitete Piotr zu einem Blumenladen einige Straßen weiter.

Mit seinem Blumenstrauß in der Hand fühlte sich Richard etwas besser. Als er wieder im Auto saß, erhaschte er einen kurzen Blick von Piotr und erwidert den Blick. Ein kurzer Augenblick der Gemeinsamkeit. Da ist etwas zwischen ihnen. Eine Abmachung, ein stilles Übereinkommen.

Sie sind beide noch in den Zwanzigern. Anfang der Neunziger Jahre. Aufbruchsstimmung in Polen. Eine neue Zeit. Zeit der Pläne. Piotr plant eine Sprachschule. Alle lernen wie verrückt Englisch und in Westpolen auch Deutsch. Die Welt dreht sich neu.

Richard besucht seine Eltern. Am Ende seines Studiums. Hatte versprochen vor den Prüfungen nochmal vorbeizukommen. Bleibt über Nacht. Muss aber auch lernen. In seinem früheren Kinderzimmer packt er die Ordner aus. Die Türen sind offen. Vater und Mutter im Wohnzimmer. Mutters Stimme laut und fordernd. Vater leise, bestimmt, beharrend.

„Denk an deinen Freund", hört er Mutter. Die Antwort versteht er nicht, die Sturheit kennt er nur zu gut. Er kann es nicht lassen und fragt abends beim Essen nach.

„Was war mit Vaters Freund? Der in Polen?" Vater grummelt Unverständliches. Mutter erläutert. Die neue Zeit im Ostblock. Alle wollen Geld verdienen. Alle haben Pläne. Der Sohn von Dariusz auch. Und benötigt Geld, eine Startsumme. Nicht zu viel, aber auch keine Kleinigkeit. Vater stur. Der Geizkragen. Unglaublich. Redet doch sonst immer von Solidarität. Schwärmt von dem Zusammenhalt mit den alten Freunden. Die unerträgliche Sturheit.

Richard mischt sich ein.

„Dann mache ich das", sagt er trotzig. Vater starrt ihn an.

„Du? Du hast doch nichts. Misch du dich da bloß nicht ein!"

Zwei Tage später der Termin bei der Sparkasse. Ja, ein Kredit ist selbstverständlich möglich. Und die Zinsen? Nun ja, besondere Konditionen gibt es leider nicht. Er hat ja noch kein regelmäßiges Einkommen. Aber da ließe sich was machen. Die

Zinsen ließen sich verringern, könnte er nicht eine Bürgschaft bringen. Vielleicht von seinem Vater.

Richard verließ die Sparkasse. Ihm wurde flau. Dieser alte Schauspieler, immer auf Seiten der Armen im Osten, als reicher Westler. Jetzt war es vorbei mit dem armen Osten, schon zeigte Vater sein wahres Gesicht. Er wollte wohl gar nicht, dass die es zu etwas brachten.

Bei einem Halsabschneider unterschrieb Richard. Elegantes Viertel. Teure Altbauwohnung im Erdgeschoss. Ledersessel, dunkelrot lackierter Schreibtisch. Ein Kredit. Kein Problem. Richard unterschrieb. Das Kleingedruckte las er ein gutes Jahr später, als er ein festes Gehalt bezog und von jedem Geldinstitut als kreditwürdig eingestuft wurde. Doch nun kam er nicht mehr aus dem Knebelvertrag raus. Und zahlte. Piotr hatte das Geld, baute seine Sprachschule auf, ein glänzendes Geschäft, er hatte ein Händchen dafür, fähige, hochmotivierte Lehrerinnen und Lehrer zu finden, die Schüler rannten ihm die Bude ein. Jeden Monat zahlte er Richard pünktlich seine Rate. Zum Glück absolut zuverlässig. Das Geld von Piotr kam immer haargenau zwei Tage, bevor Richards Konto mit dem Kredit belastet wurde. Schließlich lief der Laden so am Schnürchen, dass Piotr nach fünf Jahren die Schulden halbiert hatte und die verbleibende Hälfte mit einer Überweisung aus dem Weg räumen konnte. Richard hatte noch länger damit zu tun, der Knebelvertrag klebte an ihm, am Ende hatte er die gleiche Summe, die er geliehen und weitergegeben hatte, noch mal bezahlt. Teure Rache an seinem Vater. Barbara wusste nichts davon, und das sollte auch so bleiben.

Bald schon kutschierte Piotr seine Kasia wie eine Prinzessin im Auto herum, es war zwar noch kein Neuwagen, nur ein uralter

Opel Kadett. Er kaufte bunte Stühle für die Klassenräume und strich die Wände in knalligen Rottönen. Rot hilft beim Lernen, hatte er mal gehört.

Später hatte Martin zu Richard gesagt, er habe Piotr nicht unterstützt, da sein Freund Dariusz ihm dringend abgeraten hatte, der hatte wohl seinem eigenen Sohn nicht getraut.

Piotr erfuhr nicht, wie Richard an das Geld gekommen war. Und auch er sagte niemandem etwas. Kasia wusste bis jetzt nichts davon, und das war auch gut so.

Von dem Halsabschneider im Westen ahnte er nichts.

In den letzten fünfzehn Jahren hatten Richard und er wenig voneinander gehört. Vergessen hatten sie beide den Deal nicht, mit unterschiedlichen Gefühlen. Der eine dankbar, der andere stolz.

6

RICHARD und ALISA

Konga bedankte sich überschwänglich für den Blumenstrauß, ziemlich unangemessen für einen einfachen Strauß, fand Richard. Konga meinte, dass das nun wirklich nicht nötig gewesen sei. Sie suchte eine passende Vase. Alisa und Richard rollten die Augen beim Anblick der bauchigen dunkelroten Glasvase, goldene Verzierungen am Fuß und am oberen Rand, füllte sie mit Wasser, schnitt die Blumen noch ein wenig zurecht, wiederholte, was für ein schöner Strauß. Mehr polnische Höflichkeit, als dieser Strauß verdient hatte. Noch mehr davon würde ihm sicher nicht bekommen. Ob er schon morgen traurig ausschauen würde, ob er übermorgen im Mülleimer landen würde, fragte sich Alisa und bemühte sich, die Dankeshymnen von Konga zu überhören.

Sie hatten vor zwei Stunden gefrühstückt und saßen nun an einem Tisch, der sich vor Köstlichkeiten bog. Konga redete nicht mehr von den Blumen, nun redete sie von dem, was auf dem Tisch stand, immer wieder betonte sie, es sei gar nichts, eine Kleinigkeit, lauter Kleinigkeiten, hoffentlich ausreichend, hoffentlich das Richtige, hoffentlich habe sie ihren Geschmack getroffen. Sie zeigte auf den weißen Käse, den Hering in Öl, den Hering in Mayonnaise, die Blaubeermarmelade, den Hartkäse aus Zakopane, das traditionelle dunkle Brot, die frisch aufgetauten Himbeeren aus dem eigenen Garten, dazu selbstgemachte Grütze. „Kasza." Ja, sie hätten Recht, fast wie der Name von Piotrs Frau, etwas anders ausgesprochen, aber ihr Polnisch sei wirklich gut, um solche Feinheiten sollten sie sich keine Gedanken machen. Alisa und Richard brauchten gar nicht viel zu sagen, sie hatten sich ein paar Sätze mit ‚smakuje znakomicie' zurechtgelegt, das reichte vollkommen aus. Richard, der sehr auf seine Ernährung achtete, dem jedoch auch an der Würdigung der Gastgeberin lag, fühlte sich in einem Dilemma, gab sich geschlagen, nestelte nicht ganz unbemerkt an seinem Gürtel herum, wählte eine anderes Loch für die Gürtelschnalle, er hätte auch um drei Löcher weiterstellen können, so wie er sich fühlte. Konga verschwand und kam mit zwei Geschenktüten wieder. Bunte Blumenmuster zierten die Tüten, die sie vor Richard und Alisa auf den Tisch stellte, eine Kleinigkeit, nicht der Rede wert, nur ein bisschen was Typisches aus Kalisz, bloß eine kleine Erinnerung. Die Tüte enthielt ein paar Infoblätter zu Kalisz, drei Postkarten mit Altstadt und Fluss, eine Tafel Schokolade von Wedel – die beste polnische Marke – bemerkte Konga, eine Packung polnische Schaumsüßigkeiten, Ptasie mieczko – „eine absolute Spezialität, die kennt ihr noch nicht, nein wirklich, ja dann müsst ihr die unbedingt probieren." Eine Tüte mit śliwka nałeczowska, genauso eine – also vielmehr zwei, sie waren ja zwei – hatten sie bei Piotr und Kasia bekommen – sie lagen längst unten in Koffer und Rucksack – und mindestens zwanzig krówki, Sahnebonbons.

„Ich habe eine Auswahl gesucht, ich wusste nicht, welche Geschmacksrichtung euch am besten gefallen würde, deshalb." Richard fragte sich, was er mit seinem Gürtel machen könnte, dann fiel ihm ein, dass er diese Palette von Süßem ja jetzt nicht probieren müsste, dass es jetzt mehr um den Hering und die Grütze ginge. Was ihm vor wenigen Minuten noch irgendwie machbar erschien, ein paar Löffel polnische Grütze, einen

Klecks Heringssalat und vielleicht sogar noch ein Scheibchen von dem Käse. Das ging jetzt gar nicht mehr, schien ihm jetzt ganz unmöglich, es gab keine logische Erklärung dafür, wo er doch diese verdammten Süßigkeiten jetzt gar nicht essen musste. Nein, logisch war da gar nichts, aber sein Magen hatte nichts mit Logik im Sinn, sein Magen wollte nicht mehr, machte nicht mehr mit, scherte sich einen Dreck um Richards Höflichkeit, keinen Bissen würde er hier runterbekommen. Hilflos schaute er seine Nichte an. Auf ihrem Gesicht war nichts zu erkennen. Kein Rettungsanker. Wohin sollte er seine Augen lenken? Auf jeden Fall weit über den Tisch hinweg. Sehr weit. Und weit fort von dieser Konga, die unermüdlich weiter über die Süßigkeiten dozierte. Schließlich suchte er Piotrs Blick.

Alisa hatte längst beschlossen, ihr schauspielerisches Talent zu erproben. Hier sowieso, wenn nötig auch später und morgen oder übermorgen. Essen wie ein Vögelchen, lächeln, immer wieder loben, immer wieder Schlückchen vom Kaffee nehmen, noch ein winziges Häppchen vom Salat, selbstverständlich kein Brot, noch ein Stückchen von dem Käse, über dessen Entstehung, Herstellung und Verbreitung Konga stundenlang dozierte, still sein, die Lobeshymnen ausgenommen, warten, bis das Gespräch eine andere Wendung nimmt, geduldig warten. Das war ihr fester Entschluss, der hatte allerlei Hintergründe, auf die er sich stützte. Wie stabil die Pfeiler sein würden, würde sich zeigen. Die Entscheidung, die Reise fortzusetzen, war ihr nicht leichtgefallen, sie hatte ihrem Onkel nichts gesagt, sie hatte das mit sich ausgemacht, eine Ergebnismitteilung, das sollte reichen. Entschieden hatte sie sich dafür, mehr zu erfahren, darüber, woher ihr Großvater kam, darüber, wie man hier so lebte. Über ihre Wurzeln? Vielleicht auch das, obwohl, mit dieser Wurzelgeschichte hatte sie es nicht so. Wie eine Journalistin wollte sie sich fühlen, so wollte sie vorgehen, so wollte sie erscheinen. Bis zum Überlaufen gedeckte Tische und klebrige Geschenke für die Gäste betrachtete sie als süßsalzige Komponente ihrer Recherche. Das war das eine; das andere waren diese spindeldürren jungen Mädchen, die ihr in den letzten zwei Tagen überall begegnet waren, in der Straßenbahn, auf der Straße, im Hotel, ja sogar im Restaurant, und das war umso erstaunlicher, als Alisa aus den Augenwinkeln beobachtet hatte, dass ihnen durchaus ansehnliche Portionen serviert wurden. War das eine Form des Intervallfastens? Schnell hatte sie nach mehreren abschätzigen Blicken für sich beschlossen, so eine dünne Silhouette auf keinen Fall gut zu finden. Sie hatte sich dabei ertappt, dass wohl auch ein gewisser Neid sie zu diesem Maßstab geführt hatte. Im Restaurant hatte sie sich wieder ganz dem Gespräch zugewandt, am nächsten Morgen im Hotel am Frühstücksbuffet dann wieder im Stillen Taillen vermessen und instinktiv den Atem angehalten und ihren minimal vorhandenen Bauchansatz eingezogen. Und jetzt spürte sie in sich eine Genugtuung. Sie würde diesen Test bestehen und sich als Food-Journalistin am rechten Platze fühlen.

Das Dankeslächeln geriet Richard ziemlich schief, doch kannte Konga ihn ja nicht und konnte es infolgedessen nicht merken. Piotr fiel es auf, er war erfahrener im Umgang mit Deutschen und er kannte die beiden Gäste besser als seine Cousine. Richard, der saß dermaßen verkrampft da, der sah aus, als würde er gleich zusammenklappen, jeden Moment konnte das passieren.

Piotr fühlte sich bemüßigt etwas zu tun, aber was? Wenn ihm nicht bald etwas einfiele, würde er sich ebenso schief und unbehaglich fühlen, wie sein Freund.

Er möchte das Gespräch auf die Vergangenheit lenken. Auf Małgorzata und Martin, auf Hanka. Da taucht Witold auf und gesellt sich zu der Runde. Piotr beginnt zu stottern und verstummt. Witold plaudert leutselig, begrüßt die Gäste seiner Frau, die auch seine Gäste sind. Er sagt zu den beiden: „Wie fühlt ihr euch, hoffentlich gut, kein Problem hier, man kann auch abends rausgehen, zum Glück gibt es bei uns nicht diese Unmengen von islamischen Flüchtlingen, hier droht keine Gefahr, absolut keine." Er scheint keine Antwort zu erwarten.

Jetzt fühlt sich Piotr tatsächlich unbehaglich. Er wirft Witold einen wütenden Blick zu. Konnte der das nicht mal lassen?

Piotr wendet sich an Konga. Ihre Mutter, seine Tante, was hatte die für eine Beziehung zu Richards Vater Martin? Ist zwar endlos her alles, könnte aber für die Deutschen interessant sein. Was wusste seine Cousine darüber? Ob sie wohl als Kind da irgendwas mitbekommen hat? Ob ihre Mutter ihr was erzählt hatte?

Richard schreckte auf. Was war das? Was hatte Piotr gerade gesagt? Piotr blickte ihn fragend an, schien auf eine Antwort zu warten. Himmel, was war das? Schon wieder. Was zuerst? Woher kam das Tschilpen? Was hatte Piotr wissen wollen?

„Pardon, ich war gerade woanders. Mit meinen Gedanken, meine ich."

„Macht nichts, Konga und ich wollten bloß wissen, in welchem Jahr dein Vater aus Polen wegging…"

„Ja, kein Problem, in den Sechzigern, warte mal, ich muss kurz nachrechnen…"

Da war es wieder, das Geräusch. Kein angenehmes beflügelndes Vogelgezwitscher. Beileibe nicht. Viel zu laut. Durchdringend. Dominant. Aggressiv. Zerstörerisch.

„Ach so, ja, also Mona ist Jahrgang 66, da war er erst seit kurzem in Deutschland, also erst kurz verheiratet…also das muss 1964 gewesen sein, sein Weggehen…ja, ich glaube 64."

Schon wieder. Es hielt ihn nicht mehr auf seinem Stuhl. Richard sprang auf. Starrte in Richtung Terrasse. Die Glastür war gekippt und ließ alle Geräusche ungefiltert durch.

Richard merkte, dass ihn die anderen verwundert ansahen. Er setzte sich wieder hin, murmelte etwas von ‚Rückenschmerzen' und ‚langem Sitzen'. Was wollten sie von ihm? Sein Kopf war leer. Oder eben nicht leer, sondern bis obenhin voll mit diesem Tschilpen.

„Also, du meinst wenige Jahre vor Monas Geburt war das?"

„Ja, ja, wenige Jahre", wiederholte Richard und wusste gar nicht mehr, was da überhaupt gewesen sein sollte. Er konnte nicht nachfragen, das wäre jetzt zu peinlich. Also wiederholte er: „Wenige Jahre vor ihrer Geburt, ja, so war das."

„Weißt du, wir überlegen gerade, wann der Briefwechsel zwischen Kongas Mutter und ihm angefangen hat. Das muss ja gleich, nachdem er nach Deutschland ging, begonnen haben. Małgorzata hat ja 1963 geheiratet, da war Konga zwei, die Familie atmete auf, als endlich klare Verhältnisse herrschten. Aber so klar waren die Verhältnisse vielleicht gar nicht, das wissen wir nicht so genau. Deshalb seid ihr ja hier, wir kommen gemeinsam weiter."

Richard spürte ein Grummeln in seinem Magen. Unwillkürlich kamen ihm die Heringe in den Sinn und die Mayonnaise und der Kartoffelsalat. Da wäre ihm das Tschirpen und Tschilpen beinahe lieber gewesen. Sein Bauch blähte sich, sein Magen rumorte. Wieder richtete er sich auf, entschuldigte sich, es wurde nicht besser, sondern schlimmer, er setzte sich wieder.

Jetzt hörte er aus der Ferne auch noch Alisas Stimme: „Weißt du, Richard, wir brauchen nur ein paar Daten von dir, das andere kriegen wir dann schon zusammen."

Richard konnte keine Daten liefern, Richard stürzte aus dem Raum, stürzte zur Toilette, gerade noch rechtzeitig und erbrach sich.

Als er zurückkam, blickte er in besorgte Gesichter. Vorsichtig nahm er wieder Platz.

„Der Magen ist nicht ganz in Ordnung", war das Einzige, was er hervorbrachte. Piotr und Alisa, die beide erschrocken aufgesprungen waren, setzten sich, nahmen fast gleichzeitig einen Schluck Saft und sagten nichts. Konga ging in die Küche.

„Ich mach dir einen Kamillentee, das wird dir guttun." Das Abfragen von Lebensdaten seines Vaters war vorbei. Wenigstens ließen sie ihn jetzt in Ruhe.

Auch draußen war es endlich still geworden.

Richard wusste es plötzlich. Das Tschilpen. Damals. Irgendwann. Er war ganz klein. Weit weg. Mit Vater. Er wollte, dass das aufhörte. Er wollte weg. Nach Hause. Oder sterben. Damals mit Vater. Irgendwo in Polen. Als er nichts verstand. Als Vater schluchzte, weinte und gar nicht mehr aufhörte. Vater hatte stumm dagestanden, er hatte versucht, seine Hand zu fassen, er schaute an ihm hoch, endlos weit hoch, Vater war so groß, er war so klein. Irgendwo tschilpte ein Vogel ganz grässlich.

Konga kam mit dem Kamillentee, stellte den Tee auf ein kleines Tischchen neben dem Sofa, schüttelte die Sofakissen auf und bat Richard, sich auf dem Sofa auszuruhen.

Richard war froh, vom Esstisch wegzukommen.

Konga wiederholte, dass sie sich nicht richtig an Martin erinnerte. Sie war ja noch ein Kleinkind, als er nach Deutschland ging. Etwas später hatte sie von ihm gehört, Mama hatte ihn manchmal erwähnt, wenn sie sich mit ihrer Freundin Hanka traf. Das war ja die Schwester von diesem Martin. Die Freundin kam manchmal für ein paar Tage zu Besuch, Mama bereitete immer etwas Besonderes vor, kleine Küchlein, die es sonst nicht gab, einmal eine Süßspeise mit Blaubeeren, die Blaubeeren waren nicht das Besondere, die gab es ja in Unmengen in jedem Sommer, besonders war die Sahne, die Mama ergattert hatte, eine ungeheure Köstlichkeit.

Tante Hanka saß mit der Familie zusammen, alle aßen zusammen, die Freundin war so anders als alle, die sonst zu Besuch kamen; die Freundin sprach eins so gut wie das andere – sie wechselte vollkommen mühelos zwischen Polnisch und Deutsch. Nach dem Kaffee unterhielten sich Mama und Tante Hanka alleine, da richtete Konga es so ein, dass sie sich mit ihren Puppen im Puppenwagen in Hörweite niederließ, dass sie die Puppen schlafen legte, wieder weckte, ihnen Getränke gab und sie fütterte. Ganz still war sie, um ja nichts von dem, was die beiden miteinander sprachen, zu verpassen. Es ging ganz viel um Mamas Jugend, unvorstellbar für sie, dass Mama mal ohne sie gewesen war, es ging um gefährliche Situationen, die sie sich ebenso wenig vorstellen konnte wie die jugendliche Mama. Da war die Rede von Polizei, von Treffen, die unbedingt geheim gehalten werden mussten, von Flugblättern, die sie geschrieben hatten, da ging es um die Jungen, und wenn es um die Jungen ging, hörte Konga ganz auf zu spielen und spitzte nur noch die Ohren. Dann war manchmal von Martin die Rede, dann wurden die beiden so leise, dass auch das Ohrenspitzen nicht mehr viel nützte. So viel bekam sie immerhin mit, dass dieser Onkel Martin gar nicht in Polen lebte, aber früher war er in Polen gewesen, er war ja schließlich der große Bruder von Tante Hanka.

Gesehen hatte sie diesen Onkel Martin erst später, das war in den Siebzigern, sie überlegte kurz. Alisa wundert sich: „Da hast du meinen Großvater gesehen?" Es schien interessant zu werden.

„Ja, das habe ich, ich bin ganz sicher, hundertprozentig. Du kannst nachher, wenn es ihm besser geht, deinen Onkel Richard fragen, er war nämlich auch dabei. Ja, das war eine traurige Sache, sehr traurig sogar. Ich glaube, ich war schon dreizehn, denn ich hatte schon meine hellgrüne Jacke, an die erinnere ich mich genau, die bekam ich, als ich dreizehn wurde. Dann war das wohl 1974. Da war Tante Hanka plötzlich tot, ich hatte da schon viel mit Todesfällen zu tun gehabt, aber das war etwas anderes, die anderen waren alle alt gewesen, Tante Hanka war jung. Bei der Beerdigung war auch Onkel Martin dabei, das weiß ich genau, und ich glaube sogar, dass auch Richard mit war, ein kleiner Junge, aber das weiß ich nicht so genau, denn ich war dreizehn, ich interessierte mich nicht für kleine Kinder, ich wollte erwachsen sein, ich wollte nicht spielen, spielen war das Allerletzte. Ich hasste es, wenn ich mich um die kleinen Kinder kümmern sollte, gerade bei solchen Gelegenheiten; ich wollte bei den Großen sitzen und fühlte mich richtig groß, wenn ich es durfte. Ich wollte alles

mitbekommen, die Welt der Großen, in die wollte ich hineinge-
langen. Und bei dieser Beerdigung, ich erinnere mich genau, da
waren sie alle so durcheinander, da durfte ich machen, was ich
wollte, da achtete niemand so auf mich.

Dieser Onkel Martin, der trug einen schwarzen Hut, ich sehe
ihn vor mir, als wäre es gestern gewesen, ich schaute ihn mir
genau an, er war schließlich der Bruder von Tante Hanka. Keiner sagte so richtig, woran sie gestorben war, ich hatte vorher
eigentlich nie gehört, dass sie krank gewesen wäre, aber jetzt
war sie plötzlich tot. Das Ganze war tief beeindruckend für
mich, die Tante, die plötzlich tot war, ohne Krankheit, noch
beeindruckender waren die Erwachsenen, die hatte ich noch nie
so durcheinander erlebt, so anders als ein Jahr vorher, als meine Großmama gestorben war, alle still, alle aufrecht, alle in
einer Reihe, oder auch zwei, alle gefasst. Und bei diesem Be-
gräbnis, das reinste Chaos. Mama lief hin und her…

Viel später erfuhr ich, was mit Tante Hanka los gewesen war.
Also wirklich, ich schätze mal mindestens zehn Jahre später."

Hier endete Kongas unerwarteter Redefluss.

Konga schaute zu Boden, schaute zu Piotr, spürte, dass die anderen erwartungsvoll warteten. Quatsch, die anderen… Witold
kennt die Geschichte, Piotr sowieso, und Richard sitzt – oder
besser gesagt liegt – teilnahmslos auf dem Sofa, bleibt nur Alisa, was soll das, sie muss ihr nicht alles sagen, sie kennt die
junge Frau ja gar nicht.

„Na ja, das ist ja eine ganz andere Geschichte, mit der ich euch
nun gelangweilt habe. Jedenfalls habe ich da euren Martin gesehen, und ich war beeindruckt von diesem großen schlanken
Mann mit dem schwarzen Hut."

Richard nahm einen Schluck von dem Tee und stellte die altmodisch verschnörkelte Tasse vorsichtig wieder auf die geschwungene Untertasse. Er hätte den Kamillentee lieber mit Zucker getrunken – doch nach Zucker fragen? Lieber nicht. Jetzt bloß keine Aufmerksamkeit erregen. Es war schlimm genug, was ihm passiert war. Schlimm und peinlich. Was ein Glück, dass er den Weg ins Bad rechtzeitig geschafft hatte. Was wäre gewesen, wenn … daran wollte er lieber gar nicht denken. Hier auf dem Sofa war er aus der Schusslinie, solange er sich nicht rührte. Ein bisschen wie Konga damals vor … ja, vor wie vielen Jahren eigentlich? Wahnsinn, vor fast 50 Jahren. Er hat alles mitbekommen, möchte aber unbemerkt bleiben. Ein Spion, ein Spionagefilm. Unerkannt und abgeschirmt sitzen, Notizen machen. Im entscheidenden Moment, dann, wenn es niemand erwartet, zuschlagen. Ein Film kommt ihm in den Sinn, nicht der ganze Film aber eine Abhörszene. Einer, der alles aufzeichnet, was gesprochen wird. Lange her der Film. Ulrich Mühe – großartig in der Rolle des Stasimannes. Wie hieß der Film doch gleich? Ach ja, „Das Leben der Anderen". Einen Moment schmunzelt Richard in sich hinein, vergisst die Peinlichkeit und sieht sich auf dem Sofa wie ein Geheimdienstler. Die Beerdigung … spannend, wie Konga das erzählt hat. Schade, dass sie abbricht. Woran ist seine Tante Hanka gestorben? Er weiß es nicht, hat nie danach gefragt, er hätte ruhig mal fragen können. Vater wirkte nie so, als wolle er darüber Auskunft geben. Er trug ein Foto von seiner Schwester bei sich, in seiner Brieftasche, wahrscheinlich hatte er das Foto immer dabei. Es war ein hübsches Foto, eine junge Frau lächelt in die Kamera. Schulterlanges, leicht gelocktes Haar. Schwarzweiß-Foto. Diese Tante blieb immer jung, ihr Leben war jung zu Ende gegangen, so war sie die ewig junge Tante. Woran war sie gestorben? Er hatte nicht gefragt. War es das schlechte Gesundheitssystem im sozialistischen Staat, einem Staat, in dem es in den 70er Jahren an so vielem fehlte, vielleicht auch an wichtigen lebensrettenden Medikamenten? Er war ja damals ein kleines Kind gewesen. Später, als Teenager, hatte er nicht fragen wollen, weil er keine doofen antikommunistischen Tiraden von seinem Vater hören wollte, noch später war es ihm entfallen. Jetzt hätte er fragen können, doch blieb er lieber der stille Spion auf dem Sofa und wollte seine Rolle nicht durch eine dumme Nachfrage gefährden. Was heißt gefährden? Es wäre sofort aus und vorbei mit seiner Rolle gewesen. Alle würden sich zu ihm umdrehen, würden ihn fragen, wie es ihm nun ginge, ob er etwas brauche, vielleicht noch einen frischen Tee, ob er sich noch ausruhen wolle, ob er etwas nicht vertragen habe, ob ihm so etwas öfter passiere, ob er einen empfindlichen Magen habe. Nein, sein Magen war nicht besonders empfindlich, das Essen war nicht verdorben oder unverträglich, es war nur zu viel gewesen, er wusste genau, was es war, es war dieses impertinente Vogeltschilpen, das alles ausgelöst hatte, weil es ihn in die graue Vorzeit der Kindheit zurückkatapultiert hatte.

Und jetzt richtete er sich mit einem Mal auf, schlug die Hände vors Gesicht, brachte ein merkwürdiges Stöhnen hervor, und natürlich richteten sich die Blicke auf ihn; „Nein, nein, es ist nichts", wehrte er ab, „es geht schon viel besser, es ist nur … mir ist gerade etwas eingefallen."

Was er vorhin erinnert hatte: das unerträgliche Tschilpen, er an der Hand des schluchzenden Vaters, der Vater nicht groß und stark wie sonst, der Vater, der nicht mehr aufhörte zu schluchzen, den er, der kleine Junge, nicht erreichte, inmitten von fremden Menschen, ihm fremden Menschen, alle mit gesenkten Köpfen, alle in schwarzer Kleidung. Es war seine erste Fahrt alleine mit Vater, weit weg, nach Polen, nur sie beide. Die Tante, die er nicht kannte.

„Einmal gesehen", sagte Mama zu ihm. Die Tante war gestorben, nur Papa und er fuhren hin. Mama konnte nicht. Mona und Mama blieben zu Hause. Er hatte sich stolz gefühlt, dass Papa ihn mitgenommen hatte.

Das war die Beerdigung, von der Konga gerade erzählt hatte.

Die Sonne stand schon sehr tief, als sie wieder nach Poznań fuhren. Es ging Richtung Norden, doch machte die Straße ab und an einen Schlenker nach Westen. Dann leuchtete der Sonnenball durch die Windschutzscheibe. Piotr klappte die Sonnenblende hinunter, um überhaupt etwas zu sehen und nahm den Fuß vom Gas. Alisa blinzelte in die Sonne. Richard saß hinter Piotr. Ihm war immer noch nicht nach Reden.

Er sah, wie Piotr sich kurz nach hinten drehte, er hörte Piotr zu Alisa sagen: „Die Familie hat damals großes Glück gehabt, dass der Priester die Beerdigung begleitete. Die katholische Kirche, du weißt ja, in so einem Fall ..."

„Verstehe ich nicht, was meinst du damit?"

„Na ja, lange Zeit war es ja so, dass Selbstmörder keinen kirchlichen Segen erhielten. Der Priester kannte die Familie. Er litt wohl mit der Familie mit. So eine junge Frau ..."

Auf dem Rücksitz versteinerte Richard.

Als Piotr die beiden Deutschen am Hotel abgesetzt hatte, platzte es aus ihm heraus: „Kasia, ich verstehe überhaupt nichts mehr. Richard weiß absolut nichts über Hanka, das ist so unglaublich. Ich wette, er weiß auch nichts über die Liebschaft seines Vaters, und was das Dollste ist, er scheint nichts in den Briefen gelesen zu haben. Wo sind überhaupt die Briefe? Hat Mona die alleine an sich genommen? Briefe von Hanka. Briefe an Małgorzata. Das hatte ich doch Mona am Telefon gesagt. Und das wissen die anderen beiden nicht?! Eine völlig verrückte Familie. Kasia, ich fasse es nicht."

7

MONA

Das Hotel lag außerhalb der Altstadt auf einer Anhöhe. Es gab vom Bahnhof eine direkte Busverbindung. Mona wartete eine knappe Viertelstunde im Nieselregen, schaute auf den Fahrplan, fünf Minuten später erneut, um sich zu vergewissern, dass sie richtig nachgesehen hatte, dann noch einmal, um die Stationen bis zur Haltestelle zu zählen. Die Handtasche stellte sie kurz neben sich auf den roten Plastiksitz des Wartehäuschens. So konnte sie besser kramen und das Kleingeld für den Bus abzählen. Es wäre besser, das Geld jetzt herauszusuchen, so schnell war sie mit den polnischen Münzen noch nicht. Außerdem hätte sie dann beim Bezahlen ihre Handtasche besser unter Kontrolle. Das Geld steckte sie in die Manteltasche. Die Handtasche verschloss sie sorgfältig. Der Bus kam pünktlich. Mona stieg beim Fahrer ein. Sie war die Einzige, die vorne einstieg. Alle anderen hatten Chipkarten, die sie an ein Lesegerät hielten. Von ihrem Sitzplatz aus konnte Mona das Display mit der Ankündigung der Haltestellen gut sehen. Außerdem wurden die Haltestellen über Lautsprecher angekündigt. Der junge Mann, der ihr gegenübersaß, stand auf, kramte in der Manteltasche, dann in der anderen, dann fuhr er mit der Hand unter den Mantel und suchte vermutlich in der Hosentasche. Die Hand tauchte wieder auf, der junge Mann griff nach dem Beutel, den er zwischen den Knien hielt, sein Gesicht hellte sich auf, als er die Chipkarte hervorzog. Beim Aussteigen hielt er sie erneut vor das Lesegerät. Komisch eigentlich, dachte Mona. Wieso brauchte er die Karte nochmal? Der Lautsprecher gab jetzt

Vornamen durch. Zwei männliche und drei weibliche. Was sollte das? Mona hörte was von ‚Imieniny', was sollte das bedeuten? Dann ein paar Zahlen, das war wohl das heutige Datum. Noch vier Stationen. Zeit genug, noch schnell in der Wörterbuch-App nachzusehen, später würde sie das Wort wieder vergessen haben. Sie zog das Handy aus der Manteltasche. Ach so, der Namenstag war das. Fünf Vornamen, alle hatten heute Namenstag. Sie wollte ‚imieniny' gleich notieren – der ewige Kampf gegen das Vokabelvergessen.

Sie wollte einen Stift aus der Handtasche holen. Der Griff ging ins Leere.

Mona griff ein zweites Mal hin, da wusste sie es.

Der rote Plastiksitz. Natürlich, das war's.

Weiche Knie, schnelles Atmen, Aufspringen, an der nächsten Station raus aus dem Bus.

Auf die andere Straßenseite hetzen. Die Haltestelle suchen. Falsche Richtung einschlagen. Wieder zurücklaufen. Die Haltestelle. Die Busse Richtung Bahnhof. Einige Menschen wartend. Kein Geld für ein Ticket. Auch nicht in der Manteltasche. Die Hände zittern.

Zehn Minuten später kam Mona wieder am Bahnhof an. Sie überquerte die Straße. Fand ihre Haltestelle. Fand die Plastiksitze. Leer.

Später erzählte Mona die Episode immer gerne, wenn andere wissen wollten, wie gut ihr Polnisch sei. Nie war es so gut gewesen wie an diesem Nachmittag am Bahnhof von Gdansk. Und auch später sollte sie kaum je so fließend sprechen wie dort.

Mona fragte am Schalter für internationale Fahrscheine, fragte in der Fahrplanauskunft, fragte im Städtischen Touristenbüro, und sogar in der Bäckerei gleich neben der Haltestelle.

Nach gut dreißig Minuten kam ihre Frage so fließend, als habe sie nie im Leben etwas anderes gefragt. Von der Tasche keine Spur.

Und während sie noch in der Bäckerei steht, taucht die nächste Frage auf. Geld. Wie könnte sie an Geld kommen? Die Familie? Richard? Alisa? Auf keinen Fall! Kommt nicht in Frage. Das weiß sie sofort. Ein Blick aufs Handy. Noch gut 40 Prozent. Was ein Glück. Werners Nummer, eingespeichert, wieder ein Glück; Werner gleich am Handy, schon wieder Glück; Mona fragt den Arbeitskollegen auf Polnisch, er versteht kein Wort, so weit ist es mit ihr schon gekommen, sie verdreht alles; aber Werner hat Ahnung vom Geld; er verspricht eine Blitzüberweisung aufs Handy. Er will sich gleich drum kümmern. Dass es so etwas gibt! Soll schon in einer Stunde da sein.

Alles Weitere läuft dann wie am Schnürchen: Anruf im Hotel wegen der Verspätung, zum Glück blieb ihr ja das Handy, und wieder zur Haltestelle mit den roten Plastiksitzen. Und erneutes Fahren ohne Fahrschein. Vorsichtige Blicke bei jeder Haltestelle, die Finger nesteln an den Manteltaschen, tasten das Handy und ein verklebtes Bonbonpapier. Ein Blick auf die Anzeigetafel. Aussteigen bei der nächsten Station. Um ein Haar wäre sie an derselben Station ausgestiegen wie vorhin, vor einer knappen Stunde. Doch nur um ein Haar.

Noch fünfzig Meter zum Hotel, vielleicht auch achtzig. Wo ist bloß der verdammte Eingang? Er scheint sich auf der anderen Seite versteckt zu haben. Das Handy klingelt. Eine freundliche männliche Stimme, polnisch. Ja, sie heißt Mona; ja, sie möchte in das Hotel Green; ja, sie hat ihre Handtasche verloren; ja, am Bahnhof; vor einer guten Stunde.

Mit der polnischen Aufmerksamkeit hatte Mona nicht gerechnet. Die Tasche war umgehend gefunden worden. Ein Wartender an der Haltestelle hatte Mona einsteigen sehen, hatte die Tasche auf dem Plastikstuhl gesehen, sie ihr noch in den Bus hinterherreichen wollen, doch die Türen des Busses hatten sich bereits geschlossen. Der Finder hatte in der Tasche gekramt, die ausgedruckte Hotelbuchung gefunden, im Hotel angerufen, Bescheid gesagt, war mit dem nächsten Bus Richtung Hotel gefahren, hatte die Tasche im Hotel abgegeben. Und dann hatte sich der Finder, der übrigens Przemek hieß, in Gdansk wohnte und eigentlich auf dem Weg nach Hause war, im Hotel nach der Telefonnummer der Dame erkundigt, die Nummer nach einigem Zögern von dem Jungen an der Rezeption bekommen und nun gerade Mona benachrichtigt.
Auf dem Hotelparkplatz trafen sie aufeinander, beide das Handy am Ohr.

Mona ließ sich aufs Bett fallen, streckte alle viere von sich, räkelte sich, sprang nach wenigen Sekunden wieder auf, zog den Rollkoffer ans Bett, öffnete den Reißverschluss von beiden Seiten und zog aus der linken Seitentasche einen Stapel Briefe heraus. Sie blätterte den Stapel durch wie ein Daumenkino, schaute sich die Schrift auf dem obersten Brief genauer an, schloss kurz die Augen und zog einen Brief in der Mitte heraus – wie ein Magier, der blind eine Karte zieht und dir ohne hinzugucken verkündet: „Karo As."

Małgorzata. *Mein lieber Martin* ... Sie schrieb von der Schule, von der winterlichen Kälte in den Klassenräumen, von den Schals, die Oma ihr gestrickt hatte, davon, dass sie ihr Deutsch allmählich verlernte, davon, dass sie unbedingt auf Deutsch schreiben wollte, trotz der Fehler. Sie bedankte sich für die Fotos, die Martin ihr geschickt hatte, fand den kleinen Jungen sehr niedlich, fragte, ob er schon zur Schule ginge und glaubte sich an ihn zu erinnern. Er sei doch wohl zwei Jahre zuvor mit auf der Beerdigung gewesen; und das Mädchen auf dem quadratischen Foto wirke sehr aufgeweckt und sei sicher besonders hübsch. Sie fragte, ob man das so sagen könne: *aufgeweckt und besonders hübsch.* Mona stutzte, das Mädchen musste sie sein. Sie suchte das Datum und fand es in der oberen Briefecke – 1976, zehn Jahre war sie alt. Dann schrieb sie, es wäre so schön, wenn er zu Besuch kommen könne, am besten mit seiner Frau und mit den Kindern, dann entschuldigte sie sich dafür, schrieb, das sei bloß so ein blöder Gedanke, es wäre sicher gar nicht gut, nach allem ... Da brach der Satz ab. In der nächsten Zeile stand nur noch: *Du weißt schon, da muss noch sehr viel Wasser die Warthe runterfließen ... Ich grüße dich wie immer mit meinem ganzen Herzen, Małgorzata.*

Mona steckte den Brief wieder in den Umschlag, schob ihn zwischen die anderen Briefe, zog einen wahllos heraus, zögerte kurz und steckte ihn ungelesen wieder zurück. Lieber erst was essen, im Hotel gab es doch sicher ein Restaurant. Vielleicht mit Pirogi.

Natürlich Pirogi. Mit Käse und Himbeeren, mit Kraut, mit Fleisch. Mona entschied sich für jene mit Kraut. Dazu ein großes Bier. Mit Saft. Himbeersaft. Das Bier schäumte besonders. Das lag am Saft. Mona hatte einen Tisch am Fenster gewählt, sie blickte auf den Parkplatz, es war früher Abend, die Straße hinter dem Parkplatz war belebt. Die Bushaltestelle war von ihrem Fenster aus erkennbar.

Der Brief vorhin … Sie war zehn Jahre alt. Was schrieb diese Małgorzata da von einer Beerdigung? Erinnerte sie sich an Richard? Worum ging es? Und wie war der Brief von Małgorzata an ihren Vater überhaupt in dem Nachlass von Dariusz gelandet?

Mona fragte sich, warum sie alleine hier in Gdansk ist. Warum sie abgehauen ist. Denn abgehauen ist sie. Jetzt fühlt sie sich schlecht ohne Richard und ohne Alisa, doch was wäre, wenn sie bei den beiden wäre? Sie würde sich mindestens so schlecht fühlen. Nein, doppelt so schlecht würde sie sich fühlen. Mit den beiden zu Piotr und Kasia? Undenkbar. Es war schon schlimm genug neulich mit Richard, dem braven Richard. Wenn der wüsste. Und dann diese Biederkeit von Piotr und Kasia. Was ist nur aus Piotr geworden? Wie war er früher? Ihr Piotr von damals. Der Biedermann und die Biederfrau. Auf dieser Bühne konnte sie nicht spielen.

Sie musste weg von allen. Die Briefe im Gepäck. Das war gemein von ihr. Das wusste sie genau. Sie musste gemein sein.

Sie musste diese Małgorzata treffen. Die Einzige aus der Generation, die noch lebte. Sie musste diese Frau alleine treffen. Ohne Richard und Alisa im Schlepptau.

Richard und Alisa. Mit denen ist sie eingemauert, eingekerkert, stumm, brav funktionierend wie ein Zombie, null Energie, immer dasselbe, immer dieses Bestreben auszubrechen, sich in dem Ausbrechen spüren, sich in dem Alleinsein spüren, und manchmal, ganz selten, in der Ausbruchsphase ein winziges Fünkchen Glück spüren.

Einen anderen Ausweg gibt es für sie nicht.

Das Handy leuchtet auf.

Unbekannte Nummer.

„Przemek Blaszkowski", meldet sich eine Stimme.

Mona sagt: „Hallo", und möchte sagen, dass es sich wohl um einen Irrläufer handelt und schnell auflegen, aber ihr Polnisch lässt sie im Stich. Der Andere kommt ihr zuvor.

„Sie erinnern sich nicht? Unsere kurze Begegnung vor dem Hotel. Aber das macht nichts. Es ging ja auch alles ganz schnell. Ich wollte nur wissen, ob alles in Ordnung ist? Ob in der Tasche noch alles drin war. Und wie es Ihnen geht. Vorhin sahen Sie ziemlich blass aus."

„Danke, mit mir ist alles wieder in Ordnung. Der Schock ist überwunden. Schon vergessen. Zum Glück. Wie konnte ich nur so dumm sein …"

„Na, da bin ich aber beruhigt."

„Sie können wirklich beruhigt sein. Ich danke Ihnen nochmals sehr herzlich. Wo wären meine Sachen jetzt ohne Sie?"

Es lief Mona eiskalt den Rücken runter. Was wäre das geworden? Was hätte sie tun müssen? Irgendwie Geld besorgen … Gut, das hatte sie geschafft, das Hotel hatte sie auch gefunden, die Karten hätte sie vom Hotel aus sperren lassen können, aber zur Polizei gehen, den Verlust melden, irgendwo einen neuen Ausweis beantragen, ohne Ausweis in Polen bleiben oder was Vorläufiges ausstellen lassen, was wäre das für ein Wahnsinnsszenario geworden.

„Przepraszam", rutschte es ihr heraus. Was hatte er gesagt? Sie hatte nichts mehr gehört, war unaufmerksam, war unhöflich, er war ihr Retter, und nun rief er sogar nochmal an. Und sie?

„Wenn Sie nicht gewesen wären, nicht auszudenken", schob sie schnell hinterher.

„Nie ma za co", hörte sie, dann hörte sie lange nichts, vielmehr doofe Nebengeräusche, dann wieder seine Stimme. „Ich habe morgen frei. Wenn Sie mögen, zeige ich Ihnen ein paar Ecken von Gdansk, die nicht jeder kennt."

„Gerne. Ich habe Zeit. Ok, um 12:00 Uhr vor dem Hotel. Bis morgen."

Mona hörte sich selbst zu, konnte es nicht glauben, dass sie da gerade eine Verabredung mit einem Unbekannten traf. Sie hatte mal was gelesen von in den Arm kneifen, wenn man nicht sicher war, ob man noch in der richtigen Welt war. Sie kniff sich nicht, sie schob das Handy in die Tasche und bestellte sich noch einen Wein.

Am nächsten Morgen suchte Mona gezielt nach einem Brief von Hanka in dem Stapel. Das Lesen war eine Konzentrationsarbeit. Er war auf Polnisch geschrieben. Ab und zu waren deutsche Wörter eingeflochten. Fast alles konnte Mona entziffern und übersetzen.

1964 stand oben rechts. ‚Das Jahr von Vaters Übersiedlung', ging es Mona durch den Kopf.

Lieber Darek, zu gerne wüsste ich, wie es dir geht, seit dein bester Freund, mein Bruder, fort ist, weit fort, in der anderen Welt, unerreichbar, auch wenn es gar nicht so viele Kilometer sind. Ob du ihn vermisst? Ob du ihm Briefe schreibst? Telefo-

nieren ist sicher zu teuer, ich habe beim Amt gefragt, es ist unendlich teuer. Doch will ich sowieso nicht telefonieren, ich will seine Stimme gar nicht hören, will gar keine Erreichbarkeit vorgaukeln, die ja doch nicht existiert. Die Brücken sind abgebrochen, und das ist auch besser so, nach allem. Ich bin lieber alleine. Weißt du, Darek, solange er da war, konnten wir beide nicht vergessen, weder er noch ich, in den Augen des anderen spiegelte sich alles. Man sagt ja oft, es sei gut, nicht alleine zu sein, man sagt, es sei hilfreich, die Schwere des Lebens zu teilen. Aber das glaube ich nicht. Es mag für andere gelten, für mich gilt es nicht. Solange ich Martin hier wusste, mit hier meine ich in diesem Land, irgendwo in diesem großen Land, ich meine damit diesseits der Grenze, solange wurde die Bürde immer schwerer, für uns beide. Jetzt weiß ich, er kann dort, wo er jetzt ist, vergessen. Man sagt auch ,aus den Augen aus dem Sinn‘, und das ist ein Satz, der kann stimmen, es kann für ihn stimmen, es ist seine Chance neu anzufangen, alles abzuschütteln.

Du weißt, wovon ich rede, Darek. Sonst weiß niemand davon, nur Gosia und ich, und das ist auch besser so.

Für mich ist es besser so. Ich bleibe hier, ich kann dieses Land nicht verlassen. Ich will es auch nicht. Ich vergesse nichts, und das geht. Für mich allein geht es. Mit ihm ging es nicht.

Lass es dir gut gehen und lass von dir hören.

Hanka

Sie öffnete einen weiteren Brief von Hanka.

Advent 1968
Lieber Darek,

hast du auch zum Advent so köstliche Pralinen von Martin be-
kommen? Ich war ganz hingerissen und habe zu viele auf ein-
mal gegessen. Ich wollte sie mir einteilen, aber daran war
plötzlich nicht mehr zu denken. Gut, dass es noch die warmen
Handschuhe gibt, wenn die Schokolade aufgegessen ist, dann
erfreue ich mich an den leuchtend blauen Wollhandschuhen
mit kleinen eingesprenkelten weißen Punkten. Ich bin sicher,
du hast auch so etwas Schönes von ihm. Ich wollte dir schnell
meine Freude mitteilen, denn ich bin sicher, es geht dir genau-
so, und wir können diese Freude teilen.

Grüße deine Lieben von mir.
Hanka

Sie nahm noch einen letzten Brief von Hanka. Auf dem Brief-
umschlag las sie mit Bleistift in anderer Handschrift *1970*.
Der Brief selbst trug kein Datum. Nur statt eines Briefkopfes
die Zeile
Am Jahrestag des Poznańer Aufstands

Lieber Darek,
ich denke den ganzen Tag an ihn.
Sonst ja auch, aber heute an nichts anderes. Wie würde er aus-
sehen, wenn er heute lebte? Wo würde er wohnen? Wären wir
ein Paar? Oh ja, das glaube ich, das wären wir sicher. Viel-
leicht kann ich mir deshalb auch kein Leben mit einem anderen
vorstellen. Das Leben mit ihm bleibt immer in meinem Kopf.
Die Zeit heilt keine Wunden. Wir waren alle so jung damals,
ich kann es kaum glauben.

Ich musste dir das schreiben. Auch wenn das Schreiben nichts daran ändert, dass alle meine Gedanken um ihn kreisen. Das Schreiben ist keine Therapie. Es ist einfach so. Leb wohl.

Mona faltete den Brief zusammen, steckte ihn in den Umschlag, da fiel ihr auf, dass an der Rückseite des Umschlags noch ein dünnes Papier haftete. Sie löste es vorsichtig ab. Ein Briefblatt ohne Umschlag. (Sie) Erkannte mit Bleistift am Rand die Zahl *1974*.

Mein lieber Darek,
nur um eines möchte ich dich noch bitten: Vergiss Martin nicht!

Lebe wohl!
Hanka

8

RICHARD und ALISA

Die Fahrt von Kalisz nach Poznań zurück dauerte doppelt so lange, wie die Hinfahrt am Vormittag. Schon einige Kilometer, bevor sie die Stadt erreichten, verlangsamte sich das Tempo; dann standen sie an jeder Ampel. Piotr wirkte dennoch nicht nervös, es sei immer so um diese Uhrzeit, meinte er, er habe das einkalkuliert. Erst auf den letzten hundert Metern, kurz vor dem Hotel, spürte Alisa, dass es ihm allmählich reichte. Kasia war still, wechselte ab und zu ein paar Worte mit ihrem Mann und schrieb Kurznachrichten. Piotr parkte den Wagen auf dem breiten Gehsteig vor dem Hoteleingang, sie verabschiedeten sich herzlich, doch kurz, die polnischen Freunde schienen in Eile zu sein, noch etwas anderes vorzuhaben. Nicht ganz bei der Sache, meinten sie, sie würden sich in den nächsten Tagen melden. Vielleicht sei ja dann auch Mona wieder da.

Richard zog sich zurück. Alisa ging ins Kino. Im Schloss gab es ein Programmkino, alle paar Tage liefen besondere Filme mit Untertiteln in englischer Sprache. Sie hatte sich ein Programm im Touristenbüro besorgt – eine ausgedruckte Seite mit allen möglichen Angeboten in der Stadt in deutscher Sprache. Der Inhalt entsprach der polnischen Hochglanzbroschüre, das war wichtig, die Wochentage kannte sie ungefähr, ansonsten verglich sie die Überschriften. Es war noch zu früh fürs Kino. Alisa schaute sich in der Eingangshalle des Schlosses um, das hundert Jahre alte Gemäuer kontrastierte mit modernen Kunstinstallationen, mit Stahlrohstühlen und bunten Sitzsäcken. Sie folgte den Wegweisern durchs Treppenhaus zum Kino im ersten Stock, stellte fest, dass der Saal noch geschlossen war, begegnete einer Menschengruppe, die durch eine andere Tür kam, öffnete die Tür und fand sich in einem hellen Raum, einem Café, wider. Es erstreckte sich über mehrere Etagen, war luftig und umfasste Balkone mit Kaffeehaustischchen, die in den hohen Raum hineinragten.

Alisa war froh, alleine zu sein. Sie suchte sich einen kleinen Tisch auf einem der Balkone, ließ ihren Rucksack am Platz und ging zur Theke in der hinteren Ecke des fantastisch anmutenden Saals. Es gab Muffins, Käsekuchen, Mohnkuchen und noch irgendeinen anderen süßen Kuchen. Alisa stand der Sinn nach etwas Kräftigem. Über dem Tresen hing eine Speisekarte, das nutzte ihr wenig. In der Glasvitrine vor ihr entdeckte sie so etwas wie Blätterteig, eine kleine Pastete, daneben auf dem Teller Salat, daran konnte sie erkennen, dass es kein süßes Teilchen wäre. Der junge Mann auf der anderen Seite des Tresens sprach sie auf Englisch an. Woran hatte er sie wohl als Nichteinheimische erkannt, fragte sich Alisa, fand es aber nicht weiter schlimm. Im Gegenteil, sie konnte auf Englisch klären, dass der Blätterteig mit Ziegenkäse gefüllt wäre und konnte sich den Teller – glücklicherweise ohne den Salat, der erst später hinzugefügt wurde – in der Mikrowelle erwärmen lassen. Außerdem konnte sie sich einen spanischen Rotwein aussuchen. Gerade warf sie noch einen Blick in die Vitrine und fragte sich, ob das dort ausgestellte Gericht vielleicht aus Styropor oder aus Plastik sei, da hörte sie erneut die Stimme des jungen Mannes, der ihr einen kleinen Holzklotz hinhielt, auf den dick eine 12 gemalt war. Sie lächelte, nahm das Klötzchen und ging zu ihrem Tisch.

Sie holte eine Kladde aus ihrem Rucksack, kramte nach einem Stift, zögerte ein wenig, bevor sie auf Seite drei dieses nagelneuen Heftes begann einzutragen. *Hanka, geboren 1940, gestorben 1974, unverheiratet, keine Kinder, Geschwister?* Sie besann sich und strich das Fragezeichen hinter ‚Geschwister' durch, schrieb dahinter einen Doppelpunkt und den Vornamen ihres Großvaters Martin. Sie war im Begriff ‚Todesursache' mit Fragezeichen zu notieren, da kam ein junges Mädchen mit einem Tablett. Das junge Mädchen mit extrem kurz geschnittenem Haar, hautengen Jeans und einem oversized Oberteil in leuchtendem Gelb, nahm das Klötzchen von Alisas Tisch, legte es zu einer auf Karton geschriebenen 12 auf dem Tablett, nahm den Ziegenkäse und das Weinglas vom Tablett und servierte beides lächelnd vor Alisa. Eine bunt gemusterte Serviette legte sie neben den Teller, darauf Messer und Gabel.

Alisa wollte bezahlen und merkte gerade noch rechtzeitig, dass sie schon bezahlt hatte, vorhin am Tresen. Das junge Mädchen verschwand, Alisa hätte ihr gerne ein Trinkgeld gegeben, sie war zu langsam, oder die andere zu schnell. Die Todesursache räumte sie erst mal zur Seite, jetzt waren Essen und Wein dran. Es schmeckte ihr, wie fast alles, was sie bisher auf dieser Reise gegessen hatte. Sie mochte es, wie zubereitet wurde, wie serviert wurde, wie die Cafés eingerichtet waren, immer mit einem Blick für das Besondere, keine Spur von bieder. Das hatte sie auch schon zu Piotr gesagt, er hatte gemeint, sie solle mal mit ihm aufs Land fahren, solle mal in einem kleinen Dorf, allenfalls zehn Kilometer von Poznań entfernt in eine Bäckerei mit Kaffeehaus gehen, an Biederkeit nicht zu überbieten, sie würde sich wundern. Nun, das stand noch aus, bisher zog es sie aber nicht in irgendein Dorf, nur um polnische Biederkeit zu erleben. Dieser Piotr, sie wurde nicht ganz schlau aus ihm. Im Auto hatte sie nicht nachgefragt, sie fand, das wäre kein Thema fürs Auto, was er da so nebenbei rausgebracht hatte. Entweder hatte er das Bedürfnis, ihnen auf diese Weise, so ganz nebenbei, zu stecken, dass die Frau sich umgebracht hatte; oder, er meinte, dass sie sowieso auf dem Laufenden wären, dass er ihnen nichts Neues erzählen würde, dass er nur einfach nochmal darauf hinweisen wollte. Oder, er wollte sich direkt an Onkel Richard wenden, wollte ihn aus der Reserve locken, von ihm hören, was er über Tante Hanka wusste, was in Deutschland so über die Familiengeschichte oder vielmehr die Familiengeheimnisse ans Licht gekommen war. Alle Optionen hatten was für sich. Sie würde gerne bald darauf zu sprechen kommen, ja, sie musste darauf zu sprechen kommen, sie wollte es unbedingt, dringend, deswegen war sie hier. Es gab natürlich noch eine Option. Es konnte auch sein, dass Piotr das besonders für sie gesagt hatte, dass er sie testen wollte, ihre Reaktion testen wollte, dass es ihm um sie ging, nicht so sehr um Richard.

Sie ärgerte sich, dass sie nicht darauf bestanden hatte, ganz konkret ein neues Treffen mit Piotr zu verabreden. Er hatte zwar gesagt, er würde sich melden, aber was sollte das heißen? Es konnte ein paar Tage dauern und sie hatte nicht endlos Zeit. Die Sache hier war zwar spannend für sie, aber irgendwann müsste sie schließlich zurück. Er tat so, als gäbe es dieses Zurück gar nicht. Bisher hatte sie ihn für empathischer gehalten. In Alisa kroch Ärger hoch, dass Piotr mit keinem Wort gefragt hatte, wie denn ihre Pläne seien, wie lange sie noch bleiben könne. Richard hatte er auch nicht gefragt, aber der hing ja so in den Seilen, da hinten im Auto, der wirkte sowieso nicht so, als hätte er irgendwelche Pläne auf Lager. Außerdem war das seine Sache, nicht ihre, er sollte bitteschön für sich selber sorgen. Jetzt redete sie schon ganz wie ihre Mutter, oh Gott. Die, die immer auf ihren kleinen Bruder herabschaute, als sei er noch nicht ganz schulreif. Ach Mama … Nein, mit dem Thema wollte sie sich jetzt nicht herumplagen.

Die Blätterteigpastete hatte wunderbar geschmeckt, so eine überschaubare Mahlzeit, ästhetisch präsentiert, das machte richtig Spaß. Das war doch was anderes als dieser überbordende Tisch bei Konga. Alisa war zwar nicht schlecht geworden dank ihrer erfolgreich praktizierten Essensstrategie, aber so toll hatte sie das alles nicht gefunden. Irgendwie protzig aufgemotzt. Hatte es etwas damit zu tun, dass die Polen vor noch nicht allzu langer Zeit noch nach Lebensmitteln angestanden hatten und jetzt stolz waren, Mengen aufzutischen, bis der Tisch sich bog?

Alisa nahm ihre Kladde wieder zur Hand, schrieb ‚*Todesursache Suizid?*‘ und dahinter ‚*Wie und warum?*‘, dann legte sie nach einem Blick auf die Uhr die Kladde beiseite, nahm ihr Weinglas und ging zum Tresen. Ein weiteres Glas konnte nicht schaden. Im Handy suchte sie nach Informationen zum Film. Andrej Wajda war ihr ein Begriff. Ein Film von ihm wäre bestimmt keine schlechte Wahl. „Korczak" hatte sie noch nie gehört. Sie war froh, drüber zu lesen. Es war manchmal besser drauf eingestellt zu sein, was einen erwartet. Die Kinder in Auschwitz. Der Held, der die Kinder nicht retten kann, der sie in die Gaskammer begleitet.

Bevor Alisa in den Filmraum ging, schrieb sie schnell noch eine Kurznachricht an Piotr. Sie lud ihn und Kasia für den nächsten Abend zum Essen ein. Wie es mit der Zielona Weranda wäre, schlug sie vor. Da gebe es doch so gute Salate. Ob es ihnen gegen 19:00 Uhr recht sei. Sie würde sich freuen. Auf die Weise gäbe es eine klare Verabredung, sie hatte die Initiative ergriffen, sie säßen nicht wieder vor sich krumm biegenden Tischen, sie könnte sich für die polnische Gastfreundschaft revanchieren. Genial. Besser ging nicht. Ihr Ärger war verflogen.

Am nächsten Morgen beim Frühstück hörte Richard erstaunt von seiner Nichte, dass sie am Abend gemeinsam eine Verabredung mit Piotr und Kasia hätten. Ort, Uhrzeit, alles war schon geklärt. Eine Zusage von den Freunden hatte sie auch bereits. Wie schnell sie war, wunderte er sich, oder wie langsam er, schoss es ihm durch den Kopf. Nun ja, er war gestern krank gewesen. Glücklicherweise ging es ihm besser, auch wenn er sich vorsichtig nur ein paar Tomatenscheiben, etwas Frischkäse und ein Brötchen vom Buffet nahm und statt Kaffee einen Teebeutel in heißes Wasser tauchte. Er wusste nicht genau, was das für ein Tee war, vermutlich grüner. Das abendliche Treffen passte ihm ganz gut, dann konnte er bis dahin die Pläne von vorgestern überarbeiten. Das Bauamt Wesel hatte schnell geantwortet.

Das Frühstück zog sich dann etwas länger hin als von Richard geplant. Er sagte, er wisse ja doch ganz gerne, was in den Briefen stehe. Alisa schaute ihn fragend an und meinte, sie könne ja schnell noch eine Nachricht an Piotr schicken und ihn bitten, die Briefe am Abend mitzubringen. Da erst wurde Richard klar, dass Alisa gar nichts von dem Verschwinden der Briefe wusste, dass sie die Tragweite des Verschwindens ihrer Mutter mit den Briefen im Gepäck noch gar nicht ermessen konnte.

Sein Ärger über Mona wollte sich wieder Platz schaffen, doch kam er nicht dazu, denn jetzt musste er mit einer ganz anderen Nummer klarkommen. Alisa fiel regelrecht über ihn her, forderte ihn sozusagen heraus: was, wer, wo. Warum er das nicht gleich erzählt habe oder zumindest irgendwann, so hatte sie sich ihre Zusammenarbeit nicht vorgestellt, das werfe ja nun ein ganz anderes Licht auf das Verschwinden ihrer Mutter. Wer weiß, was die da gelesen hatte, was sie dazu bewogen hatte, abzuhauen. Die Vorwürfe kamen kaskadenartig, Richard duckte sich regelrecht unter ihnen weg, immer, wenn er vermutete, nun sei es aber gut, legte Alisa nochmal nach. Was er sich überhaupt dabei denke, ihr nichts zu sagen, sie habe bis jetzt geglaubt, sie seien ein funktionierendes Team. Richard verstummte, er merkte schnell, eine Entschuldigung, gar eine Erklärung, brächte hier rein gar nichts, vielleicht später, er kannte das, nicht von Alisa, die kannte er ja nicht so gut, aber von Barbara kannte er das ganz gut. Es war seit dreißig Jahren der wunde Punkt, die Achillesferse der Ehe; auf berechtigte ebenso wie auf weniger berechtigte Wutausbrüche reagierte er mit Verstummen, was die Wut nicht gerade zum Abklingen brachte, manchmal sie gar anzuheizen schien. Ab und zu hatte er es schon anders versucht, hatte mitten in die Wut hinein sich zu erklären versucht; so schwer es ihm gefallen war, gebracht hatte das aber genauso wenig wie sein Verstummen, so war es ihm zumindest vorgekommen. Dass der Wutpegel größer und größer wurde, hatte er in Kauf genommen, er wusste keine andere Lösung. Die andere Lösung kam, zumindest war das mit Barbara so, immer erst viel später.

Und wie sollte er jetzt bei Alisa was sagen können. Richard murmelte ein kaum hörbares: „Tut mir leid." Das blieb so zwi-

95

schen seinen Zähnen hängen, dass Alisa tatsächlich nichts davon mitbekam; danach blieb er stumm und wunderte sich, dass sein Ärger über Mona schon wieder mal völlig verschwunden war. Irgendwo abgeblieben. So ging es ihm immer. Fast immer.

Alisa und Richard trennten sich wortlos.

Piotr hatte zahlreiche Erinnerungen an den besten Freund des Vaters, der alle paar Jahre aus Deutschland gekommen war, mit Geschenken natürlich. Die Eltern sprachen leise vor den Besuchen und noch mehr nach der Abreise des Gastes. Janek, Ewa und er sollten nicht alles mitbekommen, je leiser die Eltern sprachen, desto spannender wurde die Sache für die Kinder, und desto mehr reimten sie sich zusammen. Es handelte sich um eine merkwürdige Familie, so viel war klar, dieser Freund kam fast immer alleine nach Polen, jedenfalls ohne seine Frau, die hatten die Eltern nie zu sehen bekommen, sein Sohn war irgendwann einmal dabei, seine Tochter nie. Ach so, ja, der kleine Sohn, den hatte er kurz auf der Beerdigung gesehen, damals von Hanka. Eigentlich lernte Piotr die Kinder von diesem Martin erst viel später kennen, aber das ist eine andere Geschichte.

Mutter tischte besonders viel auf; Vater trank mit Wujek Martin Wodka, was Vater sonst nie tat; es fielen Namen, die die Kinder noch nie gehört hatten, das waren wohl die Freunde aus Studienzeiten. Wujek Martin kam mit Kaffee für Mama, mit Wein für Papa, mit Schokolade für Ewa, Janek und ihn. Die Eltern machten komische Grimassen; obwohl sie sich freuten, lächelten sie irgendwie gequält, legten alle Päckchen hastig beiseite und stürzten sich drauf, wenn der Wujek ins Bett gegangen war. Manchmal war auch von Ciotka Gosia die Rede, dieser Wujek Martin fragte nach der Tante, die Eltern blieben merkwürdig stumm, antworteten schmallippig, besonders Papa; Mama erzählte, es ginge Ciotka Gosia gut, sie sähen sich ja leider nur selten, Gdansk sei doch eben sehr weit weg. Später tuschelten die Eltern noch lange; Piotr und Janek öffneten abends, wenn sie im Bett lagen, die Tür ihres Kinderzimmers einen Spalt breit, gerade so weit, dass es Mama und Papa nicht auffiel. Sie mussten hören, was die Eltern am Küchentisch sagten. Die Eltern waren so aufgeregt, dass ihr Tuscheln immer lauter wurde. Schnell begriff Piotr, dass es um Liebe ging, nicht eine normale Liebe wie bei seinen Eltern und bei den meisten Erwachsenen. Wenn die Erwachsenen jung sind, dann verlieben sie sich, dann sind sie ein Liebespaar wie im Film, küssen sich immerzu, dann heiraten sie aus lauter Liebe, dann leben sie zusammen, schon merkt keiner mehr so richtig, dass sie sich lieben. Natürlich lieben sie sich, jedenfalls sagte Mama das so, wenn er fragte. Das hier war nicht so normal, hier ging es um eine Liebe von früher, als dieser Wujek noch in Polen gelebt hatte. Die Eltern versuchten jedes Mal die Stärke dieser Liebe zu ermessen, das schien jedoch nicht so zu klappen. Besonders Mama fing jedes Mal am Küchentisch an zu weinen, was für eine Tragödie in dieser Familie. Piotr und Ewa wussten nicht, was eine Tragödie war, der kleine Janek verstand sowieso nicht viel und fragte, wie man denn Liebe messen könne. Ob Mamas Maßband aus dem Nähtisch was nützte.

„Pscht", machte Piotr später. Im Laufe der Jahre begriff Piotr, dass Wujek Martin, der ja eigentlich kein Onkel war und nur so genannt wurde, so als würde er zur Familie gehören, vielleicht, weil er selbst nur so eine komische Familie hatte, dass also

Wujek Martin und Ciotka Gosia früher ein Paar gewesen waren, sogar verlobt waren sie, waren zusammen durch dick und dünn gegangen, wie Papa sagte. Später begriff er, dass Mama wütend war, weil dieser Wujek einfach abgehauen war, nach Deutschland, alles kaputt gemacht hatte, und noch wütender war Mama, dass er manchmal kam und dann intensiv nach dieser Jugendliebe fragte. Papa sagte nicht viel dazu, meinte nur kopfschüttelnd, das habe alles mit dieser merkwürdigen Familie zu tun, da sei sowieso alles durcheinander. Das Kopfschütteln konnte Piotr natürlich nicht sehen, die Tür war ja nur einen winzigen Spalt offen, aber er sah es trotzdem, er merkte, dass Papa anders war als sonst, so ratlos. Einmal hörte er, wie Mama zischte, warum dieser Martin denn überhaupt nach Deutschland gegangen sei, und wie Papa antwortete: „Das fragst du noch, nach allem, was passiert ist?!"

9

RICHARD und ALISA

Am Ende saßen sie bei Himbeersahnetörtchen und lachten.
Wie sie lachen konnten. Kasias Lachen klang hell und klar wie
eine Sopranstimme, Alisas Lachen war uneben, eine heitere
Grundmelodie mit synkopenartigen Ausschlägen, so schrill und
unerwartet, dass sich zwei Damen am Nachbartisch fast gleichzeitig umdrehten, die Köpfe gleich darauf ebenso synchron
zurücknahmen, sich blinzelnd in die Augen schauten und ihr
Gespräch da fortsetzten, wo sie es vor drei Sekunden unterbrochen hatten. Piotrs Lachen ergänzte in einem sanften Bariton;
allein Richard trug nichts zur Musikalität der Szene bei, doch
wer ihn kannte, wusste seine Haltung, seine Fältchen um Mund
und Nase, sein Leuchten in den Augen als maximales Zeichen
entspannter Heiterkeit zu deuten.

Sie saßen an einem viel zu kleinen Vierertisch, zu klein für die
überdimensionierten Salatschalen, die dazugehörigen Dips und
die Körbchen mit fünf unterschiedlichen Brotsorten. Zum
Glück war inzwischen alles abgeräumt. Auf dem Tisch blieben
Cocktailgläser, Wassergläser, Glasschälchen mit Resten von
köstlicher Mango-Mascarpone-Creme und Tellerchen mit halb
verzehrten Himbeertörtchen. Von der Decke hingen mobilear-
tig arrangierte Papierformen, vorwiegend pastellfarben, korres-
pondierend mit den Tischsets und Kerzen. Um 19:00 Uhr war
der Raum halb leer gewesen, sie hatten sich einen Tisch neben
einer kleinen Oase aus Zyperngras und Zitronenbäumen wäh-
len können, jetzt war es vier Stunden später und jeder Platz
besetzt, und es sah nicht so aus, als würde sich das so bald än-

dern. Es erinnerte Richard an zu Hause, alle wollten nach drau-ßen, das endlose Lockdown-Jahr hatte die Sehnsucht nach Austausch und Tapetenwechsel zunächst stetig und schließlich exponentiell ansteigen lassen.

Sie lachten über ihren unsäglichen Appetit und ihre noch unsäglicheren Diätprogramme, sie lachten über die Zuckerkirschen, die die Cocktails verzierten, sie lachten über die Tücken der polnischen Sprache, die stimmhafte Konsonanten unerwartet in stimmlose verwandelte, wenn nur ein anderer Konsonant, oder eine Konsonantengruppe, folgte. Ja, was für eine Gruppe denn, wie konnte das sein, es gab doch sowieso nur Konsonanten in der polnischen Sprache, warf Alisa ein und verschluckte sich an der Aussprache von ‚wszyscy'. Richard fühlte sich zurückversetzt in die 80er Jahre, bekifft im Partykeller, lachen über den größten Mist, kiloweise Schokolade in sich reinstopfen.

Lachten sie nun dermaßen überschwänglich, um den Ernst der ersten Abendstunden loszuwerden, ihn sozusagen aus den Kleidern zu schütteln? Richard hatte der Gelegenheit, alles fragen zu können, entgegengefiebert. Er wollte fragen, was mit seiner Tante Hanka geschehen war. Er wollte es aus Neugier, und wollte es genauso sehr für sich selbst; er dachte mit Grauen an das Bild, das er bei Konga abgegeben hatte, er wollte zeigen, dass er auch anders sein konnte. Er nahm sich das seit dem Frühstück vor, alle paar Stunden fiel es ihm ein, dass er auf jeden Fall Alisa zuvorkommen und nicht wieder der Depp sein wollte. Seit dem Nachmittag dachte er eigentlich an nichts anderes mehr, spätestens, seit er die Korrektur der Baupläne für den heutigen Tag abgeschlossen hatte. Sie trafen sich zu viert vor dem Lokal, sie gingen nach einer recht kurzen Begrüßung hinein, suchten den Tisch, an dem sie dann für die nächsten Stunden sitzen würden und Richard beantwortete die Fragen nach seinem Befinden. Er sagte, es gehe ihm wieder richtig gut und sah dabei gar nicht glücklich aus, doch konnte keiner wissen, dass das nichts mit seinem Magen zu tun hatte. Würde er jetzt nicht bald fragen, so könnte der Magen sich doch bald wieder melden. Also fragte er. Alisas Frage kam gleichzeitig. Was war das, was Piotr im Auto von Hankas Beerdigung erzählt hatte?

Piotr konnte sich gar nicht beruhigen, dass die beiden Deutschen nichts davon wussten. Natürlich war es Selbstmord. Sein Vater hatte das erzählt, da war Piotr noch ein Junge. Vielleicht hatte sein Vater gleich davon erzählt, nachdem es passiert war. Vielleicht etwas später.

Die arme, traurige Frau, die deutsche Frau, die in Polen geblieben war. Ihr Bruder im Westen, ihr Vater tot, ihre Mutter war geblieben, vielleicht ihretwegen, aber Mutter und Tochter waren sich fremd, die Tochter hatte der Mutter gewünscht, sie möge dem Drängen des Sohnes nachgeben und nach Deutschland gehen; die Tochter selbst wollte bleiben. Da war sie ihrer Mutter ähnlich, verbissen hielten beide an Polen fest. Konnten aber einander nicht festhalten. Piotr wurde selbst traurig bei dem Gedanken an diese traurig zerrissene Familie. An die allein zurückgebliebene junge Frau, wie ein flatternder Vogel, der gefangen gegen Stäbe stößt, sich sein Gefieder durcheinanderbringt, richtig aufgeregt hatte sich sein Vater immer, dass so etwas in einer Familie möglich sei. Familie ist doch das Wichtigste, hatte sein Vater immer gesagt, kein Wunder, dass die junge Frau – ja was denn – ja, dass die junge Frau dann ihrem Leben ein Ende setzen musste.

Alisa und Richard fühlten sich beschämt, sie wussten nichts, noch nicht einmal, ob Familie das Wichtigste ist. Gar nichts wissen sie.

Die polnische Großmutter kommt Richard in den Sinn, er hatte sich gefreut, als sie nach Deutschland kam, als sie in ihre Nähe zog, in eine winzig kleine Wohnung – im Winter total warm, da drehte sie die Heizung voll auf. Mutter hatte immer geschimpft, diese stickige Wärme in der Wohnung, nicht zum Aushalten. Richard sieht sich bei der Oma sitzen, polnische Pirogi essen, eigentlich mochte er nur die süßen, die mit süßem Quark und Himbeeren dazu, es gingen auch die mit Blaubeeren, aber meistens gab es die anderen, er hatte sich nicht getraut, nach den Süßen zu fragen. Er mochte es, alleine bei der babcia zu sein, ohne Papa und Mama, auch ohne Mona. Bei babcia gab es so ein dunkles Möbelstück, war es ein Tisch, vielleicht eher eine Kommode, auf jeden Fall lag darauf immer ein Spitzendeckchen, immer dasselbe, oder vielleicht hatte babcia mehrere davon. Eine merkwürdige Pflanze stand darauf, so eine undefinierbare Grünpflanze, und dann war da ein Foto in einem schnörkeligen Rahmen, ein Foto von Tante Hanka war das – jetzt versteht er. Sonst kein einziges Foto. Auch nicht von Opa, der war doch auch tot. Manchmal hatte babcia vor das Foto oder besser neben das Foto eine einzelne Blüte in einer kleinen Vase gestellt, das war aber nicht jede Woche.

Richard war gerne bei babcia, lernte ein paar polnische Wörter bei ihr, nicht viel; doch alles, was ihm auf dieser Reise wieder einfiel, hatte mit seinen Stunden bei babcia zu tun. Das Kreuz an der Wand hatte er zunächst gar nicht bemerkt. Das hing da eben, so wie bei seinen Eltern irgendwelche Kunstdrucke mit Expressionisten oder Surrealisten an der Wand hingen. Die interessierten ihn genauso wenig wie das Kreuz bei babcia. Aufmerksam wurde er eigentlich nur auf das Kreuz, weil Mama gerne spöttische Bemerkungen über babcia und die Kirche machte. Mama hatte nichts mit der Kirche am Hut, zumindest mit der katholischen Kirche nicht, Mona und ihn hatte sie ja in den Konfirmandenunterricht geschickt. Er ging brav zur Konfirmation, das war ein genauso verstaubter Laden, die protestantische Kirche, doch spöttelte Mama immer nur über die Katholiken und vorzugsweise über die polnischen Katholiken.

Mamas Spötteln war das Eine, babcias Hinwendung zur Kirche das Andere. Babcia fand eine kleine polnischsprachige, katholische Gemeinde. Richard erinnert sich, dass sie, je älter sie wurde, immer öfter zu den polnischen Messen ging und ihm davon erzählte. Seiner Mutter gegenüber war sie still. Spürte sie die Ablehnung? Er war so ungefähr dreizehn, vielleicht auch erst zwölf, da wurden seine Besuche bei babcia seltener. Nach dem unverrückbaren Bild auf der Kommode fragte er nie.

„Wann ist babcia gestorben?" Richard fürchtete sich jetzt vor Kasias Fragen. Mehr als vor Piotr. Der hat wohl mittlerweile gemerkt, dass Alisa und er so wenig wissen. Schon hört er Kasia fragen: „Hast du denn die Urgroßmutter noch kennengelernt?" Das ist glücklicherweise eine Frage für Alisa. Er hört Alisas ruhige Antwort: „Nein, natürlich nicht, ich bin ja viel zu jung."

Er sucht verzweifelt in seinem Kopf, er kann sich nicht erinnern, wann babcia starb. Sie war irgendwann einfach nicht mehr da. Vielleicht Anfang der Neunziger Jahre? Das war die

Zeit, als er am allerwenigsten mit der Familie zu tun hatte und die Familie ihm beileibe nicht fehlte. Im Gegenteil. Richard kannte die Familie von Barbara besser als seine eigene. In den letzten zwanzig Jahren hatte er nicht so viel über seine Familie erfahren wie hier an einem einzigen Tag.

Er hatte immer geglaubt, er könne der Familie entfliehen, wenn er nichts von ihr wisse. Schon als Kind hatte er einfach nicht zugehört, war in sich hineingekrochen. ‚Wahlverwandtschaften, das war's‘, dachte er später, als er das Elternhaus verlassen hatte. Es ist praktischer, sich nur mit einem einzigen Konfliktherd befassen zu müssen, dachte er manchmal, wenn es um Barbaras Familie ging. Völlig ausreichend.

Jetzt spricht Kasia erneut über seine babcia.

„Eine Mutter, die ihr Kind verliert, wie entsetzlich. Vor allem, wenn das Kind kein Kind mehr ist, vielmehr eine erwachsene Frau. Wie kann so eine Frau weiterleben?", fragt Kasia in die Runde. Und Richard fragt sich, ob babcia bei der Beerdigung von ihrer Tochter dabei war. Quatsch, natürlich muss sie dabei gewesen sein, sie hatte ja mit dem Priester alles arrangiert, oder hatte das jemand anderes gemacht? Das hatte er nicht gefragt, das konnte Piotr auch nicht wissen. Piotr vermutete, dass sie es war, die mit dem Priester gesprochen hatte, die den Priester überzeugt hatte, dass auch diese verstorbene Seele seinen Segen verdiente. Er erinnerte sich nur eben nicht an sie, weil er sie noch nicht kannte, weil er an der Hand seines Vaters war. Er weiß jetzt, warum sein Vater so weinte. Nie hat sein Vater mit ihm darüber gesprochen. Nie hat sein Vater etwas über Hanka und ihren Tod gesagt. Vater hatte ihn ja mitgenommen, damals, so klein wie er war. Das einzige Mal, dass er ohne

Mona war, dass Mona neidisch auf ihn war, denn sie musste in die Schule gehen.

Warum hatte Vater nie mehr darüber gesprochen? Hatte nichts mehr erzählt? Hatte nie mehr geweint, hatte nie mehr seine Hand gehalten?

An der Hand des Vaters, nie wieder. Vater war immer weit weg. Die einzige in seiner Nähe war Mona. Immer Mona. Und die war jetzt weg. Hatte sich aus dem Staub gemacht. Richard spürte wieder den Ärger auf Mona, wie drei Tage zuvor, als sie abgehauen war. Was für ein Blödsinn, erst unbedingt die gemeinsame Reise, dann nichts wie weg.

Was Hanka damals im Jahr 1974, im Alter von 34 Jahren, in den Tod getrieben hat, das wissen Alisa und Richard jetzt immer noch nicht.

Piotr schimpft so, wie es früher sein Vater getan hat, auf die zerstörten Familienbande. ‚Das kann aber nicht alles gewesen sein', geht es Richard durch den Kopf. Deswegen bringt man sich nicht um. Er kennt unzählige Menschen, die nichts oder nicht viel mit ihrer Familie zu tun haben. Die sind manchmal glücklicher als andere.

„Habt ihr das Denkmal für den Poznańer Aufstand gesehen?" Piotr reißt Richard aus seinen Gedanken.

„Es ist nur fünf Minuten von eurem Hotel entfernt. Total nah. Zwei große Kreuze. Aber es ist kein kirchliches Denkmal. Es geht um den Aufstand im Jahr 56. Kurz vor dem Ungarnaufstand."

„Ihr kennt doch sicher diesen Aufstand. Viele Tote, viele erschossene Aufständische", ergänzt Kasia. Alisa und Richard wissen beide nichts darüber. Alisa fühlt sich ein wenig beschämt und ärgert sich über den oberlehrerinnenhaften Ton von

Kasia. Was sollen sie denn noch alles wissen? Die tut ja gerade so, als sei hier ihr Poznań der Nabel der Welt.

Richard horcht auf. Als jüngerer Bruder ist er oberlehrerhaftes Getue sowieso gewohnt. Das stört ihn nicht weiter. Was hat das mit Hanka zu tun? Es geht hier sicher nicht um eine Nachhilfestunde in polnischer Geschichte.

Piotr weiß von seinem Vater, dass Hanka bei den Aufständen dabei war, obwohl ihre Eltern entsetzt waren, die sagten sie solle sich als Deutschstämmige still verhalten, außerdem sei sie viel zu jung. Sein Vater fand es stark, dass diese junge Frau sich nichts sagen ließ, eigentlich eher ein junges Mädchen, sechzehnjährig, sie ging so früh schon ihren Weg. Dariusz und sein Freund Martin hielten sich viel mehr zurück.

Piotr meint, vielleicht habe Hanka da Schlimmes erlebt, Schlimmes gesehen.

Sein Vater sagte immer, sie sei später verändert gewesen. Sein Vater sagte auch, die beiden Mädchen, seine Schwester Małgorzata und Martins Schwester Hanka seien viel mutiger gewesen als er und Martin. Da wurden so viele erschossen. Wer weiß, was die Sechzehnjährige da gesehen hat. Małgorzata war ja auch nur ein paar Monate älter.

Später soll Hanka Probleme gehabt haben, also psychische Probleme, heute würde man sagen Depressionen. Damals hieß es einfach, es ging ihr nicht gut. Keiner sagte warum.

„Und euer Vater hat euch rein gar nichts davon erzählt?", wollte Piotr erneut wissen. Richard ärgerte sich, warum musste Piotr immer wieder in der Wunde herumwühlen.

„Nein, er hat nichts gesagt. Außerdem ist er nicht nur mein Vater, er ist Alisas Großvater."

„Jetzt werd doch mal nicht gleich so ärgerlich. Ich mein ja nur. Ich kann es eben einfach nicht fassen. Es ist ja nur, weil mein Vater so viel von Hanka sprach."

Beim Essen sprachen sie über polnischen Stalinismus, über den Aufstand von 1956, über Gomulka, über die große Angst der Polen vor einem westdeutschen Revanchismus.

Kasia und Alisa tranken den zweiten Cocktail, ganz schön stark, fanden sie; Piotr und Richard waren inzwischen beim Bier gelandet. Kasia erzählte von den vielen Diäten, die sie schon gemacht hatte, Alisa erläuterte Grundzüge der veganen Küche. Mit dem, was sie währenddessen verzehrten, hatte das wenig bis gar nichts zu tun. Sie lachten über traurige Gestalten, die ununterbrochen Kalorien zählten und fühlten sich grenzüberschreitend vereint in ihrer Ablehnung von Askese.

Die Schwere rund um Hanka war verflogen. Irgendwann rutschte Piotr ein Bedauern darüber heraus, dass die Briefe nun nicht mehr verfügbar seien. Richard, der sich seit einigen Stunden ungewohnt locker fühlte, sagte leichthin – und meinte es diesmal auch so – Mona werde sicher bald mit den Briefen in der Tasche wieder auftauchen. Anders könne das gar nicht sein. Er hatte keine Lust, sich schon wieder über Mona zu ärgern, also tat er es auch nicht.

Für Richard war der Abend vollends geglückt, als es ihm gelang, auf dem Weg zur Toilette die Bedienung zu erwischen und die gesamte Rechnung zu bezahlen. Es lief gar nicht so schlecht ohne Mona. In seinem Glücksgefühl entging ihm die Bemerkung von Piotr, es gebe vielleicht noch eine andere lohnenswerte Recherche, ob sie denn was über Julia wüssten. Alisa hörte die Bemerkung, mochte aber nicht mehr drauf eingehen in ihrem weinseligen Zustand. Sie nahm sich vor, ihren

Onkel am nächsten Morgen nach dieser Julia zu fragen. Konnte sie ahnen, dass er aus allen Wolken fiele?

Der Gruppe erklärte sie, sie könne nicht endlos auf ihre Mutter warten, sie werde in den nächsten Tagen nach Hause fahren. Morgen oder übermorgen. Sie käme sicher bald wieder.

Vor der Zielona Weranda verabschiedeten sie sich. Piotr und Kasia nahmen ein Taxi, Richard und Alisa hatten nur ein paar Schritte bis zum Hotel.

„Mal sehen, wann Mona wieder auftaucht, sagt Bescheid, wenn ihr was von ihr hört!", war das Letzte, was Kasia beim Einsteigen ins Taxi noch rief.

10

MONA

„Im Sommer ist es hier richtig voll. Du siehst vor lauter Menschen kaum den Strand. Die beste Jahreszeit für Zoppot ist jetzt."

„Ja, das kann ich mir vorstellen."

Mona sagt das zwar, aber eigentlich kann sie sich gar nichts vorstellen. Am allerwenigsten, was sie gerade hier macht. Sie schlendert am Strand von Zoppot. Neben ihrem Handtaschenretter. Przemek. Februarsturm und Nieselregen. Ob es nicht doch im Sommer hier netter ist? Möwen kreisen um sie herum, weit und breit kein Mensch. Zwei einsame Gestalten am Ostseestrand, und eine davon ist sie. Was würden ihre Freundinnen dazu sagen, was ihre Familie? Aus dem Nichts taucht der sarkastische Blick von Alisa auf. Der sagt ganz einfach: „So ein Kitsch." Sie verjagt den wohlbekannten Blick und schaut nach links, zu ihm. Wie alt ist er wohl? Wie kann sie das herausfinden? Was will er von ihr? Warum hat er mitten in der Woche frei? Was arbeitet er eigentlich? Wo ist seine Familie?

„Ich zeig dir heute die Seebrücke in Zoppot, sonst darfst du Danzig nicht verlassen. Die muss jeder gesehen haben, der nach Danzig kommt."

Sie ist doch noch gar nicht lange da, sie will doch Danzig noch lange nicht verlassen.

Vielleicht sollten sie nicht heute zur Seebrücke gehen, und sie bliebe länger und länger, hinausschieben und wieder hinausschieben, die muss man gesehen haben, bevor man Danzig verlässt ... Also dann eben Danzig nicht verlassen. Einfach bleiben. Sie lächelt, dann schaut sie zum Meer.

Oder sofort abreisen, fluchtartig den Ort der unheimlichen Begegnung verlassen. Er würde eine Sprachnachricht nach der anderen schicken, er würde sie beschwören, umzukehren, alle zwei Minuten ein kleiner Piepton, eine kurze Vibration, sie würde selbstverständlich alles geflissentlich überhören, die Piepabstände würden kürzer, die Nachrichten dringlicher, dann ständige Vibration und dann ... ja, was dann?

Vielleicht doch bleiben. Geschehen lassen. Przemek schaut Mona von der Seite an. Mona schaut geradeaus. Mona schaut nirgendwohin.

Przemek fragt, ob ihr kalt sei. Ja, eigentlich schon, aber das will sie ihm nicht sagen. Ihr Mantel ist zu dünn. Den dicken Pullover hat sie im Hotel gelassen. Hatte sich für die Bluse entschieden, der Kollege hatte kürzlich gesagt, die stehe ihr gut, vielleicht ist die jugendlicher als der Pullover, die verrutschten Konturen ihres verrutschten Körpers zeichneten sich nicht so ab, doch die Bluse ist dünn, und nun fröstelt sie eben.

„Nein, alles in Ordnung. Wszystko w porządku."

Przemek lacht.

„Gute Aussprache. Das hast du gut gesagt, aber ich glaube dir nicht." Er holt aus seinem Rucksack einen Wollschal und reicht ihn Mona.

Wie ist die Steigerung von Kitsch?

Wieder die Frage, was nun? Vielleicht so: sie einlullen mit süßen Worten, ins Caféhaus einladen, galant zu einem kleinen Tisch im Erker führen, ihr den Mantel abnehmen, natürlich das auch, das machen alle polnischen Männer so, und weiter?

Dann aufwachen, alleine, der süße Traum ist vorbei, sie ist in Osnabrück, ein Blick auf den Wecker, sie muss sich beeilen, sonst kommt sie zu spät zur Arbeit.

Oder den Wollschal nehmen, wortlos, ihn umbinden, als wäre nichts dabei, einfach weitergehen.

Oder vielleicht doch ein Lächeln, ein dziękuję, aber nicht mehr als das, den Wollschal nehmen, bis sie im Café sitzen.

Sie nahm den Schal. Ein etwas verunglücktes „Dankeschön", gefolgt von einem genuschelten „wäre nicht nötig gewesen", ein Stolpern über die polnischen Wörter und dann über den Bordstein, ein Beinahe-Hinfallen, ein Gerade-noch-sich-wieder-Fangen, zum Glück nicht von ihm aufgefangen, gerade noch so ohne die rettende Hand. Und warm war der Schal wirklich. Mona fror nicht mehr, keine Zeit zum Frieren.

Im Café neben der Seebrücke sind die Fensterplätze mit der grandiosen Aussicht auf die Ostsee besetzt. Mona und Przemek sitzen mit Blick auf andere Gäste und auf die Kuchentheke. Przemek erzählt von seiner Arbeit in einem Logistikunternehmen, erzählt von den Sprachkursen, die die Firma gezahlt hat, Englisch, auch etwas Deutsch, großzügig, denn wesentlich war ja Englisch. Er hatte alles mitgenommen. Und woher Mona ihr Polnisch habe. Und, oh ja, wie schön, der Vater aus Polen. So was gebe es viel, hier in Danzig sowieso, immer wieder hört er das. In letzter Zeit kommen die Enkel, wollen Straßen und Häuser von Oma und Opa sehen, ein neuer Tourismus, ganz nett für die Stadt. Was sie, Mona, denn suche? Und Mona erzählt, von den Briefen, von Piotrs Anruf, von ihrem schnellen Entschluss der Spur der Briefe zu folgen. Von Richard spricht sie nicht, von Alisa ebenso wenig. Sie ist einfach von Poznań weitergereist, die Briefe hatten den Weg gewiesen. Nach

Gdansk, die alte Dame, die wollte sie hier treffen, die wüsste etwas über ihren Vater, was bei ihnen, damit meinte sie ihre deutsche Familie, niemand wusste. Es war leicht, ihre Reise nach Gdansk so harmlos zu schildern, alle Probleme und Ärgernisse wegzulassen, je mehr sie erzählte, desto glaubhafter wurde ihr selbst diese lockere Version, desto leichter fühlte sie sich, desto mehr erzählte sie und freute sich selbst an ihrer Erzählung. Eine Abenteuerreise aufs Geratewohl, eine Reise in die Vergangenheit, eine Forschungsreise und Spurensuche. Ein paar Pinselstriche, Mona war neu entstanden, und ihre Familie gleich dazu.

Przemek kennt Gdansk ziemlich gut. Im Lockdown ist er ständig gelaufen, am Ufer entlang, an den Werften vorbei, über Brücken und Kanäle. Im Lockdown hat er gelesen, wie die Straßen früher hießen, hat sich Skizzen angefertigt, mit deutschen Straßennamen, hat sich deutsche Namen aufgeschrieben, von Menschen und von Gebäuden. Sein Plan, mitmachen beim Vergangenheitstourismus, ein kleines Business, klein aber fein. So sagt man doch, oder? Die Enkel der Bewohner von damals durch die Straßen führen, zeigen, wo der Großvater zur Schule ging, in welcher Kirche die Großmutter betete, die Westerplatte, zeigen, wo der Krieg begann und wo er zu Ende ging, die Schiffe mit den Flüchtlingen, mit Kurs auf das Deutsche Reich oder was davon noch übrig war, viele untergegangen, abgeschossen, natürlich nicht alle, sonst kämen sie ja heute nicht, die Enkel.

Wenn er jetzt in die konkrete Planung einsteigt, dann kann er im Sommer beginnen. Die Menschen wollen wieder reisen, unterwegs sein, entdecken. Die lange Pandemiezeit hat die

Menschen verändert. Beschäftigung mit der Familie, Sortieren von alten Fotos und Papieren, Herkunft ist nichts Altbackenes mehr – so sagt man das doch, oder? Hinzu kommen weniger Flugreisen. Den Trend gab es natürlich vorher schon, da liefen sie schon durch seine Stadt, die deutschen Familien, im Gepäck alte Karten und Fotos. Vereinzelt. Daran lässt sich nun anknüpfen. Sein Internetauftritt ist beinahe fertig. Vielleicht wird er den Unternehmenssitz in Deutschland anmelden, muss er noch klären, auf jeden Fall werden die Kunden in Euro bezahlen, das steht schon mal fest.

Mona rührt in ihrem Cappuccino. Schaum gibt es schon lange nicht mehr. Sie rührt weiter. Soll sie wortlos aufstehen, ein paar Münzen auf den Tisch legen, den zu dünnen Mantel überziehen, ihre Tasche umhängen, gemessenen Schrittes zum Ausgang gehen, und – So sagt man das doch, oder? Gemessenen Schrittes. Sie kann das auch, besondere Adjektive suchen – den Weg zum Bahnhof einschlagen.

Soll sie auf den Tisch hauen und schreien: „So einer bist du also, ich will nichts hören davon, wie du dein Geld mit dem Schicksal anderer Leute machst, dafür sind sie dir gut genug, die Deutschen, klar, mit mir machst du das nicht, nicht mit mir!", alle Blicke auf sich ziehen, das Café verlassen.

Mona sitzt stumm da und schaut auf die Uhr. Sorgfältig faltet sie den Schal zusammen, reicht ihn Przemek und fragt, was der Kaffee kostet. Eingeladen? Gut, ok, diese kleine Fehlinvestition wird er wohl verkraften, so was muss er einkalkulieren in seinem Business. Jetzt ist ihr wirklich kalt. Kein Frösteln. Ein Eisblock. Mona steht auf, in Zeitlupe, wie ein Eiszombie, Eisnebel um sie herum, seine Worte im Nebel, bringen, begleiten, Bahnhof. Sie schüttelt den Kopf und geht.

Er folgt ihr nicht.

Mona verfolgt ihren Plan und meldet sich bei Małgorzata. Ihr Ärger über Przemek und noch mehr über sich selbst grummelt in ihr, auf diesen windigen Betrüger hereingefallen, wollte nichts als ihr Geld, oder ihre Würde oder so was Ähnliches. Also, er wollte sie studieren, um sein Klientel kennenzulernen, nichts anderes war das, na ja, sie kann auch ohne ihn. Seine Anrufe drückt sie seit dem Nachmittag an der Seebrücke weg. Und hat sich ihren Nachforschungen zugewandt, deswegen war sie schließlich nach Gdansk gefahren, sie wollte doch wissen, was es mit dieser Małgorzata auf sich hatte. Die aus den Briefen. Na ja, nicht nur aus den Briefen. Sie hatte diese Małgorzata mal kennengelernt, vor ewig langer Zeit, mit Piotr. Sie erinnert sich nicht mehr gut; sehr gut erinnert sie sich an ihren Streit mit Piotr, sie war total wütend geworden, gleich nach dem Besuch damals, im Auto, aus welchem Anlass? Das erinnert sie nicht, aber es hatte was mit dieser Tante zu tun, ihren Ärger über Piotr, der sich mit seiner Tante bei ihr interessant machen wollte, nur deshalb hatte er mit ihr hinfahren wollen, tatsächlich hatte sie sich mit der Dame amüsiert, Piotr irgendwo am Rand, Statistenrolle, kurz vor der Trennung war das, damals.

Oh, wie sie Piotr gemocht hatte, die Verliebtheit ausgekostet, sogar in den Briefen. Lange her, das alles, endlos lange, die Briefe und natürlich seine Stimme am Telefon, so sanft und so kräftig, wenn das überhaupt zusammen geht, bei Piotr ging es zusammen. Auf die Briefe hatte sie gewartet und jeden Brief auswendig gelernt, und erst die Anrufe, sündhaft teuer jede Minute. Sehnsüchtig nach seiner Stimme. Auf Dauer reichte das nicht. War ja klar.

Abgelegt im Ordner der Erinnerungen.

Doch hatte es wohl auch jetzt für diese Reise gereicht. Ja, so war es wohl, neulich am Telefon, seine Stimme, hatte sie sich deshalb umgehend auf den Weg gemacht? Quatsch, es war die Sache mit Vater. Endlich mehr über ihn erfahren, endlich verstehen, wie er war, was er ihr mitgegeben hatte. Ein klein wenig war es doch auch die Erinnerung an Piotrs Stimme. Was ist sie doch für ein dummes Huhn.

Es war nicht schwer, Małgorzata in Gdansk ausfindig zu machen. Alte Menschen stehen im Telefonbuch, folglich suchte Mona im Danziger Telefonbuch. In ihrem Hotelzimmer war das Internet nicht besonders stabil, in der Lounge funktionierte es reibungslos. Mona fürchtete einen Moment, Małgorzata könnte unter dem Namen ihres Mannes eingetragen sein, doch dann hatte sie sie schon gefunden, mit ihrem eigenen Namen. Es passte alles zusammen: das freundliche Telefonat, die Verabredung zum Kaffeebesuch, Monas Vorschlag Kuchen mitzubringen, die Empörung der Dame, auf gar keinen Fall, dafür werde sie schon sorgen, ein Grund mal wieder vor die Tür zu kommen, sie sei nachlässig geworden, telefoniere viel, seit sie nicht mehr so richtig gut zu Fuß ist, und die letzten zwei Jahre, überschattet von dem ‚C'-Wort hätten ein Übriges getan. Manche stürmten ja nun hinaus, der neuen Freiheit entgegen, könnten gar nicht oft genug draußen sein. Nein, sie sei nun mehr im Internet unterwegs als in der Stadt, sie sei bequem geworden.

Mona versteht unter bequem etwas anderes, staunt über die Beweglichkeit der Tante, über ihr Hin- und Herhuschen in der

Wohnung – Maske auf, Maske ab, Klingeln bei der Nachbarin, was ausleihen fürs Kaffeetrinken. Mona versteht nicht, was. Eine andere Nachbarin klingelt, Małgorzata setzt eine Maske auf, trotz Impfung, die sie schon lange hat, aber die Krankheit braucht sie auf keinen Fall. Überall in der Wohnung fliegen Masken herum, angegraut, zerknittert, nicht gerade vertrauenserweckend.

Was ist heute bedeutsamer? Dass sie gewiss Vaters Schwester Hanka kannte, oder dass sie so was wie eine Liebesbeziehung mit Vater hatte? Mona ist sich nicht sicher. Die Augen der alten Dame leuchten ununterbrochen, junge Augen, an denen Mona sich nicht satt sehen kann.

Małgorzata freut sich über den Besuch. Alle Erinnerungen sind wieder da. Was hatte Mona am Telefon gesagt? Sie wollte etwas über Hanka wissen. Wer sprach noch von Hanka. So lange her. Und immer noch ganz nah.

Die kleine Gosia ärgerte sich maßlos. Sie sollte zu Hause bleiben. Darek durfte draußen spielen. Sie quengelte lange rum. Sie wollte mit. Sie konnte das gut, erst mit Mutti, die immer nur nein sagte, ohne jede Begründung, dann ging sie zu Vati, den wickelte sie um den Finger.

„Weißt du, ich geh ja nur mit Darek mit, der ist ja dabei und passt immer auf." Vater sagte ja, wenn Mutti nichts dagegen hätte, dann war alles klar, schnell wieder zu Mutti hin.

„Also Vati hat gesagt, ich darf mit Darek mit", und weg waren sie. Ob Darek darüber glücklich war – nicht so unbedingt, aber was ging sie das an. Was Darek wollte, war nicht ihre Sache, mit wem er spielte auch nicht. Sie wollte zu Hanka.

Hanka hatte ein eigenes Zimmer, in der linken Ecke ein Bett, ein Kleiderschrank, eine Kommode, auf der rechten Seite ein Puppenhaus mit drei Zimmern, mit einer Küche, mit Puppengeschirr, Kaffeetässchen, Kaffeekanne, Zuckerdose, Milchkännchen. Ein Puppenbaby, eine Oma mit weißem Haar und Knoten, Papa und Mama, ein Junge, ein Mädchen. Die Gelenke biegbar – so konnte man sie auf die Stühle setzen, am Tisch in der Puppenküche. Nur das Baby ließ sich nicht biegen, aber das war ja sowieso nicht nötig.

Hanka und Gosia kochten für die Puppenfamilie. Sie legten alle in die Betten und beteten mit allen, auf Polnisch und auf Deutsch, in katholischer und evangelischer Tradition.

Sie erzählten allen Gutenachtgeschichten. Sie weckten alle wieder auf, holten Wasser und wollten alle waschen. Hankas Mutter stand in der Küche: „Was wollt ihr? Wasser?! Wofür? … In Ordnung. Für die Puppenstube. Aber bitte vorsichtig sein!" Sie gab den Mädchen ein kleines Kännchen mit Wasser. Sie wusste nicht, dass Małgorzata längst zu Hause sein sollte.

Die Mädchen verschwanden wieder in Hankas Zimmer.

Darek und Martin spielten draußen, bis Darek sagte, er müsse jetzt nach Hause.

Er kam rechtzeitig zum Abendbrot zu Hause an.

Die kleine Gosia hatte er vergessen, bis sie bei Tisch saßen.

„Wo seid ihr gewesen?"

Der Vater wurde kreidebleich, der Mutter rutschte die Hand aus.

Vater und Mutter schauten sich an. Was nun?

Schlimm war, dass Gosia nicht da war. Schlimmer war, wo Gosia war.

Vater nahm den Jungen an die Hand und marschierte los, zum Haus der anderen. Das Haus hatte er nie mehr betreten wollen. Was hatten seine Kinder da zu suchen? Warum war sein Junge überhaupt dorthin gegangen? Und seine Kleine? Und jetzt musste er dahin gehen. Zu den Deutschen. Die Kinder konnten ja nichts dafür, aber die Eltern, der Vater. Der Vater hatte sich freigekauft, noch gar nicht so lange her. Vor dem Krieg total polnisch, hatte er urplötzlich deutsche Papiere. Und kommandierte herum. Und tat nichts, als sie Jurek abgeholt hatten. Ins Arbeitslager. Heute hingegen war er still, sprach überall wieder polnisch.

Vater wartete vor dem Gartentor. Darek musste alleine ins Haus. Fünf Minuten später kam er mit Gosia an der Hand wieder raus. Wortlos gingen die Drei zurück.

Bis zum Ende des Sommers durfte Darek nicht mehr zu Martin nach Hause. Gosia sowieso nicht. Aber Hanka wollte sie trotzdem sehen. Darek und Martin trafen sich bei der Kirche. Der große Kirchhof war von der Straße aus nicht einsehbar. Manchmal nahm er Gosia mit.

„Aber du musst versprechen, nur zur Kirche, nicht weiter, keinen Meter." Oft langweilte sich Gosia, Darek und Martin spielten ohne sie. Sie saß am Rand und versuchte Blumenkränze zu winden, allein machte das nicht viel Spaß. Manchmal kam Martin mit Hanka an der Hand. Glücksmomente.

Małgorzata schaut Mona intensiv an.

„Ein bisschen bist du wie dein Vater, aber nur ein klein wenig. Ja, dein Vater, da war so was in ihm, so was Schweres. Er hatte es nicht leicht. Ich glaube, das mochte ich an ihm, dieses Schwere. Oder, wie sagt man doch gleich, dieses Schwermütige. Er wollte immer alles richtig machen, weißt du … das geht eben einfach nicht. Mich brauchte er für das Lockere, aber ich konnte ihm das nicht immer geben. Ich wollte mein eigenes Leben, heute würde ich das vielleicht anders sehen, aber damals … Damals ging das nicht zusammen, das eigene Leben und das Für-Ihn-Da-Sein. Zumindest empfand ich das damals so. Vielleicht war ich zu dumm für das Zusammenleben mit ihm, vielleicht war ich zu verliebt in deinen Vater, und wenn man verliebt ist, so dachte ich wohl damals, dann sollte man ganz für den anderen da sein, das hatten wir jungen Frauen damals so gelernt, das hatte man uns so eingebläut, dann war es schon besser, nicht so verliebt zu sein, um sein eigenes Leben leben zu können. So ging mir das damals. Aber der Reihe nach. Das war erst später."

Mona war verwundert. Sie kannte diese alte lebhafte Dame so gut wie gar nicht, diese Offenheit, diese Freimütigkeit, unglaublich, ein bisschen unheimlich war ihr das. Aber gut, wenn die Dame so viel erzählen wollte, umso besser. Dann konnte sie fragen.

„Wie lange ging denn eure Beziehung?"

„Beziehung, was für ein schreckliches Wort. Das war keine Beziehung, das war eine Liebe. Eine große Liebe. Ich glaube, für uns beide. Er hat so gelitten, nachher. Willst du das alles wissen? Na dann, also der Reihe nach.

Kennengelernt haben wir uns über Hanka. Sie war ja meine beste Freundin in der Schule, sogar schon vor der Schule. Und wir waren ja so richtig verrückt, Hanka und ich. Verrückte Hühner waren wir. Mit gerade mal 16 waren wir ja schon auf der Straße, riskierten unser Leben. Da schaust du? Ja, so waren wir. Ach, du weißt gar nicht, wovon ich rede. Wie solltest du auch? Das waren andere Zeiten. Eigentlich durften Mädchen gar nicht viel, aber wir waren anders, wollten anders sein. Und auf der Straße waren wir, weil wir sein wollten wie die Jungen. Das war während des Aufstands. Dein Vater hat sicher davon erzählt.

Mona nickt und tut so als ob. Erzählt hat Vater kein Wort.

„Also, das war so, Hanka war so verschossen. So unglaublich verschossen. Mindestens so wie ich kurz danach. Er hieß Wanja. Er war wirklich sehr hübsch. Und ein richtiger Kämpfer. Er wollte sich nichts gefallen lassen. Er beeindruckte uns, weil er alles, wirklich alles daransetzte, die Welt zu ändern. Er war der Mutigste in seiner Clique. Und Martin gehörte auch zu der Clique. Nun weißt du es.

Martin war weniger mutig, war nicht in der ersten Reihe. Und als alle auf die Straße gingen, als wir alle hofften, nun kommt der große Aufstand, dann wird alles anders … also, da waren wir Mädchen auch dabei, nicht so weit vorne, aber wir waren dabei. Ein paar Tage glaubten wir an die neue Zeit. Glaubten an uns, an unsere Unverletzlichkeit. Sagt man das so?"

„Ja, natürlich, du sprichst sehr gut Deutsch."

„Ach Mädchen, ich hab so viel vergessen. Aber nicht alles. Also wir waren tagelang wie im Traum, bis alles vorbei war. Alles anders war. Der Aufstand hat unser Leben auf den Kopf gestellt. Hankas, Martins und meins. Es war entsetzlich."

„Was war mit Wanja?"

„Ach, Kleine …"

Mona fühlte sich wie ein dummes kleines Mädchen, warum sollte Małgorzata nicht „Kleine" zu ihr sagen, wenn sie auch gerade mal nicht mehr 20 war …

„Er war ja immer ganz vorne gewesen, da konnte das nicht gut gehen, die kamen ja mit Panzern, die haben geschossen, wir hatten ihn aus den Augen verloren, Hanka und ich, Hanka hat ihn nochmal im Krankenhaus gesehen, aber es war zu spät, er hat den Kampf verloren."

„Und Hanka?"

„Ja, auch sie war danach verloren. Ihr Lebensmut verschwunden. Aber das ist eine andere Geschichte. Es war danach alles anders, auf einen Schlag waren wir alle erwachsen. Ich glaube, ich war die Einzige mit einem Schimmer von Hoffnung.

Hanka war sarkastisch, Martin war düster. Martin kam gut aus der Sache raus, keine Verhaftung, keine Verwundung, nichts. Das war es gerade, was ihn verbitterte, dass ihm nichts passiert ist, weil er feige war, dass es ihm nicht so ging wie den anderen. Da war er wieder der Deutsche, nicht nur deutsch, sondern auch noch feige. Er sei nicht besser als sein Vater, sagte er sich immer wieder. Da war nichts zu machen. Was an ihm nagte, ist gerade das, nichts ist ihm passiert, den anderen geht es schlecht, die anderen sind immer die Polen, er ist feige, wäre er nicht feige, so wäre es ihm nicht anders ergangen als seinen Freunden. Ich kam nicht an ihn ran. Ich versuchte es tausend Mal, sagte ihm, dass er froh sein solle, davon gekommen zu sein, dass er sich an der Fassade so mutig gezeigt hätte, wie ich es nie gedacht hätte, dass ich so stolz auf ihn wäre, dass er doch wohl kein Märtyrer sein sollte, völlig lächerlich … er verstand es nicht, er grämte sich und wollte sich grämen. Ich versuchte es mit Logik: Es gäbe überhaupt keinen Zusammenhang zwischen feige und deutsch, alles Quatsch, er sei so wie alle anderen, die in der zweiten und dritten Reihe liefen. Aber da hörte er schon nicht mehr zu.

Ich konnte irgendwann nicht mehr. Ich zerbrach an meiner Liebe zu ihm. Ich wollte kämpfen, immer wieder kämpfen, ich wollte um ihn kämpfen, aber er hörte mich nicht, das war schlimm. Ich musste fort von ihm.

Nach dem Examen als Lehrerin bewarb ich mich hier, ja, genau hier, ich musste weg, und ich wusste, er würde nicht mitkommen. Ich wusste, er wäre zu gekränkt. Und stur war er obendrein. Er empfand meinen Schritt als Trennung, und damit hatte er wohl recht. Das sah ich damals nicht so, ich meinte, er könne mitkommen, fragte, warum er nicht mitkäme. Aber ich glaubte selbst nicht daran, dass er mitkäme. Das war vor Martins Entschluss, nach Deutschland zu gehen. Vielleicht hat es dazu beigetragen, dass er ging. Und für mich war dann alles gut, nicht gleich, aber später, ich hatte eine gute Arbeit, ich fand lustige Kolleginnen, die von allem nichts wussten, ich konnte wieder lachen, tanzen und Wodka trinken. Und Martin? Ich glaube, er war sehr gekränkt, vielleicht auch sehr traurig. Auf jeden Fall trug er unendlich schwer an seinen Selbstvorwürfen.

Kurz darauf war ich schwanger, dann kam Konga zur Welt. Das war im Jahr 1961. Der Vater, ein Kollege. Wir haben erst zwei Jahre später geheiratet. Das lag an mir.

Martin ging später nach Deutschland. Ich glaube, er machte das aus Trotz. Oder aus Kummer? Ich war in östlicher Richtung verschwunden, und er ging nach Westen, so weit weg von mir wie möglich. Na ja, vielleicht überschätze ich mich auch etwas, vielleicht war es nicht alles wegen mir, es gab wohl noch anderes, was ihn dazu brachte.

Wiedergesehen habe ich ihn Jahre später, auf der Beerdigung. Mit seinem kleinen Sohn war er gekommen, versteckte sich hinter seinem Sohn, brauchte nicht viel zu reden, zog sich schnell mit ihm zurück. Von seinem deutschen Leben wollte er nicht reden, wollte nichts davon zeigen, später, also viele Jahre später, da öffnete er sein Herz einen winzigen Spalt. Er schrieb mir, dass er das Unglück mitgenommen habe, dass dieser eiserne Vorhang seine Aufgabe nicht erfüllt habe. Sein Plan sei gründlich schief gegangen, er sei kein anderer Mensch geworden. Er war und blieb unglücklich.

Er hatte einen entzückenden Jungen dabei, und er erzählte von dir – ein großartiges Mädchen hätte er, von deiner Mutter nur sehr wenig, seine Arbeit war in Ordnung, das Unglücklich-Sein blieb an ihm kleben."

Und dann sagte Małgorzata noch etwas Merkwürdiges. Nachfragen konnte Mona nicht. Das Gespräch war beendet. Das merkte sie.

„Kein Wunder", sagte Małgorzata, „der Familie konnte er nicht entkommen."

Mona ging zu Fuß zum Hotel, sie wollte über Małgorzata nachsinnen. Das Handy sollte ihr den Weg weisen. Was es auch tat und ihr das Nachsinnen verdarb. Vier Anrufe von Przemek und auch noch drei Nachrichten von ihm, zweimal Gesprächsversuche von Piotr, fünf Nachrichten von Alisa, eine von Richard. ‚Wenigstens einer bleibt im Hintergrund', hielt Mona ihrem Bruder zugute, doch gleich darauf schoss es ihr durch den Kopf: ‚Klar, wieder typisch, er hat ja seine Leute, die für ihn vorpreschen.' Sie wollte das alles auf später verschieben und sich jetzt nur den Weg zeigen lassen, also schob sie das Handy in die Manteltasche, zog es aber an der nächsten Straßenecke wieder raus. ‚Mist, rechts, links, oder schräg links.' Rechts wurde ihr angezeigt, und obendrein zwei neue Nachrichten. Sie verbot sich nachzuschauen und ging weiter. Von Nachsinnen keine Spur. Sie beschleunigte ihre Schritte. Könnte sie so ihren Ärger loswerden? Worüber ärgerte sie sich überhaupt? Sollten doch endlich mal alle sie in Ruhe lassen. Nun ging sie so schnell, dass es fast ein Rennen war oder in die olympische Disziplin passte. Drei Straßenecken später doch wieder das Handy. Noch 2,1 Kilometer. Hatte es nicht vorhin 1,9 angezeigt? Na toll, sie war jetzt weiter entfernt als vor zehn Minuten, ohne Handy könnte sie gar nichts finden, mit Handy lauter Umwege.

Vor ihr ein touristischer Hinweis: Schiffe als Piktogramm, zum Hafen, 1,3 Kilometer.

Eine ganz andere Richtung. Auch gut.

Eine halbe Stunde später saß Mona auf einer der wenigen Bänke, die im Spätherbst nicht abgebaut wurden, Blick aufs Meer, einen Kaffeebecher in der Hand, die Jacke zugeknöpft, aber das brachte nicht viel; schön war es mit Przemeks Wollschal gewesen, als er ihn ihr über die Schultern gelegt hatte. Sie wühlte, im Rucksack war noch ein Tuch, das war schon mal was, leider ein doofes Blau, egal, wen wollte sie denn schon beeindrucken? Die Zeiten waren vorbei, bescheuert ihr Versuch, die Jahre zurückzudrehen – sie hätte sich das gleich denken können, wie blöd hatte sie sein müssen, aber Przemek hatte wirklich einen süßen Akzent. Na ja, gut war nur, dass Richard und Alisa nichts mitbekommen hatten, die beiden Tugendwächter, ihr braver kleiner Bruder – nichts anderes als die Tugend in Person war von ihm zu erwarten. Das störte sie nicht besonders, aber Alisa, immer dieser spitze Ton, wenn es um Mona ging, dieses „du musst es ja wissen", schärfer konnte die Kritik

nicht sein, messerscharf, ein winziges geschliffenes Küchen-
messer. Und Alisa selbst? Mit 22 zusammengezogen, der
Freund aus der Nachbarklasse, eine adrette, immer aufgeräumte
Dreizimmerwohnung, einen Katzensprung entfernt. Wie weit
springt eine Katze? Noch nicht mal eine andere Stadt hatte Alisa kennenlernen wollen, wie viele Versicherungen sie wohl
abgeschlossen hatte? Mit 23 geheiratet, jawohl, Mona hatte
gedacht, sie habe sich verhört, als Alisa ihr das ankündigte,
gleichzeitig mit der Schwangerschaft, da glaubte sie nicht sich
verhört zu haben. Den Jungen aus der Nachbarklasse heiraten?
Geht's noch langweiliger?

Kaffee auf ihrem Schal, ließ sich nicht abwischen, das musste
ja passieren. Mona stand auf, machte ein paar Schritte zum
Wasser, schulterte den Rucksack, las am Ufer ein Hinweis-
schild, kaufte an einer kleinen Bude einen Fahrschein und ging
gleich zum Anleger Nummer 7.

Die Hafenrundfahrt dauerte eine Stunde, Mona blieb mit einem
Pärchen und einer älteren Dame an Deck, die anderen saßen
unten im muffigen Speiseraum bei Kaffee und wer weiß was
allem. Natürlich fror Mona und holte den Schal mit dem Kaf-
feefleck sofort wieder raus. Das Frieren half ihr, nicht nachzu-
denken.

Als sie nach einer Stunde von Bord ging, wählte sie Przemeks
Nummer.

11

RICHARD und ALISA

Was für ein fürchterliches Denkmal. Entsetzt stand Alisa vor den überdimensionierten Kreuzen. Die waren gar nicht zu übersehen; gerade deswegen konnte man an ihnen vorbeilaufen; in ihrer Scheußlichkeit konnte man sie für eine typische Duftmarke der Sowjets halten, wenigstens nicht so groß wie der Kulturpalast in Warschau.

Richard und Alisa lasen die Namen der im Aufstand Umgekommenen, sie übersetzten sich die Inschriften, Alisa rechnete aus, wie alt die Toten geworden waren. Piotr erläuterte, dass es eine große Auseinandersetzung um das Denkmal gab, dass ganz erstaunlicherweise die sowjetischen ‚Freunde‘ die Errichtung des Denkmals nach langem Hin und Her gestattet hatten.

Schockierend, dass es die polnische Armee war, die den Aufstand niedergeschlagen hatte. Die Armee war zur Niederschlagung des Aufstands eingesetzt worden. Insgesamt über zehntausend Soldaten waren nach Poznań geschickt worden.

Sie standen vor den Informationstafeln in dem kleinen Museum des Poznańer Aufstands. Piotr war in seinem Element.

„Der Aufstand erinnert an den bei euch, drei Jahre zuvor“, erläuterte Piotr. Alisa verstand nicht so ganz, was er meinte, rechnete schnell, zu 1953 fiel er nichts ein; Richard wusste sofort, der 17. Juni. Ein besonderer Feiertag in der alten Bundesrepublik. Gedenken an die Brüder und Schwestern in der DDR. Die sich gegen die Obrigkeit erhoben hatten, sowjetische Panzer waren gegen sie aufgefahren. In seiner Schulzeit ein jährlich wiederkehrendes Thema. Zu Hause? Mutter hatte Kerzen ins Küchenfenster gestellt. Das machten viele so. Das wurde auch in der Schule geraten. Die Kerze als Erinnerung an die Opfer, so hieß es. Jede Kerze für ein Opfer. Jede Kerze für ein bisschen mehr schlechtes Gewissen es so viel besser zu haben als die da drüben. Die Kerzen waren irgendwann verschwunden, das schlechte Gewissen hielt sich in Richard. Festgeklammert. Bis heute. Ohne Zielrichtung. Einfach so. Das war ja auch damals so gewesen. Er kannte diese Brüder und Schwestern nicht, kannte nur diese Kerzen im Fenster, kannte sein Kinderleben und weiter nichts, das Kinderleben war für ihn eigentlich in Ordnung, das schlechte Gewissen sagte ihm was anderes, ohne warum, weshalb, wieso, einfach so.

Piotr merkte, dass seine Gäste nichts von 1956 wussten. ‚Die Deutschen wissen nichts von uns, die kennen nur ihre eigenen Sachen.‘ Doch das sagte er nicht laut.

„Die Armee kam mit vierhundert Panzern; den Befehl zum Schießen erteilte ein ehemaliger Sowjetgeneral, der damals stellvertretender Verteidigungsminister von Polen war. Keiner weiß, wie viele Verletzte es gab. Die Toten wurden ja gezählt. Das steht ja alles hier. Aber Verletzte? Wer es nach Hause schaffte, war froh drum. Wer auf ärztliche Behandlung verzichten konnte, der war auch froh. Denn es blieb ja die Angst vor Verhaftung. Und hier steht es, es wurden über eintausend Aufständische verhaftet." Piotr sah die Bestürzung in den Augen der Deutschen und dachte: ‚Was für ein Glück, dass solche wie Kongas Mann das hier nicht sehen. Es wäre Wasser auf ihre Mühlen. Die Deutschen mit ihrem endlosen Schuldgerede und Getue, die lassen uns schließlich doch im Regen stehen, wenn's drauf ankommt. Und regen sich dann über unsere nationalen Gefühle auf.'

„Hier, das Foto. Seht ihr? Da an der linken Seite?"
Die ausgestellten Fotos waren nicht besonders scharf. Alisa sah vor allem die Panzer, die auf die Menschen zusteuerten, sie sah deutlich einige Männer in der Straßenmitte, offensichtlich Streikende. Nun suchte sie auf dem Foto, das Piotr meinte, links im Bild, und entdeckte am Straßenrand, auf dem Bürgersteig, an die Hauswand gepresst, eine kleine Menschengruppe. Piotr zeigte auf einen Mann in der Gruppe, der in der Undeutlichkeit noch am ehesten erkennbar war.
„Dariusz, mein Vater." Richard, noch gefangen im 17. Juni und seinem schlechten Gewissen, schreckte hoch. Glücklicherweise unmerklich, sonst hätte das Gewissen gleich wieder neue Nahrung gefunden.
„Dahinter, gleich dahinter, das könnten die anderen sein", meinte Piotr und wunderte sich über Richards Frage: „Welche anderen?"
Alisa war schneller: „Bist du sicher? Man erkennt doch kaum was." Piotr zog eine Lupe aus der Jackentasche. Offensichtlich war er gut vorbereitet. Die Gesichter der kleinen Gruppe hinter dem Mann, den er als seinen Vater identifiziert hatte, blieben trotz Lupe vollkommen unscharf, erkennbar an dem längeren Haar und den Röcken waren zwei Frauen, vielleicht noch eine dritte, allerdings so hinter einer der beiden Frauen versteckt, dass Rock und Beine nicht zu sehen waren.
Richard schaute zu Alisa rüber. Die stand nun ganz dicht vor dem Foto und versuchte fieberhaft, etwas zu erkennen. Sie fragte Piotr, ob er andere Fotos von Tante Hanka hätte. Dann

wäre es sicher einfacher, sie zu identifizieren. Sie stellte dieselbe Frage an Richard, der nur mit den Achseln zuckte, stimmt,
klar, die Frage war sinnlos, wusste doch Richard sowieso
nichts von seiner Tante Hanka. Richard stand gedankenverlo-
ren vor der Ausstellungswand; Alisa schaute erneut auf die
Frauen auf dem Foto, ging mit der Lupe ganz nah ran. In einem
Kunstmuseum wäre sie schon längst ermahnt worden, aber
hier? Sie hatte sich dann wohl doch etwas zu nah an die Foto-
wand herangewagt, jedenfalls tauchte der Mann, der ihnen am
Eingang die Tickets verkauft hatte, hinter ihr auf. Eintrittskar-
tenverkäufer und Museumswärter in einer Person, warum
nicht. Das Museum war nicht nur klein, es war auch fast men-
schenleer. Und das, obwohl in diesen Monaten der Hunger
nach Museumskultur so riesengroß war, wie der nach Café-
und Restaurantbesuchen.

Piotr sprach den Angestellten an. Der wirkte nicht abweisend,
Piotr hatte langsam begonnen und wurde nun immer schneller.
Alisa und Richard bekamen Bruchstücke mit. Der Mann trat
von einem Bein aufs andere, schielte mehr oder weniger deutlich zur Eingangstür in Richtung Kassenraum. Piotr bemerkte
die Ungeduld, ging darauf ein, indem er sich von den Fotos
abwandte, den Blick Richtung Eingang lenkte, dabei seine Zu-
gewandtheit nicht verlor. Sein Gesprächspartner folgte ihm.
Piotr wollte Informationen von ihm, Erläuterungen zu den Fotos, Näheres über die abgebildeten Personen. Er wollte es unbedingt, er ließ nicht locker. Und er schien, so bemerkte es
Richard bewundernd, den Mann in der richtigen Weise anzu-
sprechen. Jedenfalls wich die Unruhe aus ihm, er hörte zu und
blickte nur noch Piotr an, er legte die Stirn in Falten und machte Piotr einen Vorschlag, den Alisa und Richard nicht verstehen

konnten. Die Klingel der Eingangstür läutete, eine Besucherin trat ein, Piotr eilte zur Kasse, gefolgt vom Museumswärter, der kurz ein Ticket verkaufte, ohne den Blick von Piotr zu wenden. Die beiden Männer gingen zu einem Schrank hinter der Kasse, ein Schlüssel im dicken Schlüsselbund passte, mit schnellem Griff holte der Angestellte einen Ordner aus dem Schrank und legte ihn geöffnet auf den Tisch, der als Eingangssperre diente und weit und breit die einzige Ablagemöglichkeit war. Als der Mann gezielt den Ordner durchsuchte, war er nicht mehr der Ticketverkäufer und schon gar nicht der Museumswärter. Er war nun Experte des Museums. Piotr hatte ihn erreicht.

Er stand über den Tisch gebeugt, blätterte eine Seite nach der anderen im Ordner um, hielt inne, blätterte eine Seite zurück, blätterte wieder vor, las intensiv unterstützt vom Zeigefinger seiner rechten Hand. Als wieder eine Museumsbesucherin eintrat, griff er ohne seine Suche zu unterbrechen, mit der linken Hand in die Schublade, zog ein Ticket heraus, Piotr übernahm es, der Dame das Ticket auszuhändigen und das Geld entgegenzunehmen – glücklicherweise in bar, sonst wäre Piotr in seiner neuen Tätigkeit gescheitert. Piotr deutete mit einer Handbewegung auf den Beginn des Museumsrundgangs und schaute sogleich wieder über die Schulter des ehemaligen Museumswärters, nun Museumsexperten, auf den Ordner. Hinter den beiden Männern standen ein wenig abseits Alisa und Richard, den Blick auf den Aktenordner und die beiden Männer geheftet.

Abrupt drehte sich der Museumsexperte zu Piotr um und strahlte ihn an.

Er zeigte stolz auf eine Namensliste.

Auch Piotr lächelte zufrieden. Für einen Moment sah es so aus, als wollten die beiden Männer sich wie Fußballfans nach einem Sieg ihres Vereins um den Hals fallen.

Das ließen sie dann aber doch bleiben, wer von ihnen einen Schritt zurück machte, keine Ahnung. Während der glückliche Angestellte dem Ordner vorsichtig das Blatt entnahm, am Kopierer eine Kopie für seinen neuen Freund machte, es sodann wieder sorgsam einheftete, erklärte Piotr den Deutschen, es handele sich um die Liste der nach der Zerschlagung des Aufstands kurzfristig Verhafteten und fügte entschuldigend hinzu, dass zu den Fotos leider keine näheren Informationen vorlägen.

Piotr hielt die Kopie wie eine Trophäe hoch, ehe er Richard und Alisa erklärte:

Unter den Verhafteten des 28. Junis 1956 die Namen der beiden minderjährigen jungen Frauen Małgorzata und Hanka. Seine Tante und Richards Tante.

12

MONA

Nach Monas Besuch machte sich Małgorzata erst mal in der Küche zu schaffen. Sie hatte für Mona das gute Geschirr genommen. Was heißt genommen … Sie hatte aus dem Bad den einzigen stabilen Stuhl mit glatter Holzfläche ohne Sitzpolster geholt, hatte den Stuhl an den Küchenschrank herangeschoben, war heraufgeklettert, erst kniend, dann den linken Fuß aufstellend, es war der bessere Fuß, der rechte … Der Linke, der danach kam, machte ihr in letzter Zeit viele Sorgen; vorsichtig hatte sie sich auf dem Stuhl aufgerichtet, an den kräftigen Griffen des Schrankes Halt gefunden, das oberste Fach geöffnet, zwei von den Gedecken mit Goldrand herausgehoben. Die hielt sie nun in der linken Hand, zwei Kuchenteller, zwei Untertassen, darauf zwei ineinander gestellte Tassen. Sie hatte sogleich gemerkt, dass sie niemals mit dem Geschirr heruntersteigen könnte. Also hatte sie die Gedecke wieder zurückgestellt, hatte mit dem Zeigefinger der linken Hand zwei Tassen an den Henkeln gefasst; auf die Knie gehen, die Tassen auf der Anrichte abstellen, sich vorsichtig wieder aufrichten, denselben Weg mit den Untertassen in der linken Hand und schließlich ein drittes Mal mit den Tellern wiederholen, das funktionierte.

Nun kam der Rückweg des Geschirrs. Der Holzstuhl aus dem Bad stand noch in der Küche, das Geschirr war gespült und getrocknet. Małgorzata nahm die beiden Teller in die linke Hand, begann die Kletterpartie. Sie kniete auf dem Stuhl, wollte zum Stehen kommen und schwankte. Gerade noch rechtzeitig fasste sie mit der rechten Hand die Stuhllehne, setzte mit einem Ruck die Teller auf der Anrichte ab, blieb auf dem Stuhl hocken, beugte sich über die Teller – der Ruck hatte ihnen glücklicherweise nichts angetan – , hockte weiter auf dem Stuhl, dachte über die geplante Aufräumaktion nach, stieg vom Stuhl herab auf festen Boden, schob Teller, Tassen und Untertassen auf der Anrichte weit nach hinten, wo sie nicht weiter störten, und beschloss, es morgen erneut zu versuchen oder sonst eben, wenn es gar nicht anders ging, Gabrysza zu bitten. Wann käme sie wieder zum Putzen? Ach ja, schon in drei Tagen. Sie brühte sich einen Kaffee auf, obwohl sie wusste, dass das unvernünftig war nach dem starken Kaffee, den sie mit Mona getrunken hatte.

Den Kaffee ließ sie sich nicht verbieten. Das Glas Rotwein am Abend ebenso wenig. Noch nicht einmal die Zigarette dazu. Verbote waren schon immer zum Übertreten dagewesen. Schon damals. Mit Hanka. Also zuerst einmal, um Hanka überhaupt zu sehen. An der Mauer des Kirchhofes. Da saß sie oft alleine, bis Martin und Darek sie riefen, dann durfte sie mit den beiden Großen spielen, Verstecken, Fangen und Abwerfen. Blöd war das Abwerfen, sie stand in der Mitte, die beiden Jungen warfen sich den Ball zu, so hoch, dass sie nicht drankam, sie blieb so lange in der Mitte, bis sie den Ball zu fassen bekam, dann wurde gewechselt. Ewig blieb sie in der Mitte, denn die beiden warfen so hoch über ihrem Kopf den Ball hin und her, dass an Fangen kein Gedanke war. Wenn ewig noch ewiger wurde, dann lief sie schmollend zur Seite, setzte sich in ihre Kirchhofecke, ärgerte sich über die Beiden und über sich, dass sie nicht durchgehalten hatte. Verstecken war besser, sie kannte gute Verstecke; einmal hatte sie in der Kirchenwand die kleine Seitentür entdeckt, versteckt zwischen Brombeeren und Efeu. Die

Tür war offen gewesen, sie hatte sich drinnen in eine dunkle Ecke gekauert, hatte die Tür von innen wieder herangezogen, die Jungen waren mehrmals an ihr vorbeigelaufen, sie blieb mucksmäuschenstill, obwohl sie hätte schreien können, als ihr irgendwas über den Handrücken krabbelte, sicher eine Riesenspinne mit eklig langen dünnen Beinen. Gosia schrie nicht, kauerte unbeweglich in ihrer Ecke, hörte draußen erneut die Jungen rufen, blieb auch still, als sich ihre Füße verkrampften, die so eng an den Körper gezogen waren, dass sie sie nicht rühren konnte und die nun begannen so stark zu schmerzen, als würde sie nie wieder darauf laufen können. Gosia hielt durch. Schließlich war das Spiel zu Ende, die Jungen hatten aufgegeben und waren weggegangen, Gosia hatte es daran gemerkt, dass sie lange Zeit gar nichts mehr hörte. Sie hatte sich aus ihrem Versteck herausgeschält, schaffte es sogar wieder ihre Beine zu bewegen, schlich sich nach Hause. War auch ein blödes Spiel, wenn man sich so gut versteckte, dass man unauffindbar war, und obendrein gaben die Jungen das natürlich nicht zu, taten so, als hätten sie einfach keine Lust mehr gehabt – nicht den allerkleinsten Triumph gönnten sie ihr. Manchmal kam Martin nicht alleine, es gab nichts Schöneres als mit Hanka zu spielen, auch wenn Gosia liebend gerne ihre Puppe dabeigehabt hätte, aber sie konnte ja nicht wissen, wann Hanka kommen würde; und Hanka wusste es auch nicht, mal ließ Mama sie weggehen, dann wieder nicht. Sie flochten kleine Blumenkränze für die Puppen, die den Puppen nachher entweder zu eng oder zu weit waren – das machte nichts, wenn sie sich wiedertrafen, flochten sie wieder. Einmal hatte Gosia eine Häkelnadel und ein kleines Wollknäuel zwischen Schlüpfer und Unterhemd geklemmt, das Gummiband des Schlüpfers hielt beides ganz gut, aber Hanka war nicht gekommen. Tagelang stopfte Gosia Nadel und Knäuel fest, bis Hanka endlich auftauchte, vier Tage später – sie häkelten abwechselnd und ein Puppenpullover war das Ziel – gaben sie sich mit einem Topflappen zufrieden.

Als sie in die Schule kamen, war mit einem Mal alles anders. Alles besser. Jeden Tag begegneten sie sich schon im Schulhof, im Klassenraum, wieder auf dem Schulhof, nochmal im Klassenraum, bis sie sich am Schultor trennten, bis zum nächsten Morgen. Manchmal verblassen Freundschaften, wenn der Charme des Verborgenen wegfällt. Die Freundschaft zwischen Hanka und Gosia hingegen leuchtete jetzt erst richtig und strahlte wie ein roter Sonnenball in sommerlichen Nachmittagsstunden. Bald wussten es alle, die beiden waren unzertrennlich. Und blieben es. Natürlich tauchten andere Mädchen auf. Sie waren zehn Jahre alt, als Gosia einen Sommer lang mit Anka zum Schwimmen ging. Als der Sommer vorbei war, rannte sie mit Hanka durch die abgeernteten Kornfelder, als hätte es Anka nie gegeben. Sie waren zwölf, da hatte Hanka keine Zeit für Gosia, sondern für das Orchester, in dem sie Flöte spielte, sie wollte alles richtig machen, die anderen waren älter als sie und spielten so komplizierte Instrumente wie Geige und Querflöte und Klavier, also übte sie Tag und Nacht ihre Stimme auf der Blockflöte, und wenn sie nicht übte, dann war sie in der Orchesterprobe. Gosia fühlte sich alleine und bewunderte im Stillen die Freundin. Hoch erhobenen Kopfes lehnte sie stolz alle anderen Angebote, beste Freundin zu sein, ab und wartete, nach außen geduldig, in ihr drinnen brodelte es. Sie wartete. Einige Monate später, sie saß auf der Schulmauer und wiederholte russische Vokabeln, sah sie Hanka auf sich zu-

135

kommen. Wortlos klappte sie ihr Heft zu und sprang auf. Es war alles wie früher, wenn auch ganz anders, eine Pause ist eine Pause, und überdies verändert eine Pause die an ihr Beteiligten. Und so wie Jahre vorher die Freundschaft, als sie aus dem Verborgenen ans Licht kam, stärker wurde, so wurden die Mädchen nach dem musikalischen Intermezzo noch unzertrennlicher.

Daran konnte in den folgenden Jahren niemand etwas ändern, noch nicht einmal das Chaos der Liebe. Natürlich schwärmte Hanka für den Cellospieler, Gosia verliebte sich unsterblich in Martin, Hankas Bruder. Ja, derselbe Martin, der sie damals gemeinsam mit Dariusz mit Nichtbeachtung gestraft hatte, das war lange her, Martin bewunderte ihr Talent, besonders ihre Gedichte, nachts verfasst, manche auf Polnisch, manche auf Deutsch, und einige sogar auf Russisch. Natürlich traf Gosia zwischendurch Martin, natürlich durchfuhr es sie heiß und kalt abwechselnd, wenn sie auf dem Schulhof seine Blicke spürte, doch das änderte nichts an der einzigartigen Freundschaft mit Hanka; die wurde vielleicht sogar noch fester, jetzt, wo sie sich mit der ganzen deutschen Familie verbunden fühlte. Erst traute sich Gosia nicht, es Hanka zu sagen, aber dann hatte Hanka es schon bemerkt, ehe sie den Mund aufgemacht hatte, und es war gar nicht schlimm. Richtig gut wurde es, als Hanka den Cellospieler vergaß und sich in Wanja verliebte. Ach Wanja. Wenn das nicht passiert wäre, vielleicht wäre alles anders gekommen. Ja, Vielleicht.

Przemek kam am Vormittag um kurz nach 11. Wie abgemacht. Mona hatte sich die Augen geschminkt, den Fleck aus dem blauen Schal herausgewaschen, einen ockergelben Pullover und dunkelblaue Jeans angezogen, eine silberne Kette und dazu passende Ohrringe. Die Kette hatte sie dann wieder abgenommen, vielleicht doch nicht so richtig, zu modisch, zu auffällig, die Ohrhänger alleine wären besser. Kurz vor elf zog sie den Lidstrich mit Kajal noch einmal nach.

Przemek machte ihr in den ersten drei Minuten vier Komplimente, das Erste für ihr Polnisch, weil sie ihn auf Polnisch angesprochen hatte, das Nächste für ihre Orientierung, weil sie von ihrem Ausflug und Treffen mit Małgorzata erzählt hatte, drittens für ihren Pullover, die Farbe gefiel ihm, und das vierte Kompliment als Joker, einfach so. Mona lächelte.

Über ihren merkwürdigen Abgang in Zoppot verlor er kein Wort und schien auch nicht beleidigt.

Przemek führt Mona zum Postamt, dem Ort, der am 1. September 1939 morgens um 04:45 gleichzeitig mit der Westerplatte von den Nazis angegriffen worden war. Die Deutschen haben von dem Kampf um das Postamt gar nichts gehört, behauptet Przemek. Mona ärgert sich über sein ‚die Deutschen‘, muss aber zugeben, dass sie rein gar nichts von diesem Kampf weiß.

Przemek erzählt: „Im Postamt befanden sich in dieser Nacht 57 Personen, 40 Postbeamte aus Danzig, zehn aus Gdingen und Bromberg delegierte Postbeamte mit Wehrausbildung, ein Angestellter der polnischen Eisenbahn sowie der dort wohnende Hausmeister samt Frau und zehnjähriger Adoptivtochter. Die ersten deutschen Angriffe am frühen Morgen und im Laufe des Tages wurden abgewehrt; die Angreifer unterminierten das Gebäude und platzierten eine Sprengladung unter dem Eingang. Die Verteidiger zogen sich in den Keller zurück. Um 18 Uhr wurde von der Danziger Feuerwehr Benzin in den Keller gepumpt und angezündet, wobei drei polnische Verteidiger getötet wurden. Um 19 Uhr entschieden die 50 am Leben gebliebenen Verteidiger, sich zu ergeben. Die ersten zwei Personen, die aus dem Gebäude mit weißer Flagge heraustraten, waren Direktor Jan Michoń und Kommandant Józef Wąsik. Michoń wurde erschossen, Wąsik mit einem Flammenwerfer bei lebendigem Leib verbrannt. Sechs konnten fliehen, die restlichen 44 wurden gefangen genommen. 16 Verletzte wurden ins Krankenhaus gebracht. Sechs davon starben, darunter das zehnjährige Mädchen. Von den sechs Flüchtigen wurden zwei später gefasst."

Mona hört still zu. Wenigstens kamen nicht alle Verteidiger um, denkt sie.

Przemek sagt: „Das ist noch nicht alles. Die Überlebenden wurden von einem deutschen Kriegsgericht zum Tode verurteilt. Wegen … ", Przemek spricht jetzt ganz langsam und überdeutlich, „Freischärlerei." Das Wort hat er vor kurzem in den Dokumenten gelesen und auswendig gelernt.

„Grauenhaft", mehr fällt Mona nicht dazu ein.

„Warte", fährt Przemek fort. „Ich habe noch etwas herausgefunden. Dr. Kurt Bode war der nationalsozialistische Richter, der die Todesurteile sprach. Es handelte sich um das erste Militärgerichtsurteil des Zweiten Weltkrieges. Nach dem Krieg zeigte die deutsche Ehefrau eines hingerichteten Postbeamten Bode in Hamburg an und klagte auf Schadensersatz. Sie verlor. Weitere Verfahren gegen den einstigen NS-Richter wurden in den folgenden Jahren eingestellt. 1979 starb Bode – ohne für seine Unrechtsurteile zur Rechenschaft gezogen worden zu sein – im Alter von 84 Jahren in der schleswig-holsteinischen Kleinstadt Mölln. Seine Todesurteile hob die Große Strafkammer des Landgerichts Lübeck erst 1998 auf. In der Urteilsbegründung sprach das Landgericht von Rechtsbeugung. 53 Hinterbliebene der Opfer entschädigte die Bundesrepublik im Jahr 2000."

Während der letzten Sätze geht Przemek mit Mona zur Gedenktafel für die Ermordeten draußen an der Mauer.

Mona mag sein Erzählen. Seine Stimme. Seinen Blick.

Mona ist auf der Hut. Sich bloß nicht einlullen lassen.

Beide Spuren laufen gleichzeitig.

Wie lange würde das gut gehen?

Mona ist abgelenkt. Da hört sie den Namen Günter Grass.

„Was hast du gerade über Grass gesagt? Was hat er damit zu tun?"

„Ja, ich habe Günter Grass erwähnt. Bode setzte seine Richterkarriere nach dem Krieg fort. Er wurde Vizepräsident des Hanseatischen Oberlandesgerichtes Bremen. Da lag eines Tages ein Verbotsantrag gegen den Roman "Die Blechtrommel" von Günter Grass zur Prüfung auf seinem Tisch. Zu einem Verbot kam es nicht. Vielleicht fürchtete Bode, seine Vergangenheit könnte ans Licht der Öffentlichkeit kommen. Wer weiß das schon."

Mona hört jetzt gar nicht mehr hin. Mona war in ihrem früheren Leben.

„Przepraszam. Was meintest du gerade?"

„Ja, natürlich, ein heißer Tee wäre nicht schlecht."

Mona ist bei Jochen. Mit Jochen. Ohne Jochen. Ihr Ausgeliefertsein. Ihre Unfähigkeit, was zu sagen. Sie, die überall Eloquente. Sagen, dass sie mit ihm sein wollte, das ging. Sagen, dass sie ihn leider nicht treffen könne, weil sie ihrer Freundin mit dem Kind helfen müsste, das ging. Alles dazwischen unsagbar.

Mit ihm zusammensitzen und den Film gemeinsam sehen, den er ausgesucht hatte. Das ging.

Mit ihm zusammensitzen und sich in den letzten Roman von Vargas Llosa vertiefen. Das ging nicht.

Alleine in ihrer Wohnung sein und ihn erst übermorgen wiedersehen, weil sie heute und morgen ihre Fotos sortieren wollte, das ging nicht.

Alleine sein und ihn erst übermorgen wiedersehen, weil er heute und morgen zum Klettern verabredet war, das ging.

Ausgerastet war sie bei der Urlaubsplanung. Vier Wochen zu zweit, nur er und sie, schmachtend hatte er den Wunsch geäußert. So einfach sei das nicht, hatte sie entgegnet und die Enttäuschung in seinen Augen gesehen; die vier Tage bei ihren Eltern, das ließ er durchgehen, die Woche mit den Mädels, das war zu viel. In seinen Augen sah sie Unverständnis und später, als sie ihren Plan bekräftigt hatte, blankes Entsetzen.

Das war das Ende.

Dann eben ganz alleine sein, mit Fotos sortieren, wann immer sie wollte, mit Vargas Llosa, wann immer sie wollte, mit dem Mädelsurlaub, wie sie ihn wollte, mit alleine sein, wann immer sie es gar nicht wollte.

Zusammen ist man weniger allein, der Titel des französischen Romans klang ja ganz nett, schön wär's, aber nicht für sie.

Es regnete stark, das Café war ganz in der Nähe.
Für die paar Schritte hielt Przemek einen Schirm über sie beide.

Als sie an einem kleinen, runden Tisch am Fenster Platz nahmen, Przemek den Schirm abstellte und die Mäntel aufhängte, fielen Mona wieder die beiden Spuren ein, wie zwei Tonspuren bei der Podcasterstellung. ‚Einfach mal drauf los‘ – das war die eine. ‚Pass bloß auf, das geht nicht gut‘ – die andere. Sie wollte heute einfach mal nach Belieben hin und her wechseln, warum nicht? Ihr Experiment von Gdansk, ihr Spurwechselversuch.

Nach zwei Stunden, mehreren heißen Tees, davon die letzten beiden mit Zucker und Rum, einem Stück Käsekuchen mit Sahne, erzählte Mona von ihrer Tochter, von dem Kummer, sie nicht zu erreichen, nicht zu ihr vorzudringen, von ihren Selbstvorwürfen, die nichts nützten, von der Unmöglichkeit mit ihr zu sein. Sie wischte den falschen Glanz von der Reise nach Poznań weg, erzählte, wie sie schon beim Frühstück den Mut verloren hatte, wie Alisa auf die einfache Frage, ob ihr der polnische Käse schmeckte, ein „geht so“ genuschelt hatte, wie sie darauf gesagt hatte, das Frühstück sei doch recht gut, und Alisa geantwortet hatte: „Du immer mit deinen Beschönigungen. Musst einfach alles gut finden, nur weil es Polen ist.“ Dann war Schluss. Mehr hatte Alisa nicht gesagt, hatte die unsichtbare Wand wieder hochgezogen. Richard hatte was von seinem Nachrichtenpodcast wiedergegeben, vermutlich was zu den Coronazahlen, sie wusste es nicht mehr genau. Alisa löffelte wortlos ihr Müsli; ihr selbst war der Appetit vergangen, sie biss lustlos in ihr Käsebrötchen. Die Wand war aus grauem Zement.

Sie schaute Przemek an, er schaute ihr in die Augen, blieb still, und sie war froh, dass er jetzt keinen wohlgemeinten Ratschlag gab. Seine Augen forderten sie auf, mehr zu erzählen.

Das Spiel mit dem Spurwechsel war vergessen, als das Handy in der Tasche vibrierte. Sie schaute auf die Nummer – unbekannt, polnisch, ja, das musste Małgorzata sein, die Nummer hatte sie noch nicht gespeichert.

Małgorzata rief an, um ihr Treffen am nächsten Tag um eine halbe Stunde zu verschieben. Wegen eines Arzttermins, an den sie nicht gedacht hätte, da müsse man immer Wartezeit einkalkulieren. Kein Problem. Mona hatte Zeit.

Nach dem kurzen Gespräch legte Mona das Handy beiseite.

Wo war sie stehen geblieben? Ach ja, Alisa. Sie erzählte weiter. Przemek hörte zu, fragte, wenn er nicht verstand. Schließlich meint er: „Und wenn du ihr sagst, dass du sie magst?"

Das war alles.

Mona fühlte keine Spur von Spurwechsel.

13

RICHARD und ALISA

Richard konnte es nicht fassen. Kein Wort hatte sein Vater jemals darüber verlauten lassen – Schwester und Freundin festgenommen, fast noch Kinder die beiden.

Kein Wort über den Aufstand. Kein Wort darüber, was die jungen Mädchen durchgemacht hatten. Und was mochte er gesehen haben? Diese Demonstrationen waren anders als die Friedensdemos, zu denen er als junger Mann gegangen war, mit Wurststullen für unterwegs und Kaffee in Thermoskannen, Busfahrten nach Bonn, morgens alle noch verpennt, am späten Nachmittag auf der Rückfahrt sangen sie lauthals: „Was wollen wir trinken, sieben Tage lang ...", BAP, abends den Fernseher an – wie viele waren sie, was sagen die Veranstalter, was die Polizei.

Sie saßen im Café im Schloss, Piotr fand es etwas teuer, etwas touristisch, Alisa hatte dafür plädiert.

Piotr erzählt, was er von seinem Vater gehört hat. Dariusz und Martin trafen sich mit anderen; in der Gruppe waren ehemalige Mitschüler, Studenten und manche, die im Betrieb arbeiteten.

Die Mädchen waren viel zu jung, sie hatten sich hingeschlichen, die Eltern durften nichts wissen, wussten es natürlich später dann doch – die Verhaftung, wenn auch kurz, eine Nacht, aber was für eine Nacht. Die Mädchen hatten am Straßenrand gestanden, warum wurden sie verhaftet? Dariusz hatte später gemeint, sie seien nicht so schnell gerannt wie Martin und er.

Richard kann es nicht fassen. Wie alt war sein Vater? Schnell nachgerechnet, 21, mitten im Studium, und gerade noch hatte er an die Friedensdemos gedacht, da war er selbst so alt, eine andere Welt.

„Später wollte dein Vater das alles hinter sich lassen. Schließlich war er ja nach Deutschland gegangen. Er wollte das Alte abschütteln."

Abschütteln, ja das traf es. Aber es gibt eben klebriges Zeug, das sich nicht abschütteln lässt. Du hast das Klebrige in den Händen, willst es loswerden, kratzt mit einer Hand am Handrücken der anderen Hand, und schon sitzt die klebrige Masse in deinen Fingern. Und dann berührst du jemand anderen, vielleicht sogar dein Kind, und schon klebt auch der andere, schon quengelt das Kind: „Was klebt denn da so?" Wenigstens quengelt das Kind und merkt was. Sein Vater wollte alles loswerden. Und er, das Kind, hat gequengelt und wusste nicht warum. Wo doch alles an ihm klebte.

Richard kramt in seiner Brieftasche. Er zeigt Piotr einen kleinen Zettel. Piotr runzelt die Stirn, gibt den Zettel an Alisa weiter. So gut ist sein Deutsch nicht, er braucht Erklärungen.

Alisa liest: *Er verschloss sein Herz und warf den Schlüssel in den See seiner Trauer.* Sie schaut zu Richard.

„Hab ich mir mal abgeschrieben. Ist von Rafik Schami. Gefiel mir."

„Hier ist noch was. Das hat mir der Museumswärter am Schluss vorhin in die Hand gedrückt." Piotr zeigt eine andere Namensliste. Es ist die Liste der Toten. Fast ausschließlich Männer.

„Was können wir damit anfangen?", will Richard wissen. Alisa wirft ein „ist doch klar, schon möglich, dass Hanka und

Małgorzata mit denen zu tun hatten." Richard schaut seine Nichte ungläubig an.

„Wie kommst du darauf?"

„Ich denk mir, wenn die beiden Mädchen unbedingt dahin wollten, dann hatte das damit zu tun, dass sie Aufständische kannten, vielleicht gut kannten. Vielleicht nicht nur Martin und Dariusz. Wer weiß. Deshalb sind sie hin, deshalb haben sie alle Warnungen in den Wind geschlagen."

Piotr schaut sich die Liste genauer an. Bei jeder Person steht neben dem Todesdatum auch das Geburtsdatum, außerdem Straße und Wohnort. Fast alle aus Poznań. Fast alle in den 30er Jahren geboren, nur einige waren älter, geboren 1924, 1927, 1928. Niemand aus den 40ern. Klar, die wären ja auch zu jung gewesen, im Jahr 1956. Piotr springt auf, schaut auf die Uhr.

„Ich geh nochmal kurz rüber ins Museum, bin gleich wieder da. Wartet bitte auf mich."

Als er eine Viertelstunde später wieder auftaucht, schwenkt er schon von weitem einen Bogen Papier wie eine Trophäe.

„Ich hab noch was bekommen. Schaut mal. Das hier sind Angaben zu den Arbeitsstellen, und das hier …", er zieht noch ein kleineres Blatt hervor, das sich hinter dem großen Bogen versteckt hatte, „das hier sind Angaben zu Hinterbliebenen. Und Jozef, so heißt der Wärter, hat mir hier ein paar Namen angekreuzt, das sind Angehörige, die noch leben, also Geschwister der Toten, die Eltern sind längst tot, könnt ihr euch denken, na ja, von den Geschwistern und von den Kindern haben einige dem Museum was angeboten, also Fotos und so, manche wollten dem Museum auch Kleidung geben, das haben die abgelehnt, konnten sie nicht gebrauchen, Briefe und Fotos haben sie gerne genommen."

Auch viele Geschwister sind schon sehr alt oder verstorben, ein paar jüngere Geschwister oder Kinder haben guten Kontakt mit dem Museum, sind dankbar, dass die Erinnerung an ihre Brüder und Väter wachgehalten wird. Jozef, so heißt der Mitarbeiter im Museum, für Piotr schon fast wie ein alter Freund, hat ihm ein paar Namen rot unterstrichen und hat bei drei Namen sogar eine Telefonnummer dazu geschrieben. Mit denen war das Museum erst kürzlich im Gespräch.

Am nächsten Tag ruft Piotr Richard auf dem Handy an.
Er hat die drei Telefonnummern gewählt.
Er redet von den drei Anrufen gleichzeitig. Richard versteht kaum was, eigentlich nur, dass Piotr völlig aufgewühlt ist.
„Nie rozumiem", sagt er mit ruhiger Stimme. Fang doch bitte nochmal an, ergänzt er in derselben Stimmlage, seine Stimme wird noch ruhiger, noch langsamer, als habe jemand auf eine Taste gedrückt, die den Ton in die Länge zieht. Richard hat das bei seiner Mutter geübt, sich das bei ihr angewöhnt, bei den unseligen Telefonaten – seine Methode, sich die Mutter vom Leibe zu halten, wenn sie ihm zum tausendsten Mal von Menschen aus der Nachbarschaft erzählt, die er kennen sollte, die er auf keinen Fall kennen möchte, denen gerade so sensationell Unglaubliches widerfahren ist, wie ein Einstieg in die Rente, eine künstliche Hüfte, ein fünftes Enkelkind. Wenn sich dann in dem Versuch seiner Mutter, die Erzählung zu komprimieren, – sie spürt ja, dass ihr Sohn nichts hören möchte – die Geburt des Enkelkindes mit der Hüftoperation vermischt, beides Krankenhaus, immerhin diese Gemeinsamkeit, dann gerät Richards Stimme in seinen Kommentaren – und Kommentare soll er liefern, das verlangt seine Mutter – in ein Ritardando, bis sie

erlischt. Bei Barbara kommt die Methode überhaupt nicht an, im Gegenteil, sie durchschaut ihn und beißt zurück: „Ich bin nicht deine Mutter!" Dann kann er das Gespräch für die nächsten Stunden vergessen. Bei Piotr kommt in dem emotionalen Durcheinander das Vermischen der Sprachen hinzu, und, was natürlich ganz anders ist als bei Mutter, was Piotr zu sagen hat, interessiert Richard. Ja, er brennt auf Piotrs Neuigkeiten. Es ist erstaunlich, wie sich Piotr in alles reinfindet, vertieft, nicht lockerlässt, tätig wird. Und noch erstaunlicher ist, dass er, Richard, sich diesmal nicht mickrig fühlt, nicht in die hinterste Ecke gestellt, nicht nur zuständig für Zubringerdienste, nicht nur dafür da, die anderen noch goldener glänzen zu lassen, als sie es ohnehin schon tun. Diesmal ist es anders. Alles ist anders.

„Hat Piotr tatsächlich alle drei erreicht?", will Alisa wissen.
„Ja, aber erst die Nummer Drei war der Volltreffer. Der Erste war irgendwie misstrauisch am Telefon, wollte wohl gleich wieder auflegen, als Piotr sich meldete, machte das dann doch nicht, blieb aber mürrisch, war der Sohn von einem Opfer, sagte, ja, er habe dem Museum die Sachen von seinem Vater gegeben, er kannte seinen Vater ja nicht, er war ja zwei Jahre alt, da war er dann eben alleine mit seiner Mutter. Diese ganze Vergangenheit interessierte ihn nicht, damit wollte er in Ruhe gelassen werden."
„Wieso hat er dann die Sachen dem Museum gegeben?", will Alisa wissen.
Und gleich darauf: „Da vorne ist eine Brücke, da kommen wir über die Warthe."

Richard und Alisa laufen am Flussufer entlang. Der Weg ist vom letzten Regen aufgeweicht, Alisa springt über die Pfützen, Richard bahnt sich vorsichtig einen Weg seitwärts durch Gras.

„Er hat die Sachen dem Museum gegeben, um sie loszuwerden, das war's, so Piotr. Er wollte nichts mehr damit zu tun haben. Er redete von der neuen Zeit, davon, wie anders jetzt alles sei. Und hängte gleich noch eine Schimpftirade auf Europa dran. Dann war es Piotr, der das Gespräch beendete, weil er das ganze PIS Gerede nicht mehr ertragen kann."

Sie hatten die Fußgängerbrücke erreicht. Richard war froh, dem Matschweg zu entkommen, er hatte Angst um seine neuen Schuhe.

„Wie ging es weiter mit unserem Detektiv? Schon unglaublich, wie der sich da reinhängt."

Alisa schlägt den Weg Richtung Dom ein. Niedrige Ziegelhäuser säumen die Straße. Die Hortensien in den Vorgärten tragen übergroße Blüten.

Die Zweite am Telefon war eine Frau, ein wenig verwirrt, eine sehr alte Stimme, die wollte reden, fragte immer wieder nach Piotrs kleiner Schwester, meinte sie müsse sie kennen, wie es denn seiner Schwester Julia gehe, ob die noch so viel redete wie früher. Piotr hatte keine Schwester Julia, nach fünf Minuten verabschiedete er sich höflich von der Dame, die ihm noch einmal Grüße an die kleine Schwester auftrug. Wie kam es, dass das Museum erst kürzlich mit dieser Dame im Gespräch war, hatte sich Piotr kopfschüttelnd gefragt.

Piotr hatte nicht lockergelassen und war beim dritten Anruf fündig geworden, wie er Richard nicht ohne Stolz in der Stimme berichtet hatte.

Vor dem Dom bleibt Richard stehen: „Weißt du was, Piotr hat schon ein Date ausgemacht. Heute Nachmittag. Ich habe ihm gesagt, du habest nicht mehr viel Zeit. Und er daraufhin: ‚Kein Problem, heute ist sie bestimmt noch dabei.'

Er kommt gleich nach der Arbeit zum Hotel. Wir fahren Richtung Gniezno, nicht bis Gniezno, kurz davor, ein kleines Dorf. Bist du dabei?"

„Ja, heute kann ich dabei sein, alles klar. Ich war vorhin am Bahnhof, hab mir die Fahrkarte für morgen gekauft, hab's elektronisch nicht hinbekommen, ich meine mit Ermäßigungen und so, aber egal. Also morgen früh fahr ich zurück. Definitiv. Und hast du mal wieder versucht …"

„Nein, hab ich nicht. Machen wir gleich. Jetzt erst mal zu diesem Gniezno oder fast Gniezno. Da wohnt ein älterer Mann, etwas über 70, sein großer Bruder war bei den Aufständischen, wurde erschossen. Er hat mehrere Fotoalben, die stammen von seinem Bruder, und er meint, darin finden wir vielleicht was."

„Klingt super. Trotzdem, ein letzter Versuch, bevor ich morgen weg bin, lass uns noch mal was auf die Sprachbox sagen. Könnte ja sein, dass Mama in der Nähe ist. Könnte sein, dass sie … naja, lassen wir das. Also was sagen wir ihr?"

‚Sie lässt nicht locker', denkt Richard. Sie hat ja Recht. Dabei scheint Alisa ganz zufrieden zu sein ohne die Mutter, die ununterbrochen für Konflikte sorgt. Aber dennoch. Er weiß nicht, ob er genervt oder besorgt oder beides gleichzeitig ist, ob er seine Schwester einfach in Ruhe lassen möchte, was bedeutet, dass er in Ruhe gelassen wird, oder ob er sich wünscht, dass dieses Affentheater, das sie veranstaltet, jetzt mal vorbei ist. Fünfter Akt und Schluss damit. Und er weiß auch, dass ihm jetzt nichts anderes übrigbleibt. Was, wenn Alisa jetzt schon gefahren wäre? Alleine würde er nicht versuchen, seine Schwester zu erreichen. Niemals. Oder vielleicht doch?

Es ist dann nicht die Sprachbox, die von ihnen zum hundertsten Mal besprochen wird, das zumindest kann Richard abwenden. Ihm graust vor dem endlosen Klingeln, der Erwartung, ob Mona rangeht, was dann, was soll er sagen? Ihm graust vor der Enttäuschung oder Erleichterung, wenn sich dieses ‚dies ist die Mailbox von' einschaltet, nein, bitte nicht schon wieder.

Auf dem Platz vor dem Dom finden sie eine Bank. Alisa tippt eine Nachricht ein. Jedes zweite Wort korrigieren sie. Nach einer Viertelstunde haben sie es dann geschafft.

Geht's dir gut? Wir sind beide noch in Poznań, wäre schön, wenn du dich meldest. Alisa und Richard.

Das klingt so knochentrocken, wie keinem von ihnen zumute ist. Also gerade richtig für eine Nachricht. Alisa liest die achtzehn Worte nochmal vor. Sie müssen beide lachen, so viel Banalität und Tiefsinn in so wenigen Worten.

Dann beschließen sie, zurück in die Stadt zu gehen. Noch ein paar Stunden bis zum Besuch in Gniezno. Alisa steckt das Handy in ihren Rucksack.

Als sie drei Schritte gegangen sind, spürt Alisa ein Vibrieren. Sie bleibt stehen, Moment mal, ich muss mal gerade sehen …

Sie holt das Handy wieder raus. Seit drei Tagen die erste Sprachnachricht von Mama.

14

MONA

Małgorzata fand Mona nett aber ahnungslos. Und schonungs-
los, besonders gegen sich selbst. Ein bisschen was hatte sie von
ihrer Tante. Oder tat sie dieser Mona unrecht, ging es Małgorzata durch den Kopf, womöglich verwechselte sie die beiden,
nein, das war der falsche Ausdruck, womöglich zog sie Mona
ein Kleid von Hanka über.

Ein Kleid überziehen, das war wie mit diesen Anziehpuppen,
mit denen Hanka und sie gespielt hatten, Puppen aus festem
Papier, wie Scherenschnitte, Mädchenpuppen, so irgendwas
zwischen DIN A 5 und DIN A 4, bekleidet mit Unterhemdchen
und Schlüpfer. Mehr Nacktheit war damals undenkbar. In einer
dazugehörigen Schachtel eine Reihe von passenden Kleidern,
Röcken, Blusen, Schuhen und Mützen, die Umrisse denen der
Puppe angepasst, an den Rändern kleine weiße Papierecken,
die nach hinten umgeklappt wurden, so hielten die Kleider an
den Puppen; stundenlang schnitten sie Kleider aus, es gab sie
auf großen Bögen passend zu den Puppen. Als sie alle ausge-
schnitten hatten, entwarfen sie selbst welche, zeichneten sie auf
festes Papier, malten sie farbig aus, schnitten sie aus, Achtung,
einmal hatte sie die kleinen weißen Ecken vergessen, da klappte das ganze Anziehen nicht.

Stundenlang hatten sie mit den Anziehpuppen gespielt, wann
hatte das aufgehört? Jedenfalls noch nicht mit den Verliebthei-
ten, Małgorzata erinnert sich genau, wie sie in Hankas Mäd-
chenzimmer saßen, zeichneten, nachmalten, ausschnitten und
kicherten. Sie kicherten über Martins Stottern, wenn er etwas

besonders Nettes sagen wollte, über Dareks Ernsthaftigkeit, wenn es um die große Politik und die Zukunft des ganzen Landes ging. Zunächst fanden die beiden Mädchen das ganz toll und malten sich schon den Moment aus, in dem sie es den Familien sagen würden. Zuerst würden sie mit Hankas Familie sprechen, das wäre einfacher, danach dann mit Gosias, die ja immer noch was gegen Hankas Familie zu haben schienen, es den Kindern aber nicht so recht sagen wollten. Das wäre dann wie bei Romeo und Julia, nur besser, weil doppelt. Und dann sahen sie sich beide in langen weißen Spitzenkleidern, am Arm von Martin und Darek. Zwei tolle Paare. Die Jungen spielten mit ihnen, vergessen die Zeiten, als Gosia sich von den beiden ausgenutzt und herablassend behandelt fühlte. Und sie schneiderten den Anziehpuppen weiße Brautkleider, bemalten die Kleider mit rosa Röschen, ergänzten die Rosen mit hellgrünen Blütenblättern, setzten den Puppen rosarote Kränze ins Haar und suchten weiße Lackschuhe für sie aus. Die Jungen durften natürlich nicht davon wissen, bloß nicht, sie würden sich nur lustig machen, alles wäre vorbei.

Keiner hatte gemerkt, wie die jungen Mädchen aus den Anziehpuppen herauswuchsen, am wenigsten sie selbst. Keiner hatte gemerkt, dass sie längst nicht mehr zu viert waren, dass eigentlich immer Wanja dabei war. Ein Freund von Darek und Martin. Wanja zog sie mit. Seine Begeisterung steckte an, zuerst natürlich Darek, dann sprang der Funke auf alle über. Besonders auf Hanka. Die Doppelhochzeit in Weiß war vergessen, das hier war etwas anderes, es war die richtige Welt. Hanka begeisterte sich für das Leben und für Wanja. Nachts träumte sie von ihm, und tagsüber wartete sie nur auf den Moment des Treffens zu fünft, mit Wanja. Sie waren auf der Straße, auch das hatte keiner gemerkt, doch sie selbst hatten es schon bemerkt, Eltern und Lehrer hatten keine Ahnung, Gosia und Hanka mittendrin, für eine bessere Welt, für Gerechtigkeit und Freiheit, für das Leben. Die Jungen, die sollten wissen, dass sie auch kämpfen konnten, dass sie keine kleinen dummen Mädchen waren, sie wurden von Tag zu Tag mutiger, wagten sich vor.

Angst hatten sie beide nicht, sie stachelten sich gegenseitig an.

Es kam das Jahr 1956. Der 28. Juni.

Auf der Straße Männer aus den Betrieben, Ältere und viele Junge. Ganz vorne Wanja. Die Mädchen drängten vor, weiter vor als Martin und Darek, an den beiden vorbei, fast bis zu Wanja.

Wanja war anders als die anderen, älter sowieso, ein paar Jahre, später stand es in der Zeitung, 22 Jahre, so alt schon, Wanja war kein Schuljunge, arbeitete im Betrieb; Wanja hatte mit Martin und Dariusz die Grundschule besucht. Nach den sieben Jahren hatten sich ihre Wege getrennt, Liceum für Martin und Darek, Betrieb für Wanja. Er las abends und nachts, schrieb Pamphlete, hielt feurige Reden in seinem Betrieb, gegen die Normerhöhungen, das Ausbeuten und Ausbluten – als alle auf die Straße gingen, im Juni 1956, war er ganz vorne. Hanka und Gosia hatten zu tun, die Abschlussprüfungen standen vor der Tür, sie fühlten sich ein bisschen wie Wanja, wenn sie nachts lernten und mittags gleich nach der Schule mit auf die Straße liefen. Jeden Tag waren es mehr, am 28. Juni dann waren die Straßen voll, Hanka und Gosia hielten sich an den Händen, auch noch, als die Schüsse fielen, auch noch, als sie das Blut sahen, Wanjas Blut, auch noch, als sie gepackt wurden, ihre Hände auseinandergerissen wurden, ihre Hände sich suchten, sich wiederfanden, im Polizeiwagen, in der Zelle.

Eine Nacht blieben sie mit vielen anderen, sicher fünfzig anderen, in der Zelle. Alle waren älter als sie. Sie fühlten sich erwachsen in der Zelle mit den vielen anderen und sie fühlten sich klein wie Kinder in der Zelle, ausgeliefert ohne Hoffnung. Das Blut, Wanja.

Am nächsten Morgen tauchten die Polizisten wieder auf, fünf Minuten später waren die Mädchen draußen, blinzelten in die Sonne, rausgeworfen worden aus der Zelle, aus dem Gefängnis, diese Kinder.

„Was wollt ihr hier, geht nach Hause!", war das Letzte, was sie von den Polizisten hörten, die hinter ihnen die Tore wieder schlossen.

Sie waren draußen, schlichen nach Hause, jede für sich, ihre Hände lösten sich voneinander.

Am nächsten Morgen gingen sie in die Schule.

Eine Woche später begannen die Prüfungen zum Schuljahresabschluss.

Alles wie immer.

Nichts wie zuvor.

Mona war sympathisch. Wohl deshalb hatte sie ihr das alles schon beim zweiten Besuch erzählt, kopfschüttelnd murmelte sie: „Aber doch so naiv", meinte damit Monas Unwissenheit, meinte damit Hanka und meinte auch sich selbst – damals.

Mona fragte, wie es mit der Freundschaft weiterging. Malgorzata rührte in ihrem Kaffee, zerbröselte ein Stück Kirschkuchen, suchte die richtigen Worte.

„Es ist so lange her", murmelte sie und rührte weiter. Zum ersten Mal in ihrem Leben rechnete sie nach: vom niedergeschlagenen Aufstand bis zu Hankas Freitod waren es 18 Jahre, lange Jahre. Zum ersten Mal in ihrem Leben hörte sie diese Frage. Es ist so lange her. Erinnerungen blitzten wie Lichter in der Dunkelheit auf.

Hanka lernte für die Prüfungen. Aß kaum etwas. Sprach das Nötigste. Lernte. Gosia hatte Schokolade ergattert, woher wohl?

„Nimm dir ein Stück, bitte." Hanka sah durch sie hindurch. Sah nur noch ihre Bücher. Gosia sah, dass die Freundin fror. Sie gab ihr einen Wollschal.

„Den hat Mama mir gestrickt, nimm ihn. Bitte." Hanka beachtete den Schal gar nicht. Gosia versuchte es mit dem Lernen.

„Lass uns gemeinsam üben. Ich frage dich ab." Da hob Hanka den Kopf, sah sie an und meinte leise, doch entschieden: „Besser, wir lernen jede für sich, vielleicht später mal."

Zum ersten Mal im Leben fühlte Gosia sich allein gelassen und wollte nicht alleine sein. Wo war Hankas Hand?

Martin kam und brachte ihr Aufzeichnungen aus seiner Schulzeit.

„Das könnte dir vielleicht nützlich sein." Sie verstand nicht alles, was er notiert hatte, konnte nicht alles entziffern. Am nächsten Tag fragte sie ihn. Er begleitete sie nach Hause, setzte sich mit ihr an den Tisch und versuchte seine eigene Schrift zu entziffern. Er war geduldig. Nach zwei Stunden konnte sie nicht mehr. Sie begann zu zittern. Martin berührte ihren Handrücken.

Die Prüfungen schafften sie beide, Gosia nicht gut, aber es reichte. Hanka mit guten Noten.

In diesem Sommer ging Gosia mit Martin zum See. Schwimmen.

Manchmal gab es ihr einen Stich, sie vermisste Hanka.

Martin war nicht nur bei den Prüfungsaufgaben geduldig.

Der Sommer mit Martin war ein Traum.

Vor dem Hintergrund des Albtraums.

Hanka und sie sahen sich kaum.

Erst, als der Sommer vorbei war.

In der vorletzten Klasse. Da mussten alle viel lernen.

Hanka war einverstanden, gemeinsam zu lernen.

Aber man kann lernen und sich verschließen. Hanka lernte mit ihr genauso, wie sie im Frühsommer alleine gelernt hatte. Von der Welt abgewandt.

Ihre Hände fanden sich nicht mehr.

„Und wie ging es mit euch weiter?" Mona will alles wissen.

Dass Hanka noch beinahe 18 Jahre gelebt hat, versteht Małgorzata selbst nicht.

„Solange ich mit Martin zusammen war, traf ich Hanka oft. Ich war ja viel bei den beiden zu Hause. Es war aber alles umgedreht. Vorher, also vor den Ereignissen, waren da immer zuerst Hanka und ich, dann kam lange niemand, dann alle anderen. Und jetzt vertraute ich Martin mehr als ihr. Das merkte sie. Wir sprachen nie darüber.

Jahre später, lass mich überlegen, ich glaube, Anfang der 60er, bröckelte es zwischen Martin und mir. Ich wollte nicht, dass er mich verließ. Ich spürte, er würde nach Deutschland gehen, also musste ich weg, musste den ersten Schritt machen. 1960 war ich Lehrerin. So landete ich hier in Gdansk, und seitdem bin ich hier.

„So jung?", wundert sich Mona.

„Ja, das war ein zweijähriges Studium nach dem Lyzeum, studium nauczycielskie. Dann unterrichtete man. Doch zurück zu Martin. Ach Martin, dein Vater. Wenn es so etwas gibt, dann war er es, die Liebe meines Lebens. Ich weiß nicht, wie ich es dir sagen kann, es hatte natürlich damit zu tun, dass wir beide so blutjung waren, oczywiscie, und damit, dass er danach so anders war, so ernsthaft, so erwachsen, ich habe so lange nicht darüber gesprochen, ja wann überhaupt?"

„Wieso danach? Was meinst du?"

„Danach – habe ich das nicht schon gesagt – ich meine nach dem schlimmen, dem schlimmsten Tag. Du weißt schon, nach dem Powstania, wie sagt man doch gleich, dem Aufstand. Er ist ja da hochgeklettert, er war so mutig, eben noch stand er neben uns, neben Hanka und mir, plötzlich hing er da, an der Hauswand. Nein, er hing nicht, das klingt ja doof, er war ja in Bewegung, schnell war er, höher und höher, du kannst dir das nicht vorstellen, am Ende war er so ein kleiner Punkt, da oben, ich konnte meine Augen nicht von ihm lassen. Ich hatte Angst und auch wieder nicht, ich glaube die Faszination war größer als die Angst, ich trage das immer in mir, dieses Bild, und es war kein Bild, es war wirklich so. Und dann schaffte er es, er war so entschlossen, er schaffte es tatsächlich, natürlich nicht er alleine."

Mona verstand nichts von dem, was Małgorzata sagte. Sie schaute die alte Dame an, die strahlenden Augen – sie verstand ohne zu verstehen.

Małgorzata war aufgestanden, Mona hörte sie im Nebenzimmer. Sie kam wieder mit einem Papier in der Hand. Ein uralter Zeitungsausschnitt. 1956. Sie las vor: *Demontowania i zniszczenia urzadzen dokonywano z wyjatkowa zaciekloscia.* Sie übersetzte: „Die Geräte wurden mit äußerster Kraft zerlegt und zerstört." Ein Zitat aus dem offiziellen Untersuchungsbericht zu den Ereignissen.

Den Demonstranten war es gelungen, Störsender zu entfernen. Freier Radioempfang aus dem freien Westen. Radio Freies Europa, Radio Wolna Europa, RWE.

Noch einmal las sie es vor. Diesmal verstand Mona jedes Wort.

„Darf ich das aufschreiben?", fragt Mona und kramt nach einem Stift. Den Notizblock hat sie schon längst vor sich liegen.

Mona schreibt und wundert sich, was sie da schreibt. Das soll ihr Vater gewesen sein? Und diese Frau hier, mit ihr am Tisch, die hat er geliebt. Und diese Fassade ist er hochgeklettert. Alles so unwirklich. Vollkommen unwirklich.

Małgorzata seufzt.

„Ja, das war wirklich so. Das war unser Leben. Nein, unsere Jugend. Doch zurück zu Hanka. Danach hattest du ja gefragt, nicht wahr? Getroffen habe ich sie die ganze Zeit, nur eben seltener, nur eben anders, nicht mehr so vertraut. Dass sie weiterhin unglücklich war, dass sie auch Jahre nach den Ereignissen unglücklich blieb, das hatte nicht nur mit Wanja und seinem Tod zu tun, zuerst schon, doch nicht Jahre später. Da kam so vieles zusammen.

Jedenfalls war sie verbittert, und ganz schlimm wurde es, als sie alles, was mit Julia zu tun hatte, herausbekommen hatte."

Mona schaute die alte Dame fragend an.

„Ach weißt du, das ist eine ganz andere Geschichte", winkt Małgorzata ab.

Małgorzata sieht müde aus.
Mona trinkt ihren Kaffee aus, packt das Notizblöckchen ein und zieht ihren Mantel an. Zögernd steht sie im Flur, reicht vorsichtig ihre Hand, fühlt sich linkisch wie ein Schulmädchen, das seiner Lehrerin begegnet und nicht weiß, ob es einen Knicks machen soll. Da breitet Małgorzata die Arme aus, schlingt sie um Mona, drückt Mona fest an sich, hält sie fest, und sagt beim Loslassen: „Danke, dass du gekommen bist."
Mona murmelt ein „Dankeschön für alles" und stolpert zur Tür. Wie lange schon hat sie niemanden mehr umarmt. Strengstes Pandemiegebot.
Heute ist alles ganz anders.

15

ALISA und RICHARD

Manchmal, wenn sie allein ist, macht Alisa Gedankenspiele.
Was war heute vor einer Woche? Was vor zwei Wochen? Vor
drei Wochen? Und so weiter. Irgendwann weiß sie nicht weiter. Nicht weiter zurück. Ein anderes Spiel war: Welche Menschen kannte ich vor drei Monaten noch nicht? Oder sie hüpfte
in die Vergangenheit hinein und beamte sich von dort in die
Zukunft. Das sah dann ungefähr so aus: ‚Was stellte ich mir
vor einem Jahr vor, wie mein Leben zum jetzigen Zeitpunkt
sein würde? Was stellte ich mir vor einem Monat vor?‘
Alisa sitzt im Zug nach Berlin und denkt sich, es wäre der idea-
le Zeitpunkt für so ein Spiel. ‚Was stellte ich mir vor einer
Woche vor? Was vor vier Tagen?‘ Sie ließ es sein. Vielleicht
würden alle Grenzen des Spiels gesprengt werden, würde das
Spiel platzen so wie jetzt gerade ihr Kopf. Gestern noch mit
Richard beim Dom; Richard, der immer so auf seine neuen
Schuhe achtete, der alles Schritt für Schritt erkunden wollte,
und dem sie sich Schritt für Schritt näher fühlte. Mit Richard
Gegenwart und Vergangenheit erforschen, mit Piotr in die Kö-
nigsstadt Gniezno fahren, bei einem wildfremden älteren Herrn
im Wohnzimmer sitzen, alte Fotoalben durchblättern, später
ein letztes Bier mit Himbeersaft, später ein letztes Mal im Café
im Zamek, noch später alleine in das Doppelbett zu sinken,
sich eine Kissenburg zu bauen und den Fernseher bis zum Einschlafen oder darüber hinaus laufen zu lassen.

Sie könnte das jetzt aufschreiben, sortieren, kommentieren. Wenn sie nur nicht so müde wäre und ihr Kopf sich nicht so dröhnend drehte.

Da war diese Nachricht von Mama gewesen: *Bin gleich da, freu mich auf euch.* Sie hatten sich angeschaut, Richard und sie, hatten losgeprustet, vor Erleichterung, aber nicht vor Freude, warum nur? Vielleicht weil alles so absurd war, die Sorge, die über zweiundsiebzig Stunden immer mit dabei gewesen war, sollte sich mit so einfachen Worten verabschiedet haben? Sie lachten, weil sie es nicht verstanden und sich selbst nicht verstanden und nicht wussten, welche Gefühlsregister sie nun ziehen sollten. Sie hatten beide gemerkt, wie sie sich an die neue Situation gewöhnt hatten, wie sie gerade begonnen hatten, sich kennenzulernen, Onkel und Nichte, ganz anders als bisher; sie hatten die ganze Zeit Mona im Kopf gehabt, hatten sich tausend Mal gefragt, was mit ihr los sei, hatten sich abwechselnd geärgert und gesorgt, aber vermisst hatten sie Mona doch nicht so richtig. Das trauten sie sich natürlich nicht zu sagen. Ja, sie trauten sich noch nicht einmal sich das selbst einzugestehen, zumindest Richard nicht, Alisa schon eher; sie hatten es beide genossen, die gemeinsame Recherche, auch das wurde ihnen erst jetzt klar, als es so schlagartig vorbei sein sollte damit.

Schließlich hatte Mona ihnen dann doch noch Zeit zu zweit gelassen. Die drei Worte *bin gleich da* ließen Raum für Interpretation, und in diesem Fall sollte ‚gleich‘ in circa vierundzwanzig Stunden heißen, was weder Richard noch Alisa in dem Moment, in dem sie die Nachricht lasen, wissen konnten. Ihre neu entdeckte Gemeinsamkeit hatte zur Folge, und das war eine durchaus positive Folge, dass sie sich gemeinsam nicht aus der Ruhe bringen ließen, zumindest nicht völlig. Gemeinsam setzten sie ihren Rückweg in die Innenstadt fort, gemeinsam aßen sie in der Nähe des Stary Rynek einen knusprigen Döner, lenkten ihre Schritte in Richtung Hotel, wo Piotr sie abholen wollte. Richards Schritte, Alisa spürte es, wurden etwas langsamer, kaum merklich, aber für sie mittlerweile schon, vor allem, weil sie auch am liebsten geschlichen wäre, oder noch lieber einen großen Bogen um das Hotel gemacht hätte. Auf den letzten Metern wurden sie still, betraten zögernd die Eingangshalle, näherten sich der Rezeption, lenkten wie ferngesteuert gleichzeitig die Blicke auf das Brett mit den Zimmerschlüsseln. Der Schlüssel zu Alisas Zimmer hing am Brett.

Wenige Minuten später hatte Piotr schon draußen gestanden, sie waren freudig auf ihn zugestürmt, hatten ihn mit Fragen bedrängt, waren beinahe ins Auto gesprungen, Richard auf den Beifahrersitz, Alisa hinter ihn, hatten lebhaft wie nie in einer ungeahnten deutsch-polnischen Sprachmischung von der Erkundung der Dominsel erzählt, lobten die Ausstellung zur polnischen Geschichte ,Brama‘ in höchsten Tönen, fragten nach Kasia, fragten nach der Fahrtstrecke und fragten, wen sie da wohl treffen würden. Piotr wunderte sich und freute sich über die temperamentvolle Stimmung im Auto. Später, kurz vor Gniezno, erzählten sie ihm von Monas Nachricht. Da dachte Piotr bei sich, dass das alles ein Zeichen der Vorfreude auf Mona bei den beiden sei. Wie sollte er es sich auch anders denken? Nie wäre er auf die Idee gekommen, Zeuge einer Ausgelassenheit anlässlich der letzten Minuten ohne Mutter und Schwester zu sein.

„Die wollten ihre Zeit alleine einfach voll auskosten", war Kasias trockener Kommentar dazu, als Piotr ihr abends von den beiden Plaudertaschen berichtete. Ob ihm das nicht aufgefallen sei, wie kritisch sich die beiden über Mona geäußert hätten, natürlich nicht offen, aber doch spürbar. Nein, das war ihm nicht aufgefallen, obwohl jetzt, wo sie es sagte, ja vielleicht doch.

Kurz vor Gniezno dann Piotrs Frage: „Kennt ihr Gniezno?"
„Nein, wieso?"
„Na, das ist doch die Wiege Polens. Ohne Gniezno kein Polen. Ich zeig euch das schnell im Zentrum. Wir haben noch Zeit." Piotr lenkte den Wagen in die kleinen Straßen der Innenstadt, umrundete die wuchtige Kirche, erzählte von Königen und Geistlichen, Richard schwirrte der Kopf, er nickte ohne zu folgen, Alisa nestelte an ihrer Rucksackschnalle, kramte, bis sie auf das schwarze Heftchen stieß, machte sich Notizen.
„Wisst ihr das nicht? Wir kennen doch auch euren Karl den Großen."
Sie antworteten lieber nicht.

Später dann das Foto. Alisa hatte es abfotografieren dürfen. Als der Zug sich Frankfurt/Oder nähert, hat Alisa es sich schon zwanzigmal angeschaut. Zwei junge Männer und zwei junge Mädchen lachen in die Kamera. Auf einer Wiese, vielleicht ein Garten, rechts ein Obstbaum, an den sich eines der Mädchen anlehnt. Sie trägt ein Sommerkleid mit weit schwingendem Rock, ihr rechter Arm ruht auf der Schulter der anderen. Blümchenkleid – welche Farbe? Blau mit roten Blüten, stellt Alisa sich vor. Schön, diese schwarz-weiß Fotos, die so vieles der

163

Fantasie der Betrachterin überlassen. Im offenen schulterlangen Haar eine Spange, oder vielleicht ein Haarband. Lachen sie wirklich in die Kamera? Gehen ihre Blicke nicht leicht nach links und treffen sich mit denen der beiden Begleiter? Beide in hochgeschnittenen Hosen mit weiten Beinen, die hellen Hemden in den Hosenbund gesteckt, der oberste Knopf offen, die Haare zurückgekämmt, vielleicht mit Gel. ‚Oder gab es das damals nicht?‘, fragt sich Alisa. Leuchtende Augen, vielleicht doch schade mit dem Schwarz-weiß, es wäre doch schön, die Augenfarbe zu kennen. Der näher an den Mädchen Stehende, etwas Kleinere, deutet mit dem linken Arm eine Bewegung an, als wolle er zu einer Umarmung ansetzen, den Arm um das Blumenmädchen legen, vielleicht traut er sich nicht. Der Freund am rechten Bildrand steht mit dem rechten Bein eine Schrittlänge vorgestellt, den Oberkörper eindeutig nach links den Mädchen zugewandt, in der rechten Hand lässig einen Pullover oder eine Jacke schwenkend. Sein Blick forsch, sein Lachen auffordernd, er hat ja den Schutz seines Freundes, denkt Alisa. Oder vielleicht ist er sowieso der Mutigere. Welchem Mädchen gilt sein lachendes Werben? Beim besten Willen nicht zu erkennen. Vielleicht beiden?

Die Fotos waren auf grauen Karton aufgeklebt. Von den jungen Mädchen führten zwei Linien mit kleinen Pfeilen zum rechten Bildrand. Dort waren handschriftlich Namen zu erkennen. Das Blumenkleidmädchen war die neu entdeckte Großtante Hanka, die andere ihre Freundin Małgorzata. Auf der anderen Seite des Fotos stand keine Erklärung. Die gibt der Fotograf 65 Jahre später. Der forsch blickende junge Mann am äußeren Bildrand war der ältere Bruder des Fotografen. Der andere unbekannt.

Der Fotograf war damals 14 Jahre alt, seine Leidenschaft das Fotografieren. Die Kamera ein Geschenk des Großvaters. Zahlreiche Fotoalben holt er aus dem Wohnzimmerschrank. Sein großer Bruder auf den Fotos immer strahlend. Am Strand, in den Bergen, neben dem Weihnachtsbaum. Der Fotograf himmelte ihn an. Strahlend bis zuletzt, der Bruder. Wann war zuletzt? Kurze Zeit später. Erschossen im Aufstand.

Alisa steckt das Handy wieder in den Rucksack.
Gut, dass ihre Mutter noch nicht aufgetaucht war. Den Tag hatte sie ihnen nicht zerstören können. Vielleicht auch nicht wollen. Sie waren gerade in Gniezno angekommen, da hatten sie die nächste Nachricht von ihr gelesen. Am nächsten Tag würde sie kommen.
Gut, dass Alisa ihre Fahrkarte für heute früh in der Tasche hatte.
Warum war ihr Onkel Richard so still geworden? Hatte unbedingt nach Gniezno gewollt, hatte mit ihr dorthin gewollt, und hatte dann nicht mehr mit ihr gesprochen. Was sollte das? Völlig in sich gekehrt. Ihr sollte es egal sein. Sie hatte eine Reihe netter Stunden mit ihm verbracht. Aber nachbohren würde sie schon noch mal. Gerade, weil es vorher so nett mit ihm gewesen war.

Richard war still auf der Rückfahrt von Gniezno. Alisa und Piotr glaubten beide, es hinge mit dem Auftauchen von Mona zusammen, sie lagen beide falsch. Mona spielte gerade keine Rolle, und wenn, dann höchstens am Rande, höchstens als minimaler Störfaktor in Richards Gedanken. Der junge Mann auf dem Foto, der Bruder des Fotografen, was war mit dem? Aufgefallen war es Richard nicht auf dem Foto mit den Mädchen, erst danach beim Durchblättern des Albums, als der Fotograf nach sechzig Jahren noch stolz auf sein Jugendalbum war, als Piotr meinte, sie hätten genug gesehen, sich höflich bedankte, als Alisa in ihr Notizheft das Blumenmuster des Kleides zeichnete. Da war es, und er wusste nicht einmal, was es war. Sein Vater schlich sich in seinen Kopf und blieb da drinnen sitzen. Was hatte sein Vater damit zu tun? Sein Vater war nicht auf den Fotos, da war er sich sicher. Aber sein Vater war da.

Sein Vater stand in seinem Büro am Zeichenbrett, Richard war auf seinen Arm geklettert, um alles sehen zu können. Vater nahm einen Stift und zeigte Richard Gebäude, Türen, Fenster, dicke und dünne Striche, kleine Punkte, mittelgroße Punkte, größere Kreise. Vater holte weißes Papier mit unzähligen rosa Kästchen, eigentlich waren es keine rosa Kästchen, es waren rosa Striche, ganz viele, und die waren so angeordnet, dass lauter winzige Kästchen entstanden. Vater benutzte die zum Zeichnen. Richard durfte zugucken. Da konnte er aber nicht auf Vaters Arm bleiben, Vater brauchte zum Zeichnen beide Hände und volle Konzentration, also kletterte er auf Vaters Schulter, von oben sah er auf das Blatt mit den rosa Kästchen hinab, manchmal rechts, manchmal links an Vaters Kopf vorbei. Und dann schritt Vater vorsichtig mit Richard auf den Schultern zum Wandschrank, kramte herum, holte etwas heraus, erst sah Richard nur eine lange Schnur, dann sah er, dass der Vater weiterkramte, immer noch im Wandschrank, dass Vater irgendwas anderes rausholte, dass er irgendwas herumbastelte mit seinen großen Händen. Richard versuchte von oben zu erkennen, was das war, mal rechts, mal links an Vaters Kopf vorbei, gar nicht so einfach.

„Das musste doch irgendwie gehen", murmelte Vater auf Polnisch, und dann sagte Vater auf Deutsch, er könne ihm helfen. Vater griff mit beiden Armen hoch, packte Richard unter den Achseln, hob ihn über seinen Kopf und setzte ihn vorsichtig am Boden ab. Er nahm die Schnur, die keine Schnur war, sondern ein braunes Lederband. Jetzt sah Richard, dass an dem Band etwas dranhing. Ein Stift in einer glänzenden Hülle, die Hülle war aus Silber, sehr wertvoll, erklärte ihm Vater, der Stift könne aus der Hülle gezogen werden, die Hülle bliebe am Lederband. Der Stift war besonders, er wurde in der Hülle geschützt, sonst hätte er leicht abbrechen können. Seine Spitze war ganz fein.

Richard sieht, wie er wieder oben auf den Schultern sitzt, sein Vater steht vor der Zeichnung, hat einen kräftigen Stift in der Hand, das Lederband hat er Richard umgehängt. Richard hält die kostbare silberne Hülle mit dem kostbaren Stift fest, ganz fest, solange, bis Vater ihn bittet, ihm den zarten Stift zu reichen, dann tauschen sie, Richard betrachtet den dicken Stift, der natürlich nicht in so eine wertvolle Hülle passt, Richard schaut, wie Vater mit dem feinen Stift zarte Linien zieht, winzige Striche macht, kleine Punkte setzt. Irgendwann tauschen sie wieder, Richard schiebt den dünnen Stift mit der Spitze zuerst in die silberne Hülle. Sie sprechen wenig. Aber, dass diese Hülle etwas Besonderes ist, ein Geschenk von jemandem, das weiß Richard. Hat Vater es ihm gesagt?

„Sehen wir uns morgen?" Piotr hält vor dem Hotel, Alisa steigt aus, Richard reibt sich die Augen und weiß, was er da heute gesehen hat.

„Ich glaube ich habe viel zu arbeiten, lass uns mal telefonieren, mittags weiß ich sicher mehr, wie es mit meiner Zeit aussieht. Und vielen Dank für die Fahrt nach Gniezno. Du bist großartig! Und vergiss nicht Kasia herzlich zu grüßen."

Alisa runzelt die Stirn. Dreimal hat sie Richard schon gefragt, wann er frühstücken wolle. Keine Antwort. Sie fasst ihn am Arm. Abrupt schaut er auf. Schaut, als sei er weit weg – als sei er es immer noch oder zumindest gewesen.
„Was ist? Was hast du gesagt?"
Alisa sagt ihm, sie müsse spätestens um Neun los, ihr Zug ginge um Viertel vor Zehn, sie wolle genug Zeit einplanen. Und sie fragt, ob sie vorher noch zusammen frühstücken würden. Richard schaut sie kurz an.
„Halb neun? Ok! Also halb neun." Dann murmelt er: „Gute Nacht", und verschwindet.
‚Kein Abschiedsdrink?', wundert sich Alisa und nimmt die Treppe zum zweiten Stock.
‚Bloß nichts sagen müssen, nichts erklären, bloß weg hier.' Richard nimmt den Aufzug, kramt in der Hosentasche nach dem Zimmerschlüssel, vergisst die 3 zu drücken, fährt hoch bis zur 4. Er steigt aus und gleich wieder ein, drückt jetzt die 3, sucht erneut nach dem Schlüssel, den er schon in der linken Hand hält, steigt in der dritten Etage aus und eilt hastig zu seiner Zimmertür. Er müht sich mit dem Schlüssel, drückt die Tür auf – wo ist der Lichtschalter –, er tastet die Wand ab, findet die Tür zum Bad, sie ist einen Spalt geöffnet, das Licht geht an. In dem Moment weiß Richard, was er auf den Fotos gesehen hat. Er weiß, dass er nochmal nach Gniezno muss, allein.

16

MONA

Im Hotel nahm Mona sich erneut die Briefe vor. Briefe ihres Vaters an Dariusz. Auch einige in die andere Richtung sind dabei. Wie die wohl wieder nach Polen zurückfanden?

Vieles dreht sich um die politische Entwicklung. Nach der Ausreise des Vaters schilderte er die merkwürdige Stimmung in Westdeutschland, in der offiziellen Sprache existierte die DDR nicht, in Wahlkämpfen hieß es ‚dreigeteilt niemals‘, das sollte bedeuten, alle früheren Ostgebiete gehörten zu Deutschland, sollten sie den Polen weggenommen werden? Er fügte seinem Freund Zeichnungen bei, auf denen in Wahlplakaten dieses ‚dreigeteilt niemals‘ dargestellt wurde, für ein Deutschland in den Grenzen von 1937. In was für einem Land war er gelandet? Ein Land, in dem so etwas möglich war! Sein Freund schrieb zurück, es seien doch sicher nicht alle so, ob er sich auf die Suche nach anderen Stimmen machen könne. Sein Freund schrieb von dieser nicht enden wollenden Opfermentalität, die Denkmäler für das Opfertum der Polen wuchsen aus dem Boden, eine Heroisierung der Opfer. Ob er das etwa besser vertragen könne.

Ja, es gebe andere Stimmen, erläuterte ihr Vater im nächsten Brief und schrieb von Willy Brandt. Er schrieb auch gleich, wie Brandt von den herrschenden restaurativen Kreisen schlecht gemacht wurde, wie ihm sein Überleben in Norwegen als Herbert Frahm zum Vorwurf gemacht wurde.

Dann gab es lange Passagen über die Auschwitzprozesse in Frankfurt am Main.

„Was hatten die Deutschen gelernt?", fragte ihr Vater mehrmals. Er schien sich zu schämen, in so ein Land ausgereist zu sein. Wenn Dariusz ihn viermal hintereinander fragte, wie sich denn sein Leben in Hildesheim so gestalte, dann suchte Mona in Vaters Briefen vergeblich nach Antwort. In ziemlich dürren Worten beschrieb er die Eheschließung.

Ob es ihm unangenehm war, seine Liebe zu einer Deutschen zu gestehen nach den Jahren mit Małgorzata, fragte sich Mona. Aber vielleicht hatte er Mutter auch gar nicht geliebt, nicht besonders jedenfalls, in dürren Worten. Herzklopfend öffnete sie einen Brief vom August 1966, wenige Wochen nach ihrer Geburt, und faltete ihn enttäuscht wieder zusammen. Ihr Blick fiel erneut auf das Datum, sie hatte sich vertan, als Monat stand da eine Sechs, sie hatte eine Acht gelesen. Sie hatte sich wohl einen winzigen Schlenker dazu gedacht.

In einem Brief vom September 1966 wird sie fündig; in zärtlichen Worten schildert Vater ihre Kleinheit und Bedürftigkeit, ihr gieriges Trinken, ihr zufriedenes Bäuerchen, wenn er sie auf dem Arm hält und ihr leicht auf den Rücken klopft. Er schreibt von den Wochen ohne Schlaf ebenso wie von der Sorge, als das Baby zum ersten Mal Fieber hat. Er schreibt von dem ersten Lächeln, was vielleicht noch gar kein Lächeln ist, aber doch so gedeutet werden kann.

Ob Vater durch ihre Geburt in Deutschland angekommen ist? Aber was heißt schon ankommen …

In einem Brief vom Februar 1967 fragt Vater nach Hanka. Er mache sich Sorgen, er höre wenig von ihr, eigentlich nichts außer den Glückwünschen zu Geburtstagen und dem Weihnachtspäckchen. Im letzten Jahr schickte Hanka ein handgestricktes Jäckchen für Mona.

Mona sucht nach einem Antwortbrief von Dariusz, den gibt es nicht, da kann sie blättern soviel sie will.

Es folgen zwanzig Briefe an Dariusz. Mona zählt. Nein, sogar einundzwanzig. Kein einziger von Dariusz an Martin. Die sind vermutlich alle in Deutschland geblieben, die hat ihr Vater sicher alle entsorgt, zusammen mit dem gesamten alten Leben.

Lieber Dariusz, was hast du da gemeint? Erzähl mir mehr von J.. Ich wüsste so gerne, wie es ihr geht.

Noch einmal durchforstet Mona den Stapel und auch die anderen.

Keine weiteren Briefe von Dariusz an Martin.

Dazwischen immer wieder eingestreute polnische Wörter und auch polnische Sätze, die Mona kaum entziffert. Wie soll sie im Wörterbuch nachschlagen, wenn sie die Wörter nicht lesen kann? Wie doof, dass sie jetzt Przemek nicht fragen kann. Wie eifrig wäre Przemek, er würde sich mit einer Lupe in der Hand über das Blatt beugen, würde ein ‚e‘ von einem ‚l‘ unterscheiden können, würde das Wort in den Kontext stellen, würde ihr dann die Übersetzung des vollständigen Satzes präsentieren und sie dabei anlächeln. Ein Lächeln, in dem sie Stolz erkennen würde. Und Zuneigung. Alles wäre gut. Bis er das nächste Blatt in die Hand nähme, sähe, dass alles in deutscher Sprache geschrieben war, das Blatt beiseitelegen würde, ein drittes Blatt nehmen würde, dort ihre Fragezeichen entdeckte, sich sogleich eilfertig darüber beugte. Sie sah ihn vor sich, in seiner ganzen Eilfertigkeit, und sie sah sich selbst, sah, wie sie ihm das Blatt mit dem deutschen Text entrisse, wie sie ihn anschrie, fuchtig und fuchsteufelswild: „Kannst du mich bitte mal in Ruhe lassen, das sind meine Papiere, das geht dich gar nichts an, einen feuchten Dreck geht dich das an!" Und sie sähe zu ihm hin, sähe das Erschrecken in seinem Gesicht, das Unverständnis, sähe, wie ihm die Blätter aus der Hand glitten, hörte ihn stammeln: „ … nur dein Bestes … nur helfen …", hörte sich schreien: „Deine Hilfe kann mir gestohlen bleiben, glaub ja nicht, dass ich dich brauche, kein bisschen brauche ich dich, gerade dich nicht, noch nie habe ich irgendjemanden gebraucht, was ich mache, das mache ich alleine, merk dir das ein für alle Mal!"

Das war es. Mona spürte, warum sie nicht in Gdansk bleiben konnte. Sie hatte sich freundlich verabschiedet, hatte vorgegeben, ihre Tochter und ihren Bruder treffen zu müssen, hatte seine Enttäuschung gespürt, und ihre Erleichterung. Sie hatte versprochen, sich bei ihm zu melden und nicht im Traum daran gedacht, dieses Versprechen einzulösen. Sie hatte sich nicht umgedreht und spürte seine – vielleicht sehnsuchtsvollen – Blicke in ihrem Rücken. Und sie schwebte davon, genoss seine unsichtbaren Blicke, seine Enttäuschung, ihre Leichtigkeit.

Die Leichtigkeit ließ sie im Hotel die Briefe hervorholen, entziffern, notieren, in die sechziger Jahre entschwinden, polnische Begriffe aufschreiben, im Internet nachschlagen, zurückgehen und vorankommen, rätseln und enträtseln.
Die Leichtigkeit begleitete sie in das Restaurant gleich gegenüber vom Hotel. Alleine bei einem Glas Wein sitzen, einen Salat bestellen, nichts als einen Salat, kalorienbewusst und gesund und mit den gerösteten Croutons sogar lecker. Ein charmanter Kellner, der fragte, ob alles in Ordnung sei, ein paar

Worte mit einem jungen Paar am Nebentisch, beide lobten ihr Polnisch.

Das Bedauern kam am Abend. Ihr letzter Abend im Hotel, sie hatte alles erledigt, die Tasche gepackt und sich bei Richard und Alisa gemeldet, ohne mit den beiden zu sprechen, nur eine Sprachnachricht, das sollte reichen; sie hatte erneut die Mappe mit den Briefen aufgeschlagen, hatte alle Zeit der Welt und war ungestört. Keinen einzigen Brief nahm sie heraus, mit welchem sollte sie anfangen? Sie könnte alles auf morgen schieben, jetzt wo sie sowieso ungestört war. Sie verschloss die Mappe, öffnete ihren Online-Polnisch-Kurs, zu dem sie die letzten Tage nicht gekommen war, war schon zum soundso vielten Mal erinnert worden, hatte die Erinnerung immer weggeklickt, sich geärgert, dass sie nicht dazu kam. Jetzt kam sie dazu, aber wo anfangen? Warum lernte sie mit diesem kleinen silbrigen Rechteck, warum lernte sie nicht mit ihm, warum hatte sie die Gelegenheit verstreichen lassen, wie so viele Gelegenheiten zuvor? Warum nervten seine Zeichen der Zuneigung; jetzt sehnte sie sich nach genau diesem Zeichenalphabet.

Sie schloss den Polnisch-Kurs, las die letzten Kurznachrichten, nichts Besonderes, ihre Freundin Marion fragte, wann sie wiederkäme, nichts von Alisa oder Richard, nichts von Przemek. Sie kramte in ihrer Tasche, fand eine Tüte ‚Krówki‘, die hatte sie für die Nachbarin gekauft, fürs Blumengießen und fürs Post-Aus-Dem-Kasten-Holen. Sie riss die Tüte auf, ‚ein Sahnebonbon wäre nicht schlecht heute‘, das Papier faltete sie sorgfältig, einmal, zweimal, dreimal, bis das Rechteck so klein war, dass es sich nicht mehr falten ließ. Dann nahm sie ein zweites Sahnebonbon. Es war so weich, dass sie es nicht lutschte, sondern in der Mitte entzweibiss und noch einmal teilte und wieder, während sie das Papier faltete und faltete und es zu dem ersten Papierrechteck legte. Nach sieben Krówki fühlte sie sich übersatt und unbeweglich. Morgen würde sie definitiv weniger essen, sie setzte sich mit ihrem Laptop aufs Bett, suchte nach einem deutschen Krimi und fand in der Mediathek einen alten Tatort.

Nach neunzig Minuten Ablenkung fühlte sie sich müde genug. Die Sehnsucht nach ihm war noch da, Zweifel, Bedauern und Ärger stritten miteinander.

Mona erwachte lange vor dem Handywecker. 5:30. Zu früh zum Aufstehen. Zu spät zum Wiedereinschlafen. Einfach liegen bleiben. Gedanken kreisen lassen. Gedanken kommen und gehen lassen. So einfach war das nicht. Gute Gedanken gingen, schlechte Gedanken kamen und blieben.

Um halb sieben gab sie es auf.

Sie war die Erste am Frühstücksbuffet. Nach zwei Tassen Kaffee und einem Knäckebrot mit Weißkäse schrieb sie eine Kurznachricht.

Guten Morgen. Mein Zug geht in zwei Stunden. Vielleicht können wir nochmal telefonieren? Wäre schön. Aber natürlich nur, wenn du Zeit hast. Ich weiß nicht, ob die Verbindung in der Bahn gut sein wird. Liebe Grüße.

Nein, dieses *natürlich nur, wenn du Zeit hast* könnte sie löschen. Klang zu doof. Sie löschte es und fand die Nachricht nun zu nackt und zu kurz.

Guten Morgen. Mein Zug geht in zwei Stunden. Vielleicht können wir nochmal telefonieren? Wäre schön. Ich weiß nicht, ob die Verbindung in der Bahn gut sein wird. Liebe Grüße.

Und sie fügte hinzu:

Weißt du, ich habe letzte Nacht viel über uns nachgedacht. Der Abschied war gar nicht gut. Es tut mir alles so leid. Ob wir doch noch eine Chance haben?

Und strich gleich wieder *der Abschied war gar nicht gut.*

War doch sowieso klar, wussten sie doch beide, dass der Abschied miserabel gewesen war.

Stattdessen schrieb sie *ich vermisse dich schon jetzt.*

Sie holte sich den dritten Kaffee und einen Joghurt mit Waldbeeren.

Sie las die ganze Nachricht:

Guten Morgen.
Weißt du, ich habe letzte Nacht viel über uns nachgedacht. Es tut mir alles so leid. Ob wir doch noch eine Chance haben? Ich vermisse dich schon jetzt.
Mein Zug geht in zwei Stunden. Vielleicht können wir nochmal telefonieren? Wäre schön. Ich weiß nicht, ob die Verbindung in der Bahn gut sein wird. Liebe Grüße.

Das war viel zu zusammengestoppelt. Vernunftgeleitet in dem Informationsgehalt, noch zwei Stunden Zeit, Telefonverbindung im Zug, und dann der totale Gefühlsdurchbruch. Fürchterlich.

Mona löschte die gesamte Nachricht und schrieb:
Guten Morgen, ich würde gerne mit dir telefonieren. Hast du Zeit? Liebe Grüße

Sie schickte die Nachricht ab.

Das Handy vibrierte nach drei Minuten.

„Hi, guten Morgen Liebste. Wann geht dein Zug?"

„In zwei Stunden."

„Hast du schon alles gepackt?"

„Ja, alles fertig."

„Dann gehst du jetzt sicher zum Frühstück?"

„Nein, ich bin fertig mit Frühstücken."

„Das ist ja unglaublich. Du bist ja eine Frühaufsteherin. Sagt man das so?"

„Das kann man so sagen."

„Und, was gibt es Neues?"

„Ach, ich wollte nur mal mit dir sprechen."

„Das ist nett. Gestern hatte ich den Eindruck, du wolltest nie mehr mit mir sprechen."

„Ich wollte deine Stimme hören."

„Das ist ja noch viel netter. Vielleicht kommst du ja mal wieder nach Gdansk."

„Das kann schon sein. Ich weiß nicht."

„Na, jetzt fährst du ja erst mal in die Gegenrichtung."

„Das stimmt."

„Mona, ich vermisse dich. Seit gestern Nachmittag, seit du gegangen bist, jede Sekunde."

„Oh, das klingt schön."

„Mona, vielleicht …"

„Weißt du, ich muss jetzt auflegen. Die Rechnung bezahlen, meine Sachen aus dem Zimmer holen. Mach's gut."

„Du auch, meine Liebe, bis bald."

Mona steckte das Handy weg, ging zur Rezeption, bezahlte, sagte, sie sei sehr zufrieden mit der Unterkunft – sie werde gerne wiederkommen. Sie bekam eine kleine Visitenkarte, die sie in ihr Portemonnaie steckte und nahm die Treppe zum dritten Stock. Ja, Treppensteigen tat immer gut, so viele nahmen nur noch den Aufzug. Sie fühlte sich gleich etwas besser, also beweglicher, und besser als die anderen, die Undisziplinierten. Im Zimmer schaute sie auf die Uhr, noch eindreiviertel Stunden bis zur Abfahrt des Zuges. Nun, es wäre nicht schlecht, frühzeitig am Bahnhof zu sein. Sie hätte noch Zeit für einen Kaffee und vielleicht noch für eins von den leckeren Kuchenstücken. Oder lieber nur Kaffee nach dem Zuckerschock von gestern Abend. Sie schaute im Bad und im Schrank – nichts vergessen. Sie ging nochmal ins Bad zurück, die kleinen Flacons mit Duschgel und Bodylotion, immer praktisch in der Reisetasche. Sparsamkeit? Sammelleidenschaft? Jedenfalls bedauerte Mona es im Stillen, dass in letzter Zeit viele Hotels zu Flüssigseifenspendern übergegangen waren.

Mona war eine Stunde vor Abfahrt des Zuges am Bahnhof. Sie kaufte eine Gazeta Wyborska und bestellte einen Cappuccino in einem kleinen polnischen Coffeeshop. An Starbucks ging sie vorbei.

„Ich vermisse dich", hatte er gesagt. Was hatte er anfügen wollen, als sie ihn unterbrochen hatte? Warum hatte sie ihn unterbrochen?

17

RICHARD
Richard fuhr erneut nach Gniezno. Alleine. Mit dem Regional-
zug. Vom Bahnhof in Gniezno zu Fuß, holpriges Pflaster, trau-
rige Fassaden. Er verließ die Stadt, lief am Straßenrand, sprang
zur Seite, wenn ein Auto entgegenkam, das aufspritzende
Dreckwasser konnte er nicht an den Hosenbeinen gebrauchen.
Kurz nach dem Dorfeingang erkannte er das Haus wieder.
Pan Kwiatecki schaute zwar etwas verwundert, dass dieser
Deutsche nochmal auftauchte. Nochmals die Fotos sehen wollte. Das Foto mit den hübschen Mädchen war es dann aber gar
nicht, darüber ging der Gast hinweg. Blätterte behutsam weiter.
Konzentriert. Achtete auf die dünnen transparenten Zwischen-
blätter. Darauf, dass sie nicht zerknitterten. Blätterte dann wieder zurück. Hielt inne. Ein Bild, das vor zwei Tagen ganz kurz
aufgetaucht war. Ohne Bedeutung, bei der Suche, so schien es
damals, als sie mit der jungen Dame gekommen waren.
Fünf junge Männer blicken in die Kamera, zwei in der Hocke
auf dem äußeren Knie, das andere Bein leicht vorangestellt, ein
Arm lässig darauf abgestellt, der äußere Arm in die Hüfte ge-
stützt, die perfekte Choreographie, beide grinsend, die anderen
drei dahinterstehend, die Arme auf der Schulter des Nachbarn
abgelegt. Das Bild hatte es diesem Deutschen angetan. Er zog
eine kleine Lederschatulle aus der Hosentasche, klappte sie auf,
nahm eine Lupe in die Hand, hielt die Lupe über das Bild, zunächst zu dicht, dann etwas höher, da schien er zufrieden zu
sein. Der Deutsche hatte dann gefragt, ob er das Bild fotografieren dürfe, Pan Kwiatecki hatte genickt. Am Ende hatte der

Besucher eine ganze Reihe Fotos gemacht, das halbe Album abfotografiert. Hatte sich höflich bedankt und das war's.

Auf dem Rückweg zum Bahnhof wird das Nieseln zum Landregen. Richard zieht die Kapuze hoch und schließt den Knopf, damit der Wind sie nicht gleich wieder runterwehen kann. Das ist zwar am Hals etwas unangenehm eng, eigentlich zu eng, aber egal, er hatte die Jacke seinerzeit wegen des Burgunderrots gekauft. Die Kapuze war ihm zwar wichtig, aber er hatte sie nicht ausprobiert. Die Jacke reicht gerade über den Po, das hatte ihm gefallen. Leider bedeutet das, dass die Jeans dem Regen ausgesetzt sind. Der Nieselregen wird stärker. Bloß nicht zu nass werden, denkt Richard, nicht so, wie kürzlich bei dem dienstlichen Außentermin in Salzgitter, als er trotz seiner Regenjacke nass geworden war, mit nassen Klamotten im Auto saß und Nässe und Kälte seine Beine hochkrochen. Am nächsten Tag hatte er im Bett gelegen. Richard steuert eine kleine Bäckerei im Zentrum an. ,Piekarnia' liest er, schaut kurz durchs Schaufenster, sieht, dass Leute drinnen sitzen – also mehr als eine einfache Bäckerei, genau richtig. Mohnkuchen heißt ,makowiec' erinnert er sich, dazu einen heißen Kaffee, und später einen zweiten.

Der Kaffee tut ihm gut. Ihm wird wieder warm. Und doch ist da etwas Eisiges in ihm, das nicht verschwindet. Gut, dass keiner in ihn hineinschauen kann, nicht die ältere Dame am Nebentisch, nicht die tuschelnden Mädchen am Fenster.

Das darf er wirklich keinem sagen. Das ist ja grauenhaft, was sich in ihn hineinschleicht und ihn von innen vereist. Wie ein ungebetener Gast. Kommt einfach hereinspaziert, nimmt breitbeinig Platz ohne zu fragen, ob sein Besuch gelegen ist; reibt sich die Hände, Schadenfreude, dass er es geschafft hat, vielleicht; oder auch einfach nur Genuss, hier drinnen zu sitzen. Fehlt nur, dass er nach einer Tasse Tee fragt, oder nach einem Bett zum Bleiben.

Dieser grässliche Gast kommt nicht zum ersten Mal. Das weiß Richard, und das macht es nicht besser. Penetrant, nicht zu verscheuchen, besitzergreifend, zerstörerisch – zurück bleibt verbrannte Erde, so kennt Richard ihn. Er zeigt sich in unterschiedlichem Gewand, mal ist es Eifersucht, mal ist es Neid, mal ganz unbenennbar, dafür umso penetranter. Dann kann er nicht anders, als zu meinen, das bessere Leben sei woanders, fern von ihm. Er kann den Blick nicht von den anderen wenden, so sehr er es auch versucht, er schämt sich ja dafür, aber es geht nicht. Es sind nicht die größeren Autos, die schöneren Frauen, die großartigeren Karrieren. Es ist etwas anderes. Mal überkommt es ihn, wenn er erschöpft von Überstunden im Bus auf sein Handy schaut und liest, dass Marco zum Grillen einlädt – alles sei schon bereit und nichts mitzubringen, nur gute Laune. Die vergeht Richard gerade. Was macht Marco richtig, was er falsch macht? Immer aktiv, immer unterwegs, immer feiern. Wie macht er das neben seiner Arbeit? Eigentlich will Richard gar nicht wissen, wie Marco das macht, eigentlich geht es ihm nur darum, dass er es nicht hinbekommt. Er ist wieder viel zu arbeitsam, viel zu pflichtbewusst, viel zu was auch immer. Beim letzten Mal ging er trotz aller Müdigkeit hin, saß irgendwie rum, ein Bier in der Hand, in der anderen eine Bratwurst, und spürte doch nur dieses nagende Etwas in sich. Er sagte natürlich kein Sterbenswort davon und schlich sich früh nach Hause – die Arbeit morgen früh, ihr wisst schon …

Oder neulich, da hatten ihn die Kollegen am Freitag gefragt, ob er mitkommen würde, das Wochenende einläuten. Er hatte schnell Barbara Bescheid gegeben und war dabei. Es war alles in Ordnung. Ein netter Abend. Endlich mal andere Themen als Statik und Statistik. Und doch kam dieser grässliche Gast wieder, diesmal wie ein feiner scharfer Nadelstich. Die kannten sich doch alle viel besser, die gingen doch immer wieder zusammen weg. Er war eigentlich nur ein fünftes Rad am Wagen. Warum hatten sie ihn heute überhaupt gefragt? Wo sie ihn sonst nie fragten. Noch nie ein Sterbenswörtchen. Waren sie mitleidig? Wahrscheinlich. Ja, das musste es sein. Er hatte so ausgesehen, dass man Mitleid mit ihm haben musste. Und es war ja freundlich von ihnen, dass sie gefragt hatten. In ihm breitete sich ein Krampf aus und verdarb ihm den Abend.

Diesmal nicht. Nicht schon wieder.
Und wenn er es einmal aussprechen würde. Es zumindest versuchte. Den Unhold ans Licht zerrte, ehe der ihn zum Eisblock gemacht hätte. Wenn er Alisa etwas davon erzählen würde, nicht Mona, nein bloß nicht, auf keinen Fall Mona, die würde ihn auslachen, das Lachen würde in seinem Kopf dröhnen, noch schlimmer als Neid und Eifersucht zusammen. Vom Regen in die Traufe. Aber Alisa, das ginge vielleicht. Was würde er ihr sagen? Er müsste es vorher wissen, sonst liefe es schief, er hatte keine Übung darin, nicht so wie Barbara, die konnte das, alles rauslassen, rausplatzen mit einer Dummheit, die sie begangen hatte, eine Rechnung verlegt, die Mahnung auch, danach doppelte Mahngebühr, oder eine Wut auf den Dienstleister, der keine Dienste leistete, der Mann am Schalter von der Bahn, der bei Barbaras Frage nach Liegewagenbuchung für

den Zug nach Cluj Napoca auf das Internet verwies. Wo sie doch gerade zu ihm gekommen war, weil sie im Internet nicht fündig geworden war. Da hatte sie ihn angeschrien, und zwar so, dass alle rundherum zusammengezuckt waren, und das hatte sie ihm, Richard, hinterher erzählt, immer noch wütend, aber auch zerknirscht. Oder die Sache mit dem Gästebett. Das sollte nach was aussehen, sollte ja schließlich im Wohnzimmer stehen, die Polster müssten farblich passen. Ewig lange hatten sie im Internet gestöbert, schließlich im Geschäft geordert, ihr Budget bei weitem überschritten. Zwei Wochen später sahen sie das gleiche Modell bei Inge und Heinz, Inge erzählte ungefragt, wie sie den Preis um ein Drittel runtergedrückt hatte, wie auf einem türkischen Basar. Barbara war höchstens dreißig Sekunden still geblieben, dann platzte der Neid aus ihr heraus, quoll aus jedem ihrer Worte, ergoss sich auf den Esstisch, an dem sie zu viert Platz genommen hatten und ließ kaum noch Platz für die Vorspeisen. Danach waren die Gastgeber etwas verwundert, Richard peinlich berührt, doch Barbara verließ entspannt das Sofathema und erzählte von ihren Sommerplänen. Bei ihm blieb immer alles innen drin, stapelte sich, die Stapel wurden höher und blieben, ganz besonders der Neid, der mit seiner Eiseskälte die Körpertemperatur gefährlich runterfuhr. Wenn das so weiterging, wäre er bald ein Eisblock und niemand merkte es. Er müsste es mal versuchen, mal was rauslassen, was würde er Alisa sagen?

Richard ist ein ordentlicher Mensch und macht sich Notizen. Dann wird es ihm später leichter fallen, das Erzählen.

Also sein Vater, der war nicht so wie er. Oder besser gesagt, er, Richard, war nicht so wie sein Vater. Sein Vater hatte immer Freunde gehabt, Männerfreunde. Sein Vater hatte von seinen

Jungs geschwärmt, von damals, von vor unendlich langer Zeit, jedenfalls lange vor Richards Zeit, hatte beim Erzählen leuchtende Augen, wie sie durch dick und dünn gegangen waren, den ganzen Tag und die halbe Nacht, wie sie Pläne gemacht hatten, wie sie von einem anderen Leben geträumt hatten, wie auch die Mädchen und die Liebe sie nicht hatten trennen können, kein Blatt passte zwischen sie.

Schon war er da, der Neid, der stechende Neid. Schnell muss er das aufschreiben.

Der Neid geht nicht weg. Der bleibt, auch wenn es am Schlimmsten ist. So wie jetzt. Dabei hat Richard doch die Jungs von damals gefunden. Die ganze Gruppe. Auf seinem Handy vergrößert er die Aufnahme. Der Eine, hinten rechts, hatte das Band um den Hals. Der Stift hing dran. Der Stift, den Richard als Kind in der Hand halten durfte. Das Band, das er sich umhängen durfte. Auf vergilbten Fotos. Es muss das Band sein. Es muss der Stift sein. Mit einer Lupe hat Richard das Foto betrachtet und ist sich sicher. Der mit dem Band, der war Vaters Freund. Letzte Zeugnisse des unbeschwerten Lebens. Letzte Zeugnisse des Lebens. Mit zweiundzwanzig vorbei. Für den mit dem Band. Wanja hieß er, so stand es am oberen Rand geschrieben. Ein zarter Strich, an dessen Ende ein kleiner Pfeil gezeichnet war, führte von dem Jungen auf dem Foto zu dem Namen. Erschossen. 1956. Im Aufstand. Und Vater war weg gegangen. In den Westen. In das neue Leben. Das Band des Freundes nahm er mit.

Richards Neid. Auf alles, was sein Vater gehabt hatte. Gut, dass keiner seinen Neid sieht. Wie kann er neidisch auf etwas sein, was so fürchterlich endet. Wie kann sein Neid dieses Ende einfach ausblenden. Richards Scham. Für diesen Neid muss er sich schämen. Scham und Neid machen stumm.

Heute will Richard reden. Den Neid zum Schweigen bringen. Wo bleibt Alisa?

Richard reibt sich die Augen. Alisa? Blödsinn. Sie ist ja heute früh abgefahren. Er kann sie nicht sprechen. Jedenfalls jetzt nicht. Also doch Mona? Bloß nicht. Noch ein Schluck Kaffee. Vielleicht noch ein Stück Mohnkuchen? Oder Alisa anrufen.

Martin und Darek hatten Wanja kennengelernt, als sie von der Schule aus ins Sommerlager zu militärischen Übungen gefahren waren. Drei Tage lang hatten sie sich tödlich gelangweilt, sich nach fünfzig Liegestützen angeschaut, wortlos. In den Augen des anderen konnten sie den eigenen Zorn über diese verdammte verlorene Zeit lesen, das schmälerte den Zorn leider nicht, im Gegenteil. Martin musste schnell wegschauen, um nicht noch vor Wut zu platzen. Er wusste genau, woran Darek dachte, die Sommerabende am Fluss, die Kopfsprünge ins Wasser, das Kraulen ans andere Ufer, die Mädchen in ihren leichten Sommerkleidern, die nicht wussten, wie sie angesichts der Blicke der Jungen die Kleider aus- und die Badeanzüge anziehen könnten, die giggelten, kicherten und am Ufer herumrannten. Und dann sprangen sie kopfüber ins Wasser, und wieder hatten sie die Jungen überlistet, jedenfalls Martin hatte nichts gesehen. Immer zierten sich die Mädchen, erst abends am Lagerfeuer wurden die Stimmen leiser, und obwohl die Mädchen dieselben Sommerkleider wie vorher trugen, wirkten sie, wenn sie so verträumt in das Feuer blickten, ganz anders, weicher, nahbarer, so als könnte man durchaus einen Arm um ihre Schulter legen. Kurz vor dem verdammten Sommerlager war es sogar zum Kuss gekommen, Martin jedenfalls hatte Małgorzata lange im Arm gehalten, sich ganz vorsichtig ihrem Kopf genähert, ihren Atem gespürt, dreimal – wenn nicht sogar viermal – seinen Kopf wieder zurückgezogen, bis irgendwann Gosia ihn festgehalten hatte, zu sich herangezogen und geküsst hatte, so lange, dass er gar nicht mehr wusste, was sein Freund Darek machte, und es auch gar nicht mehr wissen wollte.

Und jetzt hingen sie in diesem scheußlichen Lager, abends gab es auch so was wie eine gesellige Runde um das Feuer, die konnte ihnen gestohlen bleiben, die machte es nur noch schlimmer.

Am vierten Tag hatte Wanja sie angesprochen.

„Ihr kommt doch auch aus Poznań. Ich habe euch doch schon gesehen. Wartet mal. Damals. Lange her. In der Grundschule."

Wanja war kein Schüler mehr und auch kein Student. Er arbeitete im Betrieb. Schon seit vier Jahren. Ins Sommerlager ging er ganz freiwillig, er hatte mehrere Kumpels da. Sie verabredeten sich jedes Jahr erneut. Das Militärische nahmen sie sportlich. Danach tranken sie Bier, erzählten sich die Zukunft und träumten von einem anderen Leben.

Das Foto, das Richard achtundsechzig Jahre später entdeckte, war in diesem Sommer aufgenommen worden, 1954, als das Leben vor ihnen lag.

Martin und Darek hatten sich keine Sekunde mehr gelangweilt, die Sehnsucht nach den Mädchen schmeckte jetzt süß. Die Süße blieb ihnen erhalten. Mit Wanja und seinen Freunden kam noch etwas Neues ins Leben, das echte Leben, nicht mehr die

185

ewig gleiche Schule; sie wollten anpacken, so konnte die Welt nicht bleiben, die Welt sollte ihre Welt werden.

Natürlich fühlten sich Martin und Darek dumm, unbeholfen und linkisch; doch gab es auch diese Glücksmomente, in denen sie sich erwachsen vorkamen. Sie spürten, wie sich alles rundum veränderte, und wie sie sich veränderten. Sie wollten dabei sein und mitmachen; die anderen ließen sie.

Zwei Jahre später ist Wanjas Zukunft vorbei.

Zehn Jahre später kehrt Martin Polen den Rücken.

Achtundsechzig Jahre später sieht Richard das Foto.

18

MONA

Mona hatte einen Fensterplatz und schaute nicht hinaus. Der Zug war nicht voll. Sie stellte ihre Tasche neben sich, holte die Zeitung raus, las die Überschriften und träumte vor sich hin. Sie freute sich. Worauf? Eine diffuse Vorfreude. Auf Alisa? Auf Richard? Vielleicht auf beide. Ein kleiner Stich. Undeutlich. Ein Fünkchen Angst. Kam und ging. Kam und blieb. Mit der Vorfreude. Eine merkwürdige Mischung. Meinte man das, wenn von gemischten Gefühlen die Rede war? Auf das Deutschsprechen freute sie sich ungemischt. Lässiges, manchmal schludriges Deutschsprechen. Einfach so. Mona wusste, dass ihr Polnisch nicht schlecht war, Fehler machte sie sowieso, das war klar, sie kannte niemanden, der fehlerfrei Polnisch sprach. Also niemanden, der oder die nicht Pole war. Mona sprach gerne Polnisch, es tat ihr immer wieder Leid, wenn ihre Gesprächspartner auf Deutsch oder manchmal auf Englisch umschwenkten, immer mit denselben Worten, immer mit einem riesigen Lob für ihr gutes Polnisch, immer mit dem Nachsatz, ob sie denn wisse, dass sie sich an die schwerste Sprache der Welt heranwage. Schwerer als alle anderen Sprachen, sogar schwerer als Russisch.

Eine Sprache so schwer, dass sich keine Türen öffneten, eine Sprache als feste Mauer, als Bastion, als Korsett, als Schloss, das sich so schnell nicht knacken ließ, wenn überhaupt.

Wie konnte irgendjemand auf so etwas stolz sein, sollten nicht Sprachen ein Tor zur Welt sein, sollten nicht Sprachen die Menschen verbinden und Herzen öffnen? Mona, die immer gerne Sprachen gelernt hatte, zumindest ansatzweise gelernt, verstand das nicht.

Aber vielleicht, so dachte sie sich, war das hier anders. Vielleicht gab es innerhalb des polnischen Sprachraums das gemeinsame Verstehen, das Miteinander im Sprechen.

Vielleicht war es eine Frage der Hoheit, so bewahrte man den Überblick, um nicht zu sagen, die Kontrolle über, ja, über wen eigentlich? Darüber, wer dazugehören durfte, darüber, wessen Herz sich öffnen durfte.

Vielleicht sollten die anderen draußen bleiben, vielleicht sprachen deshalb die Polinnen und Polen so fabelhaft Englisch, Deutsch, Russisch sowieso – vielleicht mit einem Augenrollen oder einem Seufzer, und auch Französisch, Italienisch und Spanisch. Und behielten das Heft in der Hand.

Vielleicht öffneten sich dadurch die Mauern für sie, vielleicht ließen sich die Mauern nur in eine Richtung öffnen, nur nach außen, nur für die Polinnen und Polen. Keiner konnte zu ihrem Innersten vordringen. Kleine Rache für die Jahrhunderte, in denen die Türen gewaltsam eingetreten worden waren, kein Stein auf dem anderen gelassen worden war, Grenzen zwischen ihnen gewaltsam errichtet worden waren, Grenzen der Fremdherrschaft. Geblieben war ihnen das, was ihnen keiner nehmen konnte, die schwerste Sprache der Welt. Ein Tresor, nicht zu knacken.

So wie die Familiengeschichte. Ein einziges Geheimnis.

Hatte nicht auch ihr Vater Zeit seines Lebens zu den Kindern gesagt, die polnische Sprache sei nicht lernbar. Er hatte wenig Polnisch mit den Kindern gesprochen, mit seiner Frau sowieso nicht; die war für ihn seine deutsche Liebe, und das sollte so bleiben. Polnische Worte aus ihrem Munde, das hatte ihm nie gefallen, ihre Anstrengungen hob er nicht lobend hervor, im Gegenteil, er schaute ironisch belustigt, wenn sie sich an den polnischen Zungenbrechern – und für sie als Deutsche war beinahe jedes polnische Wort ein Zungenbrecher – versuchte. Manchmal sprach sie weiter, schaute an ihm vorbei. Ihn anschauen, das ging gar nicht, diese ironisch nach unten gezogenen Mundwinkel brachten sie regelmäßig zum Schweigen.

Mona fand ihren Vater nicht ironisch sondern verbissen. Ihr Vater verbiss sich in so allerlei. Das war kein Spaß. Nicht für ihn, schon gar nicht für die anderen.

Angefangen hatte das mit seinem ersten Tag in Deutschland.

Die zahllosen Bewerbungen bei Architekturbüros. Bei den besten Büros, die Freunde ihm genannt hatten, und die ihm so erschienen waren.

Das Abtrainieren des polnischen Akzents in seinem makellosen Deutsch. Jeden Abend zwanzig Minuten Ausspracheübungen vorm Spiegel, bis der von ihm gestellte Wecker ihn erlöste.

Die selbst vollzogene Erhöhung der Übungszeit um zehn Minuten, als ein flüchtiger Bekannter ihn fragend angeschaut hatte, er komme wohl aus dem Osten. Ertappt! Zur Strafe härteres Üben.

Die Oktavheftchen zum Sammeln deutscher Wörter. *Niederträchtig, unwiderstehlich, saumselig* in dem einen Heft; *Vierkantschlüssel, Wegbereiter, Mandoline* in dem anderen.

Martins Wortschatz der deutschen Sprache war um einiges umfangreicher als der eines Durchschnittsdeutschen. Das musste so sein, befand er selbst, schließlich hatte der Durchschnittsdeutsche nicht das Problem, entlarvt zu werden. Außerdem war er kein Durchschnittsdeutscher.

Bald stellte Martin fest, dass es noch etwas anderes gab, ebenso wichtig wie die Sprache, um nicht enttarnt zu werden, denn als Enttarnung erlebte er jeglichen Hinweis auf seine Herkunft. Und er ging systematisch vor. Stufe Eins – haarscharfes Beobachten der Passanten, vorzugsweise der männlichen auf der Straße, in der Straßenbahn und im Bus. Stufe Zwei – Notizen zu seinen Beobachtungen im Oktavheft Nummer Drei. Stufe Drei – vergleichendes Durchforsten der einschlägigen Abteilungen großer Kaufhäuser. Stufe Vier – detaillierter Preisvergleich. Sieben Wochen nach seiner Ankunft in Deutschland und drei Wochen nach seiner diesbezüglichen Entdeckung der Kaufhausabteilung war Martins Kleidungsstil nicht zu unterscheiden von dem eines circa 30-jährigen deutschen Akademikers, der zur Kategorie der betont lässig selbstbewusst Modernen gehörte.

Die Stufen Eins bis Vier wiederholte Martin bei Bedarf in regelmäßigen Abständen.

Und die Kinder? Deutsche Kinder wollte er. Hätte er sonst nach Deutschland kommen müssen? Alles abschütteln müssen? Alles hinter sich lassen? Tabula rasa.

Dazu passte kein Polnisch.

Mona war es als kleines Mädchen manchmal gelungen, die harte Schale zu knacken. Wenn sie den Schlüssel zur anderen, zur polnischen Seite des Vaters fand.

Mona saß auf Tatas Schoß und giggelte vor sich hin.

„Mach noch mal so, wie ein alter polnischer Gärtner, der eine Rose pflanzt." Und Martin konnte nicht anders, als mit seinen Händen Blumen zu pflanzen, die Erde zu lockern, die Rosen zu gießen, verblühte Blüten abzuschneiden, dabei unaufhörlich auf die Pflanze einredend, beruhigend, ermunternd, bewundernd. Mona giggelte noch mehr und sagte: „Ich bin jetzt die Rose." Sie rief: „Komm, gieß mich, bitte noch mehr Wasser, nun mach schon." Die kleine polnische Rose brachte den alten polnischen Gärtner zum Lachen. Sie kitzelte ihn und rief: „Mehr, mehr!", bis beide lachend auf dem Boden landeten.

Mona kletterte oft auf Papas Schoß. Sie lernte schnell, dass sie gar nicht sofort ins Bett musste, wenn sie ihren Vater zum Spielen überreden konnte, dass sie Schokolade, die eigentlich für Sonntag aufgehoben werden sollte, bekam, zumindest ein kleines Stück, und dass er ihr beim Zeichnen, Ausschneiden und Zusammenkleben eines Würfels für den Matheunterricht half.

Die Mundwinkel nach unten, die Zähne zusammengepresst, das gab es nicht mit Mona, das gab es mit Mama und mit Richard, meistens mit Mama. Dann wartete Mona still, sah an allen vorbei, zählte abwechselnd auf Polnisch und auf Deutsch, kam manches Mal bis fünfhundert, bis sie endlich vom Tisch aufstehen durfte. Dass die nach unten gezogenen Mundwinkel ihr galten, kam erst viel später. Da war Mona schon fast erwachsen.
Als Mona zwölf war, mochte sie das Gärtnern nicht mehr, ihr war es natürlich nicht bewusst, ihrem Vater umso mehr. Sie war lebenshungrig, und dieser Hunger wollte woanders gestillt werden. Sie verbrachte lange Nachmittage mit ihren Freundinnen, sie ging in die Tanzstunde und weinte, weil sie nicht den richtigen Tanzpartner abbekam. Sie schrieb nachts Gedichte für ihren Deutschlehrer, die sie niemandem zeigte und ihm so-

wieso nicht. Sie küsste zu den Klängen von Guantanamera einen norwegischen Austauschschüler, sie bereitete sich mit ihrer besten Freundin aufs Abi vor und plante gleichzeitig das Leben danach.

Als sie im ersten Semester ihres Gartenbaustudiums war, beschloss Mona nach Polen zu fahren. Das war 1986. Sie beantragte ein Visum, ziemlich teuer, sie bat ihren Vater um die Adresse seines Freundes Dariusz in Poznań. Sie schrieb ihm einen Brief auf Polnisch, in dem sie fragte, ob sie im Mai zu Besuch kommen könne. Sie kaufte in der Universitätsbuchhandlung ein deutsch-polnisches Wörterbuch, sie ging zum Bahnhof und erwarb an dem Schalter für Auslandsfahrscheine ihre Fahrkarte, sie besorgte allerlei Mitbringsel für die Familie von Vaters Freund – Vollmilchschokolade, Zartbitterschokolade und vor allem weiße Schokolade, von der sie annahm, dass es sie in Polen nicht gab, zumindest hatten Studienfreunde ihr das gesagt. Sie kaufte Kaffee, ganz wenig gemahlenen und viele Bohnen, damit das Aroma länger erhalten blieb; als sie den Kaffee im Einkaufskorb hatte, fiel ihr ein, dass eigentlich ein paar Plätzchen auch nicht schlecht wären und vor allem zum Kaffee passten. Sie ließ ihren Blick über die Regale mit Gebäck schweifen, zögerte zwischen Prinzenrolle und Heidesand und entschied sich für ihre absoluten Lieblingsplätzchen – Waffelröllchen. Plastiktüten mit Geschenken, die die Eltern ihr mitgeben wollten, lehnte sie rundweg ab, es war ihre eigene Reise, übrigens ihre erste, sie fuhr nicht als Kind ihrer Eltern dorthin.

Nach drei Tagen verliebte sie sich in den Sohn der Familie, und er sich in sie. Die weiteren drei Wochen verbrachte sie jede freie Minute mit Piotr. Also Piotrs freie Minuten, und die waren zwar rar, doch dafür umso intensiver.

Auf der Rückfahrt weinte sie ununterbrochen bis zur Grenze, die Grenzkontrollen gewährten ihrem Schmerz eine Atempause. Danach weinte sie bis Hildesheim.

Den Eltern erzählte sie nicht viel, insbesondere nicht das Wesentliche, dem kleinen Richard sowieso nicht, ihrem Tagebuch alles. Einen Tag später verließ sie die Familie und fuhr nach Osnabrück ins Studentenwohnheim.

Eine lange Woche wartete sie auf Post. Schon früh am Morgen, lange bevor ein Briefträger zu sehen war, rannte sie das erste Mal im Wohnheim die Treppe runter und schaute in ihren Briefkasten. Dasselbe wiederholte sie zwanzigmal am Tag, siebenmal bis zu den Vorlesungen; in der Mittagspause verzichtete sie auf die Mensa, sie hatte ohnehin keinen Hunger, schaute viermal in den Kasten, bis sie zum Seminar musste; am frühen Abend eilte sie nach Hause, raste alle zehn Minuten die vier Treppen runter und schlich sie wieder hoch. Nur abends nicht, ihre Freundinnen ließen es nicht zu, dass sie sich im Wohnheim einschloss und nahmen sie mit ins Kino, in die Kneipe, zum Tanzen. Mona war dann solange unterwegs, dass sie todmüde in der Nacht zurückkam, nur noch einmal den Briefkasten aufschloss, sich in ihr Zimmer flüchtete und ohne Abschminken oder Zähneputzen unter der Bettdecke verschwand.

Als nach der unendlichen Wartezeit von sieben Tagen ein Brief von Piotr im Kasten lag, war es mit dieser sportlichen Treppenphase vorbei. Der Brief war so voller Küsse und Leidenschaft, dass Mona auf Wolken schwebte und wieder in die Mensa ging – allerdings weiterhin ohne Appetit, denn was ist schon ein Blaubeerpfannkuchen gegen polnische Liebesschwüre? Abends ging sie weiterhin aus, nachts schrieb sie nun Briefe. Und lernte Polnisch.

Dann kamen die Reisen. Ihre Reisen. Er durfte ja nicht raus. Wie oft hat sie diese Prozedur mit dem Visumsantrag gemacht? Sie erinnert sich nicht mehr genau, mindestens sieben Mal. Den Polen ging es damals zur Zeit des Kriegsrechts ziemlich dreckig. Sie fühlte sich als privilegierte Westdeutsche immer irgendwie schuldig, zum Abtragen der Schulden brachte sie Flüssigseife und Kaffee mit, und natürlich weiterhin Berge von Schokolade, denn nicht nur die weiße Schokolade war in Polen ein Luxusgut. Stundenlang sprachen sie über die Solidarność. Mona hatte sich informiert, sie wusste, dass etwa 10 Millionen Polen dieser Gewerkschaft angehört hatten, begeistert von dieser nichtkommunistischen Organisation waren, sie wusste auch, dass mit dem Kriegsrecht die Solidarność im Dezember 1981 verboten worden war. Was sie nicht wusste, war, dass Piotr zu illegalen Treffen der Gewerkschaft ging. Als er ihr andeutungsweise davon erzählte, fühlte sie sich ihm noch mehr verbunden – sie beide als Weltverbesserer, sie im Westen, er im Osten, das befeuerte ihre gegenseitigen Liebesschwüre. Dass es ihm um die bessere Welt im Westen ging, dass er alles, was sie täglich hatte, unter Freiheit verstand, das merkte Mona erst viel später.
Alles an ihm gefiel ihr. Er wirkte so klar im Leben stehend. Und dann gefiel es ihr, in seine absolute Klarheit den Nebel der Liebe zu bringen.

Beim dritten Besuch tauchte Kasia am Horizont auf. Mona konnte Kasia von Anfang an nicht leiden. So brav, so bieder, so dominant in dem, was sie wollte, und Kasia wollte Piotr, das hatte Mona gleich gespürt, damals, als Piotr sie zur Fete am See mitgenommen hatte. Sie hatten um ein Feuer gesessen, die Dunkelheit ließ die Gesichter nicht erkennen, doch die Augen blitzten im Schein des Feuers. Kasias Augen auf Piotr gerichtet. Mona blickte sich um. Da war niemand hinter ihnen. Sie saß neben Piotr. Eng war sie an ihn gerückt. Und als sie die anderen Augen spürte, rückte sie noch enger an ihn heran. Diese Augen blieben auf ihn gerichtet. Und das würde sie nicht zulassen. Sie würde dagegenhalten. Wäre doch gelacht.

Sie ließ sich auf den Kampf mit Kasia ein.

Später fragte sie sich, warum bloß? Doch damals am See war es so. Auf dem Nachhauseweg fragte sie Piotr. Der Weg war sehr lang. Es gab längst keine Straßenbahn mehr. Ein Bus fuhr an ihnen vorbei. Piotr machte mit beiden Händen große Winkbewegungen. Der Bus hielt nicht an. Vermutlich auf dem Weg ins Depot. Genug Zeit zu fragen. Piotr verstand nicht. Wollte nicht verstehen. Wer war das Mädchen, das den ganzen Abend ihnen gegenübergesessen hatte? Sie wollte das Mädchen beschreiben und konnte es nicht. Wegen der Dunkelheit. Diese Augen. Die musste er doch gesehen haben.

Sie ließ nicht locker.

„Sag doch mal, wer alles da war. Wer wo gesessen hat." Piotr wunderte sich über das deutsche Mädchen. Was hatte sie bloß? Warum dieses Verhör. Er war doch nicht bei der Polizei. Es fiel ihm schließlich ein. Es konnte sich nur um Kasia handeln. Seine frühere Mitschülerin. Einmal im letzten Herbst hatten sie sich geküsst. Und jetzt? Gar nichts. Wie anstrengend die Frauen doch waren. Den Machtkampf entschied Mona für sich. Als sie sich dann Piotrs sicher war, ja, was war dann? Monas Zweifel begannen. So lange sie um Piotr kämpfte, kämpfte sie auch die Zweifel runter. Die Romantik der Grenzbarriere gefiel ihr. Natürlich schaffte sie es immer wieder, zu ihm zu fahren, die Grenze zu überwinden, es war jedes Mal aufregend, durch die DDR zu gelangen. Ja, nur Transit, ja, sie wollte weiter. Die Ostdeutschen wunderten sich, sie wurde kritisch beäugt, angeschaut wie eine Verdächtige, sie wurde befragt, wie man Spione befragt, sie wurde verhört, wie nur Kriminelle verhört werden, sie kam durch. Dann die nächste Grenze, nach Polen. Oh, eine Deutsche aus dem anderen Deutschland, eine Rarität. Auch an dieser Grenze wurde sie gemustert, diesmal nicht kritisch, vielmehr erstaunt, beinahe bewundernd.

Die Zweifel nisteten sich nicht gleichzeitig bei ihnen ein. Piotr war vom ersten Liebesmoment an fasziniert, elektrisiert, aus seinem Leben gerissen. Bei jeder Begegnung aufs Neue. Und er zweifelte regelmäßig. Wenn sie sich abends verabschiedeten. Wenn Mona im Zug nach Westen saß. Wenn er zweimal vergeblich den Briefkasten geöffnet hatte. Wenn er in der Vorlesung mitschrieb und am Abend seine Mitschrift nicht verstand. Wenn er sich ihr Leben dort drüben ausmalte, wie in einem Kindermalbuch. Die Umrisse kannte er, BMW, Volkswagen, Mercedes. Es genügte silbern, golden, karminrotes Ausmalen; er verwarf es schnell, Mona war kein Autofan, das war es nicht. Es tauchten Wohnungen auf, Badezimmer mit olivfarbenen Kacheln, Küchen ganz in Rot; schwarze Regale und Himmelbetten, champagnerfarbene Sofas mit blauen und violetten Kissen. Noch nicht einmal Zeit fürs Ausmalen, alles war schon da, sogar die Andy-Warhol-Poster an den Wänden. Er war nie dort gewesen. Wann würde er wohl ein Reisevisum bekommen? Das konnte lange dauern; einstweilen sah er Mona mittendrin, auf dem Sofa unter Andy Warhol, er roch Räucherstäbchen und schmeckte Zimttee. Sich selbst sah er nicht. Der Zweifel ließ sich nicht vertreiben.

Die Abschiede waren herzzerreißend, beide vergossen Tränen darüber, dass er nicht zu ihr kommen dürfte, niemals ihr Zuhause sehen konnte. Sie überstanden die Wochen, manchmal Monate bis zum Wiedersehen im Osten. Es fiel Piotr nicht leicht, sich ganz für Mona zu entscheiden, er fragte sich ständig, wie es wohl für Mona wäre, in seinem Land zu leben, ob sie jemals in der Lage sein könnte, auf ihren gesamten Westkomfort zu verzichten. Er konnte sich das Leben mit ihr nicht vorstellen, weil er Angst davor hatte, sie zu enttäuschen mit seinem sparsamen und bescheidenen Dasein im Sozialismus. Er war mit seinen 22 Jahren bereit sich zu binden, Verantwortung zu übernehmen, ein gemeinsames Leben aufzubauen. Er genoss die Romantik mit Mona, und doch war er Realist genug, den Problemen einer Ost-Westbeziehung ins Auge zu sehen. Daher sein Zögern. Er wusste, Mona verstand sein Zögern nicht, sie glaubte, es ginge um Kasia. Seit dem Abend am Lagerfeuer. Natürlich interessierte sich Kasia für ihn. So sind die Frauen. Die haben sowas im Blut. Die merken alles, wenn es darauf ankommt. Und seitdem war Mona fest davon überzeugt, dass er zwischen ihr und Kasia schwanke. Nein, davon ließ sie sich nicht abbringen.
Und als sie zum hundertsten Mal davon anfing, da platzte es aus ihm heraus.

„Ich will doch nur dich, ich liebe nur dich, glaube mir doch. Ich werde alles für dich tun, wenn du kommst. Ich möchte, dass du kommst." Da war es also gesagt. Das, was sie so lange schon hören wollte. Sie saßen am Wasser. Am Ufer des Jezioro Rusałka. Sie küssten sich innig wie noch nie zuvor. Mona genoss seine Worte, schmiegte sich an ihn und küsste ihn erneut. Nie hatte sie sich so aufgehoben gefühlt wie in diesem Moment. Ihr Leben lang würde sie sich an diesen Nachmittag am See erinnern. Bald würde ihr neues Leben beginnen.

Monas Zweifel kamen am übernächsten Tag.

Piotr erzählte ihr von der Wohnung, für die er sich bei der Genossenschaft beworben hatte. Für sie beide, ganz leise fügte er hinzu: „Und für unsere Kinder." Manche warteten 20 Jahre auf die Wohnung, aber das könne sich ja ändern, es könne alles besser werden, die Bewerbung sei ein erster Schritt. Und er erzählte von den Möbeln, die bei seiner Großmutter für ihn bereitstünden. Es gab nicht viel zu kaufen, das hatte Mona keine Sekunde gestört, aber jetzt spürte sie einen Stich. Die Möbel von der Großmutter? War sie schon völlig von der Familie verschluckt? Und hatte sie richtig gehört, unsere Kinder? Was sollte sie mit Kindern? Sie wollte leben, und zwar jetzt. Babygeschrei oder Windelwechseln waren für später. Sie küssten sich, der Stich verschwand.

Der Abschied war wieder herzzerreißend. Als Mona alleine im Abteil saß, löste sich der Trennungsschmerz auf, noch bevor sie Frankfurt/Oder erreicht hatte. Drei Tage später erwartete sie eine Klausur in Botanik. Sie konzentrierte sich auf ihre Unterlagen zu Pflanzen im städtischen Umfeld, machte sich Notizen, wiederholte, was sie schon gelesen hatte und fragte sich selbst ab. Als sie den Kopf hob und aus den pflanzlichen Lebensräumen auftauchte, näherten sie sich schon der nächsten Grenze. Die ostdeutschen Grenzer in Gerstungen waren wortkarg aber unproblematisch, die Westdeutschen in Bebra erschienen Mona vertraut wie die Häuser ihrer Kindheit. Sie hatte es eilig, anzukommen. Abends saß sie mit Inga und Franzi in der WG-Küche, wollte aber diesmal gar nicht viel erzählen, wie sonst immer.

Die Klausur lief ganz gut, danach meldete sie sich kurz bei Piotr, sie schrieb ihm, sie habe noch viel zu tun für die nächsten Prüfungen. Wenn die Mündlichen vorbei wären, hätte sie wieder Zeit. Franzi fragte, ob sie mit ihr nach Frankreich trampen würde, es gäbe da eine tolle Adresse in der Bretagne. Mona sagte zu. Sie schrieb Piotr, sie könne noch nicht kommen, sie habe noch viel zu büffeln. In die Romantik schlich sich das Notlügengift. Und da es kein Gegengift gab, breitete es sich aus und setzte schließlich dem Kapitel Mona und Piotr ein trauriges Ende.

In ihrem Inneren fuhr Mona die Verteidigungsstrategie, dass sie nicht für die Ehe geschaffen sei. Das sagte sie sich wieder und wieder. Und fand sich modern. Sie sagte sich auch, Piotrs Sesshaftigkeit sei nichts für sie.

Aus Frankreich schrieb sie ihm einen Brief. Es ginge nicht mit ihnen beiden, sie seien zu verschieden, das sei ihr jetzt klar geworden. Mehr nicht. Das sollte genügen.

Ein halbes Jahr später erfuhr sie, dass er sich nun mit Kasia um die Wohnung bemühte, um die mit den Großmuttermöbeln. Sie machte drei Kreuze. Kasias Biederkeit passte zu ihm und färbt ab, durchdringt alles, ist im Abgefärbten schlimmer als im Original. Piotr war nicht mehr ihr Piotr, Piotr übertraf Kasia, die Couchgarnitur, die Garderobe, die Gästehausschuhe.

Einmal noch hatte sie ihn getroffen, ein paar Jahre nach der Wende, als er wie verrückt Englisch lernte. Da war sie mit ihrem Vater gekommen und nicht lange geblieben. Seine Freude über die neuen Konsumtempel – ihr war schlecht geworden. Sollte sich Richard mit ihm herumschlagen. Ihm schien es zu gefallen. Sie war damit durch.

Mona schaute auf die Uhr. Noch dreißig Minuten bis Poznań. Wiedersehen mit Richard und Alisa. Mit Alisa würde sie alles anders machen. Was hatte sie sich eigentlich von der Reise versprochen? Was hatte sie ihrer Freundin Ina vor acht Tagen am Telefon gesagt? Sie plane gerade eine Reise mit Alisa zu den familiären Wurzeln, das würde total spannend werden, sie wollten gemeinsam die Vergangenheit aus der Versenkung holen. Schon während sie das sagte, wusste sie, dass kein Wort davon stimmte. Die Reise plante nur sie und hoffte, Alisa könnte sich ein wenig dafür erwärmen; spannend würde in erster Linie die Frage sein, wie lange sie es zusammen aushalten würden. Mit der Vergangenheit war Alisa immer schnell fertig, noch schneller mit ihrer Mutter.

Andere schwärmten von Monas Tochter – spritzig, witzig, aufgeschlossen. Diese Tochter war Mona unbekannt.

Was hatte sie diesmal falsch gemacht? Dass sie etwas falsch gemacht hatte, stand außer Frage. Aber was? Das Schlimmste war, es fiel ihr selber auf – das Spritzige, das Witzige, das Aufgeschlossene von Alisa, mit allen, nur eben nicht mit ihr. Ja, das gab schon einen Stich. Mona fragte, ob sie ihr einen Kaffee vom Frühstücksbuffet mitbringen könne. Mona fragte, ob sie gut geschlafen habe. Mona fragte, wie es ihrem Schatz ginge, ob Alisa eine Nachricht von ihm habe. Die Antworten waren, nun ja, einsilbig war gar kein Ausdruck, das war schon eine Silbe zu viel. Minimalistischer ging es nicht. Dann drehte Alisa ihr den Rücken zu und scherzte mit Richard über gehäkelte Hühner, Hähne und Hasen als Eierwärmer, die sie bei Piotr und Kasia gesehen hatten, und sie lachten sich halbtot über Kasias vermurkste Frisur mit den silbern glänzenden Haarspangen. Und Mona wusste genau, sie dürfte kein Wort über die Frisur sagen, geschweige denn über einen hellblauen Eierwärmer.

Was durfte sie überhaupt? Je mehr sie sich kontrollierte, desto schlimmer wurde es.

Konnte sie von den Tagen in Gdansk erzählen?

Diesmal würde sie es versuchen, Richard war dabei, da wäre es einfacher, sie würde einfach nur nett sein, sie würde nicht aufbrausen, wenn Alisa sie zurechtwies.

„Ach Mama, lass mal, das verstehst du nicht. Mama, bitte …" Das ‚Bitte' mit einer deutlichen Betonung auf dem i, und einem drohenden Unterton auf der zweiten Silbe. Sie würde einfach gar nichts dazu sagen, lächeln, von Małgorzata erzählen und die beiden zum Essen einladen. Am Besten in dieses nette Haus in der Nähe der ulica Garbary. Sie musste mal nachdenken, ob sie noch auf den Namen käme, da gab es nicht nur Fleischgerichte.

Als Mona in Poznań im Hotel ankam, saß Richard in der Lounge vor seinem Laptop, Alisa war abgefahren.

19

MONA

Zwei Tage hielt Mona durch. Alisa war weg. Richard sprudelte nur so über. Er erzählte von Konga, von Hanka, vom Posener Aufstand, vom Café im Schloss, von Piotr und Kasia. Es verhielt sich umgekehrt exponentiell. Je mehr Richard schon beim Frühstück erzählte, desto stiller wurde Mona. Dass ihr Bruder sich verändert hatte und weiter veränderte, verwirrte sie, und dass sie verwirrt war, ärgerte sie. Je mehr Richard redete, umso stärker wurde ihr Ärger. Sie biss sich auf die Zunge, ließ die nicht enden wollenden Erzählungen wie einen unabwendbaren schicksalhaften Regenschauer über sich ergehen. Sie saß einfach nur da, biss in ein Vollkornbrot mit würzigem Käse – vielleicht war es Oscypek, sie war sich nicht ganz sicher –, lächelte Richard zwischen zwei Bissen an und deutete ihm mit einer Kopfbewegung Richtung Frühstücksbuffet an, dass sie Nachschub holen wollte. Ein Zeichen, das er übersah, möglicherweise übersehen wollte. ‚Na dann eben nicht‘, dachte sie, stand auf, ging zum Buffet, holte sich noch eine Portion von dem würzigen Käse, holte sich dazu die leckeren eingelegten Gurken und noch eine Scheibe Brot. Als sie sich den viel zu süßen und zu künstlichen Orangensaft einschenkte, sah sie sich kurz zu ihrem Bruder um; der hatte mittlerweile bemerkt, dass sie aufgestanden war, hatte sich verwundert im Raum umgesehen, bis er sie entdeckte, und da kam sie auch schon wieder auf ihn zu und nahm Platz. Wer weiß, was er alles den Wänden erzählt hatte. Was war nur mit ihrem kleinen Bruder los? Immer hatte er gewartet, auf ihre Entscheidungen, auf ihre Ideen, auf ihre

Einfälle. Immer hatte sie sich darauf verlassen können, dass er mitmachte, egal, um was es ging. Ihr Bruder, der Mitmacher. Sie hatte entschieden, dass sie im Garten ein Häuschen bauten, da war sie ungefähr 10 gewesen, das Häuschen stand drei Wochen später, alte Bretter, Stoffbahnen, Plastikplanen. Richard sägte, hämmerte, nagelte und klebte, was das Zeug hielt.

Später hatten sie andere Spiele gefunden, es war immer dasselbe, sie entdeckte etwas Neues, Richard machte mit. Natürlich hatte er sie manchmal genervt, dann hatte sie ihn im Regen stehen lassen, hatte sich mit Freundinnen getroffen, bis sie sich wieder gefunden hatten – sie die Bestimmerin, er der Mitmacher.

Und jetzt? Was wollte ihr Bruder? Den Spieß umdrehen? Sagte er nicht gerade was von gemeinsamem Recherchieren? Wie sollte das gehen? Was hatte er bloß vor? Alles in Mona sträubte sich. Wieder war er beim Poznańer Aufstand, bei dem riesigen Denkmal vor dem Schloss, und im Schloss bei dem Museum mit den Fotos.

Sie konnte und wollte das nicht ernst nehmen. Wie er da am Frühstückstisch saß und nicht aufhörte. Wie er sich aufplusterte mit seinen Recherchen. Nein, das war zu viel.

Auch wenn der Mitmacherbruder sie so manches Mal genervt hatte, aber doch bitte nicht so! Auch wenn sie sich immer einen großen Bruder gewünscht hatte.

Diese tausend Ideen von Richard. An einem einzigen Morgen im Hotel Lech hatte er mehr Ideen als in den vergangenen dreißig Jahren zusammen. Das konnte Mona nicht verkraften. Und weil sie es nicht verkraften konnte, musste sie alles kleinreden, abwerten, das Museum, die Entdeckung der Fotos, die

Gespräche bei Konga, und den Besuch bei diesem alten Herrn in Gniezno – wie hieß der noch mal? Keine Ahnung.

Wie ihr kleiner Bruder den Weg vorgab, das ging gar nicht. Es half nur, gar nichts davon ernst zu nehmen, alles wegzuwischen, mit einer Handbewegung, den Stolz in der Stimme des Bruders lächerlich zu finden und lächerlich zu machen, ja, den ganzen Bruder der Lächerlichkeit preiszugeben. Wie er seine Erkundungen als Trophäen vor sich hertrug. Lächerlich.

Sie warf Richard einen spöttischen Blick zu, belegte sich eine weitere Brotscheibe mit Oscypek.

Mona war nicht dumm. Deshalb lachte sie nicht lauthals los, deshalb sagte sie einfach nichts. Sie spürte tief in sich, wie ungerecht sie war. Und ärgerte sich umso mehr.

Sie blieb stumm und rutschte auf ihrem Stuhl, hin und her, als warte sie auf das Signal zum Aufbruch. Lange hielt sie das nicht mehr aus.

Fieberhaft suchte sie nach einer Ausrede, warum sie sobald als möglich wieder wegmüsste. Sie war so aufgeregt, dass ihr nichts einfiel.

„Hallo, ihr Beiden. Schön, euch hier zu sehen. Eure Handys hört ihr wohl beide nicht. Na, ihr seid sicher dermaßen mit euch und eurem Wiedersehen beschäftigt, dass ihr nichts mehr mitbekommt."

Piotrs Stimme riss Mona aus ihrer Gedankenschleife.

Piotr war auf dem Weg ins Büro. Er kam vorbei, um kurz zu berichten. Die Fotos in Gniezno hatten ihm keine Ruhe gelassen. Die strahlenden jungen Menschen. Warum wusste er so wenig über sie? Er wollte mehr wissen. Und gestern Abend hatte er mehr erfahren. Im Gespräch mit seiner Cousine. Was ein Glück, dass ihm Konga eingefallen war. Er rief sie an und wurde nicht enttäuscht. Ihre Mutter hatte mehr gesprochen als sein Vater. Małgorzata hatte ihrer Tochter von Hankas Veränderung erzählt. Auch von ihrer eigenen. Von den goldenen Jahren vor dem Aufstand. Und davon, wie sie im Bruchteil einer Sekunde erwachsen geworden waren. Wenn man das erwachsen nennen kann, was mit ihnen passierte. Ernüchtert, desillusioniert, das Lachen war ihnen vergangen. Und Małgorzata hatte ihrer Tochter auch erzählt, wie sie selbst allmählich aus dem Nebel des Grauens wieder aufgetaucht war, ein paar Schritte; eine warme Umarmung; eine Melodie, die Lust aufs Tanzen machte. Ein Blick in den Spiegel, der neue Rock, den Mama ihr genäht hatte, saß über den Hüften perfekt und betonte ihre schmale Taille und vor allem, und das gefiel ihr, sie schaute ihr Spiegelbild gerne an. Die Schüsse waren nicht weg, das Blut auf dem Pflaster blieb, das Zittern in der Zelle kam immer wieder. Aber es bestimmte nicht mehr über sie; an der Seite war wieder Platz für anderes. Konga erinnerte sich auch an die traurigen Augen ihrer Mutter, wenn sie hinzufügte: „Aber Hanka hat es nicht geschafft, da war kein Platz mehr für irgendwas oder irgendwen."

Konga würde das alles gerne den Deutschen erzählen. Wenn sie wollten.

Das wollte Piotr nur schnell loswerden. Stolz war er.

Mona wollte gerade fragen, um was es eigentlich gehe. Da vibrierte es in der linken Jeanstasche. Mona schaute kurz drauf, warf Piotr und Richard einen Blick zu und zuckte mit den Achseln. Sollte das entschuldigend sein, oder verabschiedend? Diese Frage stellten sich die beiden erst später; sie verzog sich in die hinterste Ecke des Frühstücksraums.

Es war Przemek. Ob er störe. Er wolle ihr was zeigen. Ob sie Lust habe, sich mit ihm am Wochenende in Bydgoszcz zu treffen. Er sei mit dem Auto unterwegs. Sie könne von Poznań ohne umzusteigen hinkommen. Gute Zugverbindung. Er könne ihr eine passende Verbindung raussuchen und schicken. Er käme zum Bahnhof. Außerdem ein Geheimtipp, ein entzückendes kleines Hotel. Könne er gleich reservieren.
Mona sagte: „Ja."
Als sie sich umdrehte, war Piotr fort.

Später, als Mona unendlich viel Zeit hatte, fragte sie sich nach der Macht des Wortes. ‚Entzückend', wo hatte er das her? Sicher nicht von Google translate.
‚Entzückend', warum hatte er das gewählt?
Eine Einladung, die so formuliert war, konnte sie nicht ausschlagen. Entzückend blieb das Hotel in Bydgoszcz, auch wenn Mona es nicht kennenlernte.

Beim Aussteigen aus dem Zug rutschte Mona vom Trittbrett ab, versuchte sich mit der rechten Hand abzufangen, in der Linken hielt sie ihren Rucksack, das Abfangen misslang, sie landete auf der Seite, blieb gekrümmt liegen und richtete sich vorsichtig auf. Zunächst schien das zu funktionieren, aber dann … das linke Bein … Die kleinste Bewegung war ein höllischer Schmerz.

Im Szpital Uniwersytecki von Bydgoszcz endeten die Schmerzen.

Przemek saß am Bett, als sie aus der Narkose aufwachte. Fünf Minuten Lächeln, sie schlief wieder ein. Am nächsten Tag verabschiedete sich Przemek, er musste nach Gdansk zurück. Diagnose: Sprunggelenksfraktur. Therapie: Gips, sechs Wochen keine Belastung, Ruhe, Schmerzmittel, Gehen auf dem Flur, mit Krücken. Entlassung in sechs Tagen, mit Krücken. Entlassung wohin?

Mona hatte nun mehr Zeit als gut für sie war. Morgens kam die Visite, abends rief Przemek an. Dazwischen lungerte sie in der Zeit herum. Sie brauchte sich keine zu nehmen, zu verschwenden, zu stehlen – die war einfach da, überall, auf der Bettdecke, unter der weißgrauen Styropordecke, in den Fensterrahmen. Mit der herumlungernden Zeit und den dumpfen schmerzmittelvernebelten Gedanken sank die Laune. Das bekam abends Przemek am Telefon zu spüren.

Nach zwei Tagen beschloss Mona etwas selbst in die Hand zu nehmen. Die Hände waren ihr schließlich geblieben. Sie bat die hereinschauende Schwester Monika ihr die Reisetasche aus dem Spind zu holen. Schwester Monika war eine Schülerin im ersten Jahr, stand unschlüssig mit der Tasche in der Hand neben dem Bett, hob die schwere Tasche hoch, hielt sie über das Bett, fest in beiden Händen und stellte ängstlich fest, dass die Tasche nicht auf das Bett passte, ohne das Gestell, in dem das linke Bein hing, zu berühren. Schwester Monika dachte: ‚Und wenn das Gestell verrutscht? Und wenn das Bein in dem Gestell sich verschiebt?‘ Und wenn dann ihretwegen das ganze Bein schief zusammenwächst? Sie stellte die Tasche schnell neben dem Bett ab und sah Mona fragend an. So war die Tasche für Mona genauso unerreichbar wie zuvor. Schwester Monika zu bitten, etwas aus der Tasche herauszuholen, das ging.

Auf Monas Tischchen lagen die Umschläge mit den Briefen. Mona las und las. Und entzifferte allerlei, was ihr zuvor unlesbar erschienen war.

Was stand da? In dem Brief von Hanka an Dariusz.
Uns geht's doch gottlob besser als so vielen anderen. Denk doch nur einmal an die kleine Julia. An ihr schweres Schicksal. Wir sollen nicht länger hadern, wir sollten den Vergleich wagen, wir haben vieles durchlitten, aber wir haben Vater und Mutter. Die arme Julia.

Und in einem anderen Brief aus dem Jahr 1972 schreibt Hanka: *Manchmal vermisse ich Julika. Warum ist ihre Mutter mit ihr fortgegangen, so frage ich mich dann permanent. Ob du etwas in Erfahrung bringen kannst, kannst du vielleicht Martin bitten, er kann doch drüben was rausbekommen. Ich mag Martin nicht fragen.*

Mona blättert weiter. Findet keinen weiteren Brief von Hanka. Findet noch drei Briefe von Małgorzata. Alle an Dariusz. Familie, Kinderkrankheiten, neue Tapete, Geburtstag von Piotr, was er sich wohl wünscht. Sie entziffert Kleingeschriebenes und flüchtig an den Rand Gekrakeltes. Was machen diese Briefe bei ihr? Piotr muss sich vertan haben. Auf jeden Fall lassen sie die Zeit vergehen. Mona merkt es erst, als das Essen gebracht wird. Schwester Monika steht mit dem Tablett vor dem Bett.

„Pani Mono, przepraszam."

Mona hört nichts. Für Schwester Monika ist es eine gute Stimmübung. Wie auf einer Tonleiter wiederholt sie mehrmals ihr ‚Pani Mono', erst wie hingehaucht, dann leise aber deutlich, und alle guten Dinge sind drei, mit kräftiger Stimme. Mona schreckt hoch, Schwester Monika weicht einen Schritt zurück, das Tablett fest in den Händen. Beide schauen auf die Bettdecke, übersät mit Briefen. Beide schauen sich an, erst ratlos, dann lächelnd. Schwester Monika stellt das Tablett auf einem Seitentisch ab, faltet die Briefe sorgfältig zusammen, steckt sie in die Umschläge, reicht einen nach dem anderen an Mona weiter, Mona sortiert die Absender, das geht ihr schnell von der Hand, die Schrift von Małgorzata kennt sie mittlerweile gut, die von Martin sowieso. Bleiben die wenigen Briefe von Hanka. Inzwischen holt Schwester Monika die Tabletts für Monas Zimmernachbarinnen. Dann hilft sie Mona beim Verstauen in die Reisetasche. Die Suppe ist kalt geworden. Mona winkt ab, macht doch nichts, ist nicht wichtig. Monika verlässt entschlossen das Krankenzimmer und kommt kurz darauf mit einem Teller dampfender Suppe zurück. Noch nie hat sie sich so viel zugetraut wie heute. Smacznego!

Diesmal kam Mona die Zeit bis zum Anruf von Przemek lang vor. Jetzt konnte er etwas für sie tun.

Wer ist diese Julia? Ohne Vater? Nach Deutschland gegangen. Warum? Alle scheinen sie zu kennen, Małgorzata, Dariusz, auch Martin.

Ob er was finden kann? Personenstandsregister, Standesamt, Poznań. Er kennt sich doch aus mit solchen Suchprozessen.

Przemek wundert sich nur wenige Sekunden über den Stimmungsumschwung. Dann freut er sich. Hauptsache, es geht Mona besser. Aber seine Hilfe ist nicht ganz so einfach. Natürlich will er helfen. Mona müsste ihm nur eben mehr Daten nennen, einen Nachnamen, ein Geburtsdatum, einen Geburtsort. Vielleicht Poznań?

„Hast du nicht gesagt, die Briefe gingen an Dariusz, den Bruder dieser alten Dame? Dann weiß sie sicher was. Wie hieß sie noch gleich? Ach ja, diese Małgorzata.

Frag sie! Fahr nochmal hin!"

20

RICHARD

Richard rief Alisa an dem Abend dann doch nicht an. Er hatte zwar das Handy aus der Tasche gezogen, hatte Alisa bei seinen Kontakten gesucht, es dann aber gelassen. Er hatte die Nummer angestarrt, im Begriff auf das grüne Symbol zu tippen, den Anruf loszuschicken; er hatte gezögert, den Finger, der sich gerade der Taste genähert hatte, zurückgenommen, den Kontakte-Ordner geschlossen, das Handy in die Jeanstasche zurückgeschoben. Er stieg in den nächsten Zug zurück nach Poznań, ging vom Bahnhof ohne zu zögern an seinem Hotel vorbei, lenkte seine Schritte in Richtung Altstadt, überquerte den Wolnosciplatz, kam an der Grünen Veranda vorbei, erreichte den Stary Rynek, überquerte ihn zügig und bog in die Ulica Żydowska ein. Er steuerte das kleine Café an, in dem er mit Alisa einen Tee getrunken hatte. Vorgestern oder davor – also vorvorgestern. Die Tage gerieten ihm durcheinander. Auf dem Weg hatte er sich noch gefragt: Bier oder Wein? Er blieb unschlüssig. Als die Bedienung kam, fragte er nach einem Weißwein. Drei Minuten später brachte ihm die junge Dame, die seine Bestellung aufgenommen hatte, ein Glas Wein. Ein Keramikschälchen mit Erdnüssen stellte sie daneben. Sie wünschte Richard guten Appetit; der hörte kaum hin, nahm das Glas, trank einen Schluck und griff zu den Erdnüssen. Er zog sein kleines Merkheft aus der Jackentasche, notierte unter dem heutigen Datum *Vater und seine Freunde*, schrieb darunter *Verbundenheit, gemeinsam in Freud und Leid, Blutsbrüderschaft auf immer, wer hat die schönste Braut, Geschwister oder*

Freunde, was ist besser, keine Frage, doofe Frage. Alles so, wie er es im Volkshochschulworkshop vor drei Monaten gelernt hatte. Aufschreiben, wie es in den Sinn kommt, ohne Punkt und Komma, ohne Nachdenken. Nach einer kleinen Pause setzte er darunter *Hanka* ... . Sollte er an die Stelle der drei Pünktchen ein Fragezeichen setzen? Nein, die Pünktchen schienen ihm klarer in ihrer Unklarheit, die auch seine war. Er hatte keine genaue – oder besser gesagt konkrete – Frage zu diesem merkwürdigen Thema rund um Hanka. Da war ein leeres Feld, ein Pünktchenfeld. Das würde er füllen. Das wäre sein nächster Schritt. Und dazu brauchte er keinen Rat von Alisa. Deshalb hatte er sie vorhin nicht angerufen, jetzt war es ihm klar. Er würde das alleine machen. Nicht so wie früher – alles Entscheidende Mona überlassen. Monopoly oder Scrabble? Ok, sie hatte Scrabble entschieden, das war in Ordnung für ihn, er war flott im Wörtersuchen. Also Scrabble. Dann hatte sie seine Wörter kritisiert, hatte manche aussortiert. Nein, also *Edding*, das ging gar nicht, das war ein Eigenname. Und *Trottoir* hatte sie auch aussortiert. Fremdwörter galten nicht, und wenn er noch so sehr betonte, dass die Oma seines Freundes Alfons immer vom Trottoir sprach: „Bitte passt auf, Kinder, spielt nicht zu nah am Rand vom Trottoir ..." Und die Oma war bestimmt keine Französin. Aber Mona ließ nichts gelten von dem, was er sagte und strich seine Wörter weg. Er kannte es nicht anders und spielte immer mit ihr. Gerne? Das war keine Frage, die irgendjemand gestellt hätte. Sie spielten zusammen und Punkt.

Barbara war aufgetaucht und hatte Mona abgelöst. Barbara hatte ihm gegenüber den Schnelligkeitstrumpf. Er war noch dabei, die Gebrauchsanweisungen und Kundenbewertungen der in Frage kommenden Waschmaschinen zu studieren, da kam schon der typische Barbarasatz: „Also Bosch oder Miele? Was meinst du? Ich bin für Bosch, die überzeugt mich mehr." Was hätte er noch sagen können? Die Sache war klar. Barbaras Entscheidungen waren unumstößlich und schließlich profitierten sie beide von ihrer Schnelligkeit. Einmal, bei dem Gefrierschrank, da hatte Barbara so schnell wie immer entschieden, allein schon wegen des unglaublich günstigen Preises, da musste man sofort zuschlagen. Nachher war das Teil vier Zentimeter breiter als der Kühlschrank und passte überhaupt nicht obendrauf. Günstig war es nur, weil es außerhalb der Norm war, von wer weiß woher importiert, vielleicht aus Tasmanien oder aus Kirgisien, irgendwoher, wo es ganz andere Küchen gab, oder gar keine, oder riesengroße. Die Rückgabe war ausgeschlossen, schließlich hatten sie das Ding ja zum Schnäppchenpreis erworben. Richard konnte seinen Triumph, den er selbstverständlich verspürte, nicht auskosten, denn Barbaras Gesichtszüge hingen runter bis in den Keller. Jedes Lächeln rutschte an ihnen ab, jeder Scherz flutschte vorbei. Richard bestellte wortlos einen neuen Gefrierschrank, dieselbe Marke wie der Kühlschrank.

Und jetzt hätte er Blödmann beinahe Alisa angerufen. Scrabble oder Gefrierschrank? Nein, er konnte heute selbst entscheiden, konnte alleine auswählen.

Er saß hier im Café wie in einem Wohnzimmer. Blümchentapete, Landschaftsbilder in Messingrahmen, kleine Blumensträußchen auf den Tischen, und die Hintergrundmusik – na ja, nicht so richtig zuzuordnen, bunte 80er Jahre Mischung, aber auch nicht ausschließlich. Das ist doch was anderes. Richard beginnt zu summen, Moustaki, avec ma gueule de métèque, Richard summt. Ist er nicht auch ein métèque? Hat er deshalb dieses Lied immer so geliebt? ... de juif errant de patre grec ... Muss er erst in die andere Himmelsrichtung fahren, um zum allerersten Mal das Lied zu begreifen? Richard steht auf und holt sich vom Tresen die Speisekarte. Die junge Bedienung kommt zu ihm und lächelt. Richard lächelt zurück, noch ein Glas Wein, und den Salat mit karamellisiertem Ziegenkäse. „Kennen Sie die Musik? Wenn Sie mögen, suche ich noch was anderes aus, vielleicht finde ich Gainsbourg, mögen Sie auch Gainsbourg? Ich studiere nämlich Romanistik."

Jetzt läuft ‚Vu de l'extérieur'. Richard summt mit, fragt sich, ob er die Platte noch zu Hause hat, der Plattenspieler noch funktioniert, er nimmt sich vor, gleich nach seiner Rückkehr danach zu schauen. Er hat mal Platten auf dem Flohmarkt verkauft, aber welche?

Die Fotos auf dem Handy. Eine gute Kamera, zum Glück. Die Gesichter lassen sich heranzoomen. Und die Beschriftungen mit weißem Stift auf der dunklen Pappe? Doch, es geht. Er entziffert, *Kolja, Wanja, Darek.*

Die Bedienung kommt wieder.

„Gefällt Ihnen das Lied?" Ohne die Antwort abzuwarten, fährt sie fort: „Wissen Sie, eigentlich ist Gainsbourg auch einer von uns. Jüdisch-ukrainische Eltern, der Vater aus Charkow in der Ukraine, die Eltern flohen 1919 vor dem Bolschewismus, kamen auf Umwegen nach Frankreich, dort wurde Serge 1928 geboren, hieß eigentlich Lucien. Ich habe ein Referat drüber gemacht.", ergänzt sie. Sie sieht das Staunen in den Augen des ausländischen Gastes.

Die junge Frau wird zum Nebentisch gerufen. Richard scrollt wieder durch seine Fotos. Das Foto mit den Mädchen. Das von neulich. Da hatte er sich nicht getraut zu fotografieren. Nur Alisa hatte ein Foto gemacht. Am Rand steht *Hanka und Małgorzata.*

Beide sehen so hübsch aus, so unbeschwert. Sie waren im Alter seiner Tochter. Hat seine Tante Hanka Ähnlichkeit mit seinem Vater? Lässt sich schwer sagen. Auch nicht beim Heranzoomen. Und die andere mit ihrem Bruder Darek? Er zoomt abwechselnd die Gesichter näher. Vielleicht die hohen Backenknochen bei Hanka? Vielleicht die schmale Nase?

Richard legt das Handy beiseite, greift noch ein Stück Vollkornbrot aus dem Korb und schiebt den letzten Rest Ziegenkäse auf die Gabel. Die Ähnlichkeitssuche gibt er auf – was soll das bringen? Uralte Schwarzweißfotos, noch nicht mal Porträts, unscharf beim Vergrößern, alles Blödsinn. Außerdem müssen Geschwister sich nicht ähnlich sein. Er denkt an Mona. Nein, wirklich nicht.

Die Musik hat gewechselt. Cat Stevens. Auch ok. Vielleicht hatten auch andere Mitarbeiterinnen was zu sagen. Richard bittet um die Rechnung. Er holt das Handy wieder aus der Hosentasche. Muss noch ein paar Notizen notieren. Für morgen. Jetzt ist es zu spät für eine E-Mail. Sieht komisch aus, wenn er jetzt was absendet. Da ist was unklar. Auf der letzten Baustelle. Das Treppenhaus. Die Messung der Breite. Er muss in den Unterlagen nachsehen. Und das Geländer … Es gab Sonderwünsche der Kunden, erinnert er sich. Er kann das heute Abend noch im Arbeitslaptop suchen und morgen früh alles Notwendige mitteilen. Er kann doch nicht mehr ewig hierbleiben, es schleichen sich zu viele Fehler ein, wenn er nicht vor Ort ist.

Neulich schon die Sache mit den Fenstern. Falsche Farbe. Die Hälfte war schon eingesetzt. Wenn so was nochmal passiert, verlieren sie Kunden, und die Gewinnspanne schrumpft. Er sollte morgen nicht mailen, lieber telefonieren. Und übermorgen fahren.

Bevor er das Handy wegsteckt, wirft er noch einen Blick auf die Fotos. Eigentlich sucht er die von der Baustelle. Da fällt ihm ein, die sind ja auf dem Laptop im Hotelzimmer. Klar! Hier sind die Ahnen versammelt. Sein Vater und alle, die er kannte, und vielleicht alle, die er liebte, denkt sich Richard. In seiner Familie hatte nur Mutter eine Vergangenheit. Onkel und Tante, Mutters Geschwister, Cousins und eine Cousine, die Kinder von Onkel und Tante, Oma und Opa, die Eltern von Mutter. Sie trafen sich, sie wussten voneinander, zumindest die Geburtstage, die Wohnorte, Richard kannte den Wellensittich von seinem Cousin Hanno, die Rennmaus von seiner Cousine Annika; er trug bunte Socken, die Oma ihm gestrickt hatte und spielte mit dem Holzkran, den Opa für ihn gebaut hatte. Er mochte den Käsekuchen von Oma und hinterher das kleine Gläschen, das Opa ihm hinstellte.

„Nix für Kinder, aber du bist ja schon groß", sagte Opa jedes Mal. Er sagte das eigentlich schon, als Richard sich selbst noch gar nicht so groß vorkam. Wie wundersam – nach zwei Schlückchen von dem klebrigsüßen Likör fühlte er sich dann wirklich schon ziemlich groß.

Das war alles so normal. Genau so normal, wie die Tatsache, dass Vater keine Familie hatte. Vater war einfach Vater, ohne Kindheit, ohne Geschwister, ohne Jugendfreunde. Babcia war die Ausnahme, die die Regel bestätigt. Und vielleicht noch Dariusz, aber über den wussten sie ja auch kaum was.

Vater war schon fast vier Jahre tot.

Richard bezahlt, gibt der begeisterten Romanistin ein großzügiges Trinkgeld und macht sich auf den Weg. Jetzt hat er keine Zeit mehr zu verschwenden. Wenn er übermorgen zurück muss. Zur Pannenbaustelle. Vielleicht gibt es nicht nur Ärger mit den Kunden, vielleicht bekommt er Ärger mit seinem Chef. Das muss nicht sein. Deshalb muss er morgen früh alles soweit möglich klären.

Die Fotos mit der unbekannten Hanka. Mit dem unbekannten Wanja. Fotos in seinem Kopf. Wie hat Hanka gelebt? Was hat sie gemacht? Wen hat sie geliebt? Was hat sie hinterlassen? Spuren? Was hat Konga neulich erzählt? Nebelschwaden in ihm. Er war ja total daneben. War ja richtig weggetreten. Konga hat von ihr gesprochen. Das ist ihm klar. Er wusste ja nicht einmal, dass sie sich das Leben genommen hat. Das hat ihm ja erst Piotr gesagt. Wie peinlich das Ganze. Dann das andere Foto. Dieser Wanja mit dem Band um den Hals. Das Band, das Vater wie eine Reliquie verwahrte. Wer wüsste etwas über Wanja? Wenn er morgen Konga nochmal fragen würde. Eine Whatsapp-Nachricht? Eine E-Mail? Reicht sein Polnisch dafür? Klar, es ist ihm unangenehm, aber es ist doch besser. Er wird es machen. Er wird es schaffen. Gleich morgen früh, wenn er die Arbeitssachen erledigt hat, ruft er sie an und wird sie fragen. Er wird fragen, ob er nochmal vorbeikommen darf. Morgen oder übermorgen. Halt, übermorgen? Da wollte er doch zurückfahren. Vielleicht ist das zu knapp. Vielleicht kann er noch zwei Tage bleiben, das Allernotwendigste elektronisch klären, sich Zeit für Konga, Hanka, Wanja und wer weiß wen alles nehmen und danach, also nach zwei Tagen, ganz früh morgens zurückfahren, so dass er rechtzeitig ankäme und noch auf die Baustelle gehen könnte. Noch zwei Tage.

Im Hotelzimmer klappt Richard den Laptop auf und sucht nach Zugverbindungen. Als Erstes die nach Berlin. Ja, das kann klappen. Er wird den Zug morgens um sechs buchen. Dann ist er schon vormittags in Berlin. So, jetzt noch die Verbindungen nach Hildesheim. Vom Ostbahnhof? Nein, besser vom Hauptbahnhof. Also nochmal zurück zu der ersten Suche, Poznań – Berlin. Wann kommt sein Sechs-Uhr-Zug in Berlin Hauptbahnhof an? Das klappt. Schnell notieren. Richard macht ein Screenshot, nimmt einen Stift und schreibt alles auf ein Blatt. Das hat er sich so angewöhnt. Dieses Notieren auf kleinen Notizpapieren macht er schon ewig. Irgendwann kamen die Screenshots dazu. Doch die Notizzettel entfielen nicht. Seitdem gibt es so was wie doppelte Buchführung. Sein perfektes System. Also nochmal vergleichen mit Berlin – Hildesheim. Richard schiebt den Zettel beiseite. Er wird das später alles nochmal überprüfen – Tag, Uhrzeit, Ermäßigung, Bahncardpunkte. Jetzt erst mal die Planung für morgen. Und für übermorgen. Züge nach Kalisz. Es gibt eine ganze Reihe von Möglichkeiten. Gut so. Die Karte kann er morgen am Schalter kaufen. Er kann über Nacht bleiben. Natürlich nicht bei Konga. Bevor er sie anruft, muss er schon eine Unterkunft haben. Für alle Fälle. Sein Schutz vor der polnischen Gastfreundschaft. Er stößt auf ein günstiges kleines Hotel im Zentrum. Günstig? Eher ein Superschnäppchen. So etwas finden, das kann er. Deswegen überlässt ihm auch Barbara manche Urlaubsplanungen. Nicht die Entscheidungen, eher die Feinarbeit, die Feinplanung. Wohin die Reise geht, das entscheidet sie natürlich, eigentlich schon immer, schon seit der Hochzeitsreise damals.

Nach Kopenhagen. Später wollte sie nach Schweden, dann nach Frankreich, an die Nordseeküste, mit dem Rad quer durch die baltischen Staaten.

Barbaras Ziele. Was danach kommt, Bahnverbindungen, Unterkünfte – die Planungen sind Richards Ding.

Aus der Arbeitsmappe zieht Richard einen neuen Zettel. Er klebt ihn rechts neben seinen Laptop und kritzelt die To-Do's für morgen drauf. *Baustellentelefonat, Barbara, Konga, Bahnhof wegen Zug / Kalisz, buchen Hotel Kalisz, Rückfahrt Kalisz – Poznań.*

Er fährt den Laptop runter und klappt ihn zu.

Als er die Zettel von der Tischplatte abzieht und in sein Portemonnaie stecken will, fällt es ihm ein. Wie konnte er das nur vergessen? *Piotr und Kasia,* notiert er. Am besten gleich morgen früh anrufen oder schreiben, eine Verabschiedung einplanen, die beiden übermorgen einladen. Vielleicht zur Romanistin in der ulica Żydowska. Wenn das mit Konga nicht klappte, dann schon morgen, und dann Abreise übermorgen früh. Sonst eben erst in zwei Tagen. Oder möglicherweise früh aus Kalisz zurück, mittags Abschied von Piotr und Kasia, am frühen Nachmittag den Zug nach Hause. Falls die Poznańer Freunde mittags Zeit haben. Mit einem Textmarker streicht er *Konga* grün an, das ist als Erstes zu klären. Alles andere dann entsprechend.

Den Zettel steckt er nicht wieder ein, er klebt ihn auf den schmalen Hotelschreibtisch für morgen früh und legt sich ins Bett.

Allein in Gniezno, alleine nach Kalisz. Die Reise beginnt ihm zu gefallen, er beginnt sich zu gefallen.

Richard holt sich den Mankell Krimi und schläft nach fünf Sätzen ein. Sein Handy mit den Nachrichten von Barbara – *wo bleibst du, wann kommst du, wie geht es dir überhaupt* – schlummert im Rucksack.

21

RICHARD

Richard hätte niemandem sagen können, wie er sich fühlte, vielleicht hätte er gesagt „frei", aber das war es nicht, da hätte sein Gegenüber gleich geglaubt, er wolle Barbara verlassen und ein anderes Leben führen. Ganz falsch. Oder er hätte gesagt: „Schwebend." Die Freunde hätten gefeixt: „Ja, ja, die Midlifecrisis. Das kann jedem passieren, irgendwann erwischt es dich, mach dir keine Sorgen, die Bodenhaftung kommt schon wieder." Er brauchte niemandem zu sagen, wie er sich fühlte. Erstens, fragte niemand, zweitens, spürten es die Menschen sowieso – vorhin am Bahnhof beim Fahrkartenautomaten, mit dem er nicht zurechtkam, die Dame, die ihm so nett erklärte, welche Felder er berühren musste, ihre Freundlichkeit, vielleicht sowieso da, vielleicht sein Spiegel. In der Buchhandlung, die gute Beratung, nicht zu schwere Kost wollte er.

„Ja, Sie haben Recht, unsere Sprache ist nicht so ohne, ich habe da was für Sie, wird Ihnen gefallen, und jede Erzählung hat nicht mehr als ein paar Seiten."

In Kalisz nahm er sich ein Zimmer, im Zentrum, gleich neben der Kirche.

„Möchten Sie einen Saft oder einen Likör? Unser Begrüßungsdrink ... gerne hier in der Lounge." Die Süße des Likörs ließ das Stimmungsbarometer innerhalb von Minuten noch weiter nach oben schnellen, was bedeutete, dass es fast den oberen messbaren Bereich erreichte. Die Stimme der Wirtin erinnerte ihn an Konga – sonnenklar und doch melodisch sanft. ‚Redet man nicht so über einen leckeren Wein?', ging es Richard durch den Kopf.

Konga hatte ihn wieder aufs Köstlichste bewirtet, und diesmal hatte Richard von allem probieren können, erstens hatte er auf das Hotelfrühstück verzichtet und war hungrig gekommen und zweitens hatte ihm nichts den Appetit genommen oder ihn außer Gefecht gesetzt. Er aß, Konga erzählte – mit Tante Hanka in der Konditorei, so viel Kuchen, wie sie nur wollte, Tante Hanka an der Nähmaschine, das tollste Kleid, das sie je hatte, als Zwölfjährige, Mama hatte nichts dagegen einwenden können, schließlich kam es ja von der Tante, obwohl Mama sich dann doch ihre Bemerkung nicht verkneifen konnte, ein viel zu kurzer Rock ... Sie hatte das Kleid lange getragen, zwar war sie nach drei Jahren eigentlich rausgewachsen, aber seit Tante Hanka tot war, hatte niemand mehr etwas dagegen, wenn sie das Kleid anzog.

Ach ja, Tante Hanka, die Tante mit den schönen Kleidern. Obwohl sie eine Deutsche war. Unglaublich. Eigentlich sehen die Polinnen viel eleganter aus.

„Schau dich doch bloß um." Und eigentlich war sie ja auch keine echte Tante gewesen.

Zum Essen hatten sie Saft getrunken, von den Äpfeln aus dem Garten, wie Konga betonte. Danach kam sie mit starkem Kaffee, das Gebäck war so zuckrig und fettig, dass Konga gleich wieder fort rannte mit den Worten: „Da brauchen wir jetzt noch was anderes." Die Flasche von ihrem Aufgesetzten war randvoll. Konga erzählte von der Trauer in der Familie, von den endlosen Gesprächen, die sie als Jugendliche eigentlich nicht mitbekommen sollte. ... Todesursache unklar, ... Warnsignal nicht gehört, ... Schande der deutschen Familie, ... nicht ihre Schuld, ... dennoch schuldig. Konga bekam vieles mit, sagte sie stolz, obwohl sie doch noch fast ein Kind war. Der Flüssigkeitsspiegel in der Flasche sank. Je tiefer er sank, desto besser verstand Richard.

Irgendwann hatte er es dann geschafft, eine Bresche in Kongas Redefluss zu schlagen, das Handy in der Hand, das Foto von Vater und seinen Freunden, die Frage nach diesem Wanja. Konga hatte kurz draufgeschaut. Seinen Vater hatte sie erkannt, als nicht einmal Zwanzigjährigen, ja natürlich, sie hatte ja bei ihrer Mutter Fotos von ihm gesehen, und sie war sich sicher, ihre Mutter hatte ihn geliebt. Etwas merkwürdig für ein Kind, wenn die eigene Mutter von einem anderen Mann schwärmt, einem Mann, der nicht der Vater ist; gut war, dass dieser andere Mann, dieser Martin, weit weg war, irgendwo im Nirgendwo, ein Phantom. Und ihr Vater war da, für sie war er immer da. Auf jeden Fall.

Wie konnte Richard dazwischen gehen, er fingerte auf seinem Handy, er zoomte in das Foto hinein, ließ seinen Vater beiseite und zoomte auf den jungen Mann am Rande. Das Foto gab aber nicht so viel her und wurde schnell unscharf. Richard suchte eine Einstellung zwischen zu großer Unschärfe und zu winzigem Format und schaute Konga an. Er hatte das mal gelesen, wenn du jemanden unterbrechen willst, dann schau ihm oder ihr ganz scharf in die Augen. Der das geschrieben hatte, hatte aber die Rechnung ohne Konga gemacht. Er fixierte, bis seine Augen tränten. Sie erzählte von ihrem Vater, ohne Unterlass. Schließlich nahm er die Stimme dazu, zu leise klang sein ,Konga', er erinnerte sich, in dem Artikel hatte er gelesen, mit fester Stimme müsse man dazwischen gehen. Und tatsächlich,

Konga holte Atem, er hielt punktgenau das Foto hin, Wanja gezoomt, seine Frage laut und deutlich, seine Lektion in Gesprächsführung gelungen – ob sie etwas weiß über diesen Wanja im Poznańer Aufstand? Die Antwort? Es war keine Antwort, es war ein Vulkanausbruch.

Konga schilderte den Aufstand, die Menschenmassen auf den Straßen, ihre Mutter mittendrin, mit ihrer Freundin Hanka, vor Begeisterung hochrote Köpfe, Festtagsstimmung, den Kommunismus stürzen, Freiheit für alle.

Richard hörte zu, wusste doch vieles davon, wollte keine Geschichtslektion, noch dazu, weil Konga ja genauso wenig wie er dabei gewesen war und sich nun so gebärdete, als sei sie selbst mittendrin, mitten unter den Aufständischen. Was er wissen wollte, das war klar. Dieser Wanja. Er ließ Konga reden, schaute sie an, zeigte erneut auf das Foto, erneut auf diesen Wanja.

Das Bild sagte ihr nichts, es gab ja nicht so eine Bilderflut damals, der Name sagte ihr viel. Es sprudelte nur so aus ihr heraus.

„Von Wanja hatte Mutter gesprochen, genauso wie von Martin, den Mutter ja so geliebt hatte, aber Wanja war tot. Tragisch."

Und dann schilderte sie in glühenden Farben die Kämpfe, sprach von den Panzern, von den Polen, die in den Panzern saßen, die auf die anderen Polen auf der Straße zielten, trafen, töteten. Ja, Polen töteten Polen, immer wieder sagte sie das, schrie es heraus, und warum? Weil die Russen es befahlen, die Russen sie zwangen. Ob er das nicht wisse?

Mit hochrotem Kopf saß sie da, gestikulierte wild.
„Und weißt du, wer im Panzer saß?"

„Im Panzer saß ein Mitschüler, alle kannten ihn, waren im Sommer zusammen schwimmen gewesen und im Winter zusammen Schlitten gefahren. Dieser Panzerfahrer muss ein wenig älter gewesen sein, wohnte ganz in der Nähe, war schon eingezogen, schon im Militärdienst, ganz nah, wurde Panzerfahrer, hat geschossen, hat den Freund, diesen Wanja, erschossen. Den Russen gehorcht."

Konga nahm die Flasche mit dem Aufgesetzten und goss ihre Gläser randvoll. Zum Glück waren es kleine Gläser, dachte Richard.

Richard konnte viel lernen. Den Redefluss bremsen, war das Eine; freundlich und höflich den Absprung schaffen, das Andere. Er schaffte es. Und schaffte es sogar, das Angebot, ihn bis zum Hotel zu begleiten, abzulehnen. Er schlenderte durch die Kleinstadt, überquerte den Fluss, dessen Namen er sich nicht merken konnte, machte ein paar Fotos vom Ufer mit weißgesprenkelten Wiesen, die bis ans Wasser reichten, mit kleinen geduckten Häusern, im Fenster eine schwarzweiße Katze. Für Alisa oder für Barbara, oder für beide. Er blieb stehen, schaute die Fotos an. Ihm gefiel nur eins, das mit der Katze, im Hintergrund der Fluss. Er konnte beiden dasselbe Foto schicken, sie tauschten sich sicher nicht aus. Und was war eigentlich mit Mona? Drehte sie langsam durch? Nochmal würde er sich keine Sorgen machen, diesmal würde er sie links liegen lassen, ohne sie machte es ihm hier sogar richtig Spaß. Aber verteidigen würde er sie nicht mehr. Ihr merkwürdiges Verhalten erklären oder gar entschuldigen? Alles, bloß das nicht. Als Piotr gestern gegangen war, nach seiner kurzen Stippvisite im Hotel, war für Richard klar, er würde einen Ausflug nach Kalisz mit seiner Schwester planen, genauso wie Piotr ihnen das nahelegte. Da hing Mona noch am Handy. Drei Minuten später wusste Richard, mit Mona war nichts zu planen, gar nichts. Na, dann eben nicht. Wie wenig ihm das ausmachte. Das hätte er im Leben nicht für möglich gehalten.

Zum Abendessen schickte die Wirtin Richard drei Häuser weiter, nettes Ambiente, auch für Kleinigkeiten, gutes Bier. Er nickte freundlich, lief los. Altstadt, Einkaufsstraße, helle Schaufenster, Imbissbude, Flussufer. Wie hieß der Fluss überhaupt? Geranien entlang des Brückengeländers, auf der anderen Flussseite kleinere Häuser, größere Gärten, Vorstadt. Richard kehrte um, ging jetzt langsamer, Kongas Stimme begleitete ihn. Das mörderische Ende des Aufstands. Der erschossene junge Mann. Vaters Freund. Erschossen von jungen Polen. Unglaublich. Und Vater hatte das alles mitangesehen. Das kleine Restaurant am Marktplatz, vielleicht die Empfehlung der Wirtin. Nur ein Bier, mehr brauchte er nicht. Er wusste jetzt mehr über seine Tante als irgendjemand in seiner Familie. Er fühlte ihre Melancholie, war das nicht auch die Grundstimmung seines Vaters gewesen? Er konnte seinen Frieden mit der Familie machen, morgen zurück nach Poznań, zum letzten Mal zu Piotr und Kasia, Abschied, übermorgen nach Hause. Nein, nicht gleich, erst zum Meeting auf die Baustelle, war dringend nötig, heute früh hatte er zwar angerufen, hatte die Sache mit dem Treppenhaus und dem Geländer geklärt – zumindest hoffte er das. Er hatte gesagt, er sei übermorgen auf der Baustelle; die Zeit drängte, die Bauherren bestanden auf pünktlicher Fertigstellung, die Firma beklagte Lieferengpässe, die Bauherren forderten daraufhin Umstellung auf andere Materialien. So einfach war das nicht, sie hatten diese Sonderwünsche fürs Geländer geäußert, und nun sprachen sie einfach von anderen Materialien. Er hatte das berechnet, die Statik wäre nicht die Gleiche, er würde das übermorgen klären, zuerst also auf die Baustelle, dann zum Bauherrn.

Er trank den vorletzten Schluck Bier, als das Handy klingelte.

Kongas melodische Stimme.

„Mir ist noch was eingefallen. Richard, das will ich dir noch sagen. Da ist noch die Sache mit Julia. Das war etwas, was Hanka immer furchtbar aufregte, sagt Mama."

Richard nahm ein Taxi. Kongas Adresse? Wo hatte er die bloß gelassen? Er blättert im Notizbuch. Mit seinem fotografischen Gedächtnis erinnert er sich genau an die Straße, die kleinen Vorgärten, die geduckten Häuser. Es ist dunkel geworden. Nicht gerade förderlich für sein Gedächtnis. Der Straßenname? Irgendwas mit K, so wie Konga.

Er bittet den Taxifahrer um etwas Geduld.

Kramt in den Manteltaschen. In den Jeanstaschen. Das Portemonnaie! Ja, jetzt fällt es ihm ein.

Fünf Minuten später konnte Richard dem Fahrer den Straßennamen in seinem Smartphone zeigen.

Übrigens doch nicht mit K – ulica Woźna.

Fünfzehn Minuten später waren sie da.

„Gut, dass du nochmal vorbeischaust. Mir ist da noch was eingefallen. Gerade, als du weg warst. Aber erst mal: Kaffee oder Tee?"

Richard wählte Tee. Kaffee hätte er liebend gerne als Wachmacher getrunken, aber Kaffee und Konga gingen bei ihm eine unselige Verbindung ein, genauer gesagt in seinem Magen. Allein schon die Vorstellung ... Und dann noch das süße Gebäck ...

„Musst du probieren, nimm noch eins." Tee fand sein Magen eher vorstellbar.

„Aber bitte ohne Zucker. Und bitte keine Plätzchen, ich habe ja gerade erst gegessen."

Wie machten diese Polen das bloß? Ständig Essen bereithalten und dünn sein.

Konga verschwindet verdächtig lange in der Küche.

Richard wird unruhig. Warum hat er sich so beeilt? Er hätte gut zu Fuß gehen können. Hätte vielleicht sogar einen klaren Kopf bekommen. Jetzt sitzt er wieder hier, rutscht auf seinem gepolsterten Stuhl hin und her und ahnt Fürchterliches.

Konga kommt mit Tee, sonst nichts. Auf dem Tablett zwei Tassen, eine kleine Teekanne, ein Buch.

„Ich habe lange suchen müssen, przepraszam, das hätte ich vorher machen sollen. Bevor du kamst. Doch schau mal, was ich gefunden habe."

Drei Fotos mit Tante Hanka, Konga und einem fremden Mädchen. 1968. Konga ist sieben Jahre alt. Tante Hanka 28, das andere Mädchen ist Julia, acht Jahre alt.

Konga hatte nach einem Foto von Hanka gesucht, in Alben geblättert und auch in Schuhkartons mit losen Fotos. Sie hatte sich gefreut, denn sie hatte genau die Tante Hanka gefunden, die sie am liebsten in Erinnerung hatte. Die Tante mit der mädchenhaften Figur, mit dem gewellten, schulterlangen Haar, in einem luftigen erdbeerroten Kleid. Die Fotos sind schwarz-weiß, aber Konga ist sicher, dass das Kleid erdbeerrot war.

Die kleine zarte Konga hätte Richard nie und nimmer erkannt, ja, er hätte nicht einmal eine winzige Ähnlichkeit mit der neben ihm sitzenden kräftigen Dame entdeckt. Das andere Mädchen ist einen halben Kopf größer als Konga, auf einem Foto sitzen beide Mädchen auf einer Schaukel, Hanka steht hinter ihnen; auf einem anderen Foto tun alle drei so, als spielten sie mit einem großen Ball. Auf dem dritten Foto posieren sie nebeneinander vor der Kamera, die Erwachsene in der Mitte, rechts und links einen Arm um ein Mädchen gelegt. Was es wohl damit auf sich hat, was sie ihm wohl zeigen will, fragt sich Richard. Er muss nicht lange warten.

Konga erzählt, dass Tante Hanka gerne mit Julia zu ihnen kam, meist in den Sommerferien, manchmal auch im Winter. Sie spielten zu dritt draußen und drinnen. Im Winter lernte Konga Halma und Mühle. Halma machte ihr mehr Spaß; bei Mühle verlor sie fast immer, sie war ja ein Jahr jünger als Julia. Im Sommer spielten sie draußen, pflückten Blumen und lernten kleine Kränze zu binden, kitzelten sich mit Grashalmen, bis sie nicht mehr konnten vor Lachen, übten Purzelbaum im Gras und staunten über Tante Hankas Handstand mit Überschlag. Das sah toll und auch lustig aus, wenn der Rock sich im Schwung umdrehte und fast bis zum Hals reichte; kaum stand die Tante wieder mit beiden Beinen auf dem Gras, rutschte auch der weite Rock wieder zurück. Konga wurde sauer, wenn Hanka ihre Gunst nicht gleichmäßig verteilte. Eigentlich bevorzugte Hanka das andere Mädchen immer ein wenig, nicht viel, gerade nur so, dass Konga nicht sauer werden konnte, aber einen kleinen Stich gab es ihr doch. Erst später hatte sie die Tante für sich, da waren sie nur noch zu zweit, aber da war es vorbei mit der Ausgelassenheit. Und dann war ja sowieso bald alles zu Ende. Aber das ist eine andere Geschichte. Das hat hier jetzt nichts zu suchen.

Es war immer so, dass Hanka Mitleid mit dem anderen Mädchen, mit dieser Julia, hatte. Es war für Konga klar, dass sie es angeblich besser hatte als dieses Mädchen. Warum das so war, das verstand sie überhaupt nicht, sie wurde doch genauso geschimpft, wenn ihre Strümpfe zerrissen oder ihr Kleid dreckig war. Und wenn sie beim Toben in die Brennnesseln gefallen waren, dann war das doch für beide gleich blöd – tat minutenlang höllisch weh, man konnte nichts machen, von einem Bein aufs andere hüpfen, sich kräftig an den Beinen entlangkratzen, mit der Gießkanne kaltes Wasser draufgießen, und dann war es plötzlich, wenn man gerade nicht dran dachte, wieder gut. Das war doch bei beiden so. Und doch wurde sie das Gefühl nicht los, dass sich Tante Hanka ein ganz klein wenig mehr zu Julia runterbeugte, ein ganz klein wenig näher bei Julia und ihrem Schmerz war. Das Mädchen, das es doch sowieso schon so schwer hatte, und dann noch die Brennnesseln. Vielleicht meinte die Tante, das Mädchen sei schlechter dran, weil es keinen Vater hatte oder zumindest kein Vater in Sicht war. Denn, dass Julia alleine mit ihrer Mutter lebte, das wussten alle, also auch die kleine Konga.

Dann war da noch was, was Konga erinnert. Julia kam einmal mit saftigen Apfelsinen – nicht mit einer Apfelsine, so wie Konga das kannte, eine für die ganze Familie. Nein, sie hatte drei Apfelsinen. Sie saßen auf der Wiese und aßen jede eine ganze Apfelsine. Ein anderes Mal hatte Julia eine Tafel Nussschokolade in ihrer Tasche, eine ganze Tafel teilte sie unter ihnen auf, jedes kleine Stückchen war köstlich. Konga steckte sich zwei Stückchen in ihre Schürzentasche, sie wollte noch abends unter der Bettdecke etwas davon genießen. Das war dann nicht so ganz gelungen. Die Schokolade war in der Schürzentasche geschmolzen. Konga konnte sie gar nicht rausholen, sie musste die Schürze an einen kühlen Ort legen, damit die Schokolade wieder trocknete. Das musste aber ein geheimer Ort sein, ihre Mutter durfte absolut nichts davon wissen. Die würde nur mit ihr schimpfen, was sie für eine Sauerei gemacht hätte und würde sofort die Schürze schrubben. Sie versteckte die Schürze erst unter ihrem Bett – da war es aber zu warm, und die Schokolade war nach drei Stunden noch genauso weich. Dann kam ihr die Idee mit dem Keller. Der war ihr zwar immer gruselig, besonders der Weg runter in den Keller, dann überall die langbeinigen Spinnen, aber jetzt war die Schokolade das Wichtigste. Sie stopfte die Schürze hinter die Einmachgläser ins Regal, das war ein guter Platz, denn im Sommer holte Mama ja keine eingelegten Gurken und Birnen aus dem Keller. Alle halbe Stunde schlich sich Konga zu ihrer Schürze und prüfte, wie es um die Schokolade stand. Das dauerte aber wirklich lange. Nach dreimaligem Nachschauen verlor sie die Lust und wurde am nächsten Tag belohnt; über Nacht war die Schokolade tatsächlich so fest geworden, dass sie sich vom Stoff abkratzen ließ. Sie schmeckte köstlich.

Warum erzählt sie das alles überhaupt? Richard wollte doch mehr über seinen Vater wissen. Und da war etwas im Zusammenhang mit diesen Apfelsinen und diesem Schokoladenglück. Sie erinnert sich genau, wie Tante Hanka davon sprach, dass Martin wohl wieder was geschickt hat, so hieß es. Ein andermal die Frage an Julia: „Ist das wieder ein Geschenk von Onkel

Martin?" Julia sagte wohl nicht viel dazu und nickte mit dem Kopf. Die Erwachsenen tuschelten dann, mal leiser, mal aufgeregter. Und am meisten regte sich Mama auf, Konga wusste nie warum. Aber sie wusste, wenn von diesem Martin die Rede war, dann war mit Mama nicht zu spaßen. Dann war es das Beste, still sein, sich verkriechen, warten, bis wieder Ruhe eingekehrt war. Später verstand sie, dass es derselbe Martin war, den die Mutter so geliebt hatte.

„Das wollte ich dir noch erzählen, das alles fiel mir ein, als ich die Fotos wiederfand. Vielleicht kannst du ja was damit anfangen. Vielleicht hat euer Vater ja mit euch darüber gesprochen, dass er Pakete nach Polen schickte. Nein, eigentlich nicht möglich, warte, du bist welcher Jahrgang? Ach so, natürlich, du bist Jahrgang 69, da kannst du gar nichts davon mitbekommen haben, das war ja in den frühen 70ern schon vorbei, da war Julia ja schon bald im Westen. Nein, du warst zu klein, oder sogar noch gar nicht geboren. Aber es ist vielleicht doch für dich von Interesse."

Es war spät geworden.

Richard und Konga ließen die Vergangenheit ruhen. Konga wollte wissen, wie es in Deutschland um das Impfen stand, erzählte von ungeimpften Kolleginnen, die mehr Angst vor der Spritze als vor dem Virus hätten, mit denen sie sich aber dennoch im Restaurant getroffen hätten. Richard wunderte sich, Ungeimpfte im Restaurant, wie das sein könne, ob sie genesen seien.

„Nein, das wird kaum kontrolliert, hast du das nicht bemerkt?" Und es fiel Richard ein, natürlich, in den ersten Tagen hatte er sich noch gewundert, wie locker man ins Restaurant hineinging, hatte am Eingang Handy und Personalausweis bereitgehalten und gleich wieder eingesteckt. Keine Kontrolle.

Inzwischen sprachen die beiden über Piotr. Konga schwärmte von seiner Wohnung in einer der besten Lagen von Poznań, murmelte etwas von seiner Gastfreundschaft, natürlich auch der von Kasia. Richard wunderte sich, warum sie das extra betonen musste. Hatte sie was gegen Kasia einzuwenden? Dann sagte sie, das nächste Mal solle er unbedingt bei ihnen übernachten, das mit dem Hotel sei wirklich nicht nötig, sie hätten Platz genug. Er sei herzlich willkommen. Und seine Frau natürlich ebenso. Witamy u nas! Richard dankte herzlich, sagte, er komme gerne mit Barbara, meinte es auch so, es war gut hier zu sein, er fühlte sich wohl. Vergessen sein Zusammenbruch vor zehn Tagen.

Auf dem Rückweg durch die stillen Straßen fiel ihm ein, dass Konga wohl Kritik an ihrem Cousin und seiner Frau geübt hatte – mangelnde Gastfreundschaft oder so, denn selbstverständlich waren sie in Poznań alle im Hotel untergekommen. Typisch für ihn, dass er den kritischen Unterton erst jetzt bemerkte. Und dann erinnerte er sich wieder an die Warnungen von Piotr und Kasia vor dem ersten Besuch in Kalisz. Kein politisches Wort, hatten sie gesagt, gegenüber diesen Unterstützern der Regierungspartei. So schlimm war das doch gar nicht gewesen bei den beiden. Es beruhigte ihn, stellte er für sich fest, dass die familiäre Verbundenheit der Polen auch kleine Eintrübungen aufwies. Er fühlte sich gleich etwas besser.

22

MONA

Am Freitagnachmittag wurde Mona entlassen. Das mit dem Nachmittag kam ihr merkwürdig vor. Zwar hatte sie nicht übermäßig viel Krankenhauserfahrung, aber soweit sie wusste, waren Entlassungen immer morgens nach der Visite. Sie hatte vor Jahren einmal Vater abgeholt, sie hatte sich verspätet, er hatte schon auf der Bettkante gesessen. Vorwurfsvoll? Vielleicht. So war es ihr erschienen.

Sie erinnerte sich an Bydgoszcz im strömenden Regen, nur an den Regen, an sonst nichts. Jetzt blinzelte sie in einen hellgrauen Wolkenhimmel, in der oberen Ecke garniert mit zartem blau. ‚Stückchen blau zum Hosenflicken', fiel ihr ein, ein Spruch ihrer Großmutter. Die hatte sie gemocht – schon lächelte sie. Auch wenn Bydgoszcz nun ganz hübsch aussah, Mona wollte sich nicht länger in der Stadt aufhalten. Mona suchte den Ausgang. Und fand ihn. Links davon ein Glaskasten. Darin wohl die Anmeldung. Mona klopfte an die Scheibe. Die Bushaltestelle? Der Bahnhof? Ja, das ginge schon. Mit Umsteigen? Ach so. Das Bein schmerzte und sollte nicht belastet werden. Die Reisetasche war auch nicht so ohne. Warum hatte sie Przemeks Hilfe abgelehnt? Ja, warum wohl? Gestern Abend am Telefon. Lächerlich hatte sie sein Angebot gefunden. Die ganze Strecke von Gdansk herkommen. So was von überflüssig. Was stellte er sich vor? Sie war ja nicht plötzlich zur alten Frau mutiert. Wenn er jemanden betutteln wollte – bitte sehr, nicht mit ihr. Das war gestern. So richtig gut war das Gespräch nicht geendet.

Das Taxi kam nach fünf Minuten. Der Fahrer trug die Reisetasche, öffnete Mona die Autotür, hielt die Tür, bis sie eingestiegen war, fuhr den Sitz soweit zurück, dass sie das Bein ausstrecken konnte, zog den Gurt aus der Halterung, so dass Mona sich nicht umdrehen musste und schloss die Beifahrertür sachte.

Als er erfuhr, dass Mona nach Gdansk wollte, suchte er im Handy die Verbindungen. Autofahren und Handy – Mona hatte das immer unmöglich gefunden, absolutes No-Go. Jetzt gefiel es ihr. Zumindest störte es sie nicht im Geringsten. Dass es ihr gefiel, hätte sie nie im Leben zugegeben. Was für eine Fahrkarte sie hätte? Erste oder zweite Klasse? Sie hatte noch keine. Sie zahlte eine Summe für die Fahrt, die ihr unendlich gering vorkam, nestelte an ihrem Gurt herum, bis sie sich befreit hatte, klemmte ihre Handtasche unter den Arm und suchte den Hebel zum Öffnen der Beifahrertür. Und da hatte er schon von außen geöffnet, strahlte sie an und bot ihr seinen Arm. ‚Galant‘, dachte Mona, wenn auch ein wenig kitschig, wie in miesen Filmen, aber im wahren Leben einfach unglaublich. Er führte sie am Arm in Richtung Bahnhof. Abrupt blieb Mona stehen.

„Meine Tasche!" Und wieder dieses Lächeln, eine kleine leichte Drehung zu ihr hin, ohne den Arm zu lösen. Da sah sie die Tasche auf seiner linken Seite. Sie betraten die Bahnhofshalle. Monas Blick schweifte umher. Wo waren die Schalter? Da, auf der linken Seite. Sie wollte die Richtung einschlagen, der Taxifahrer bedeutete ihr mit einem leichten Druck auf den Arm, ohne dass er etwas von seiner Galanterie eingebüßt hätte, die entgegengesetzte Richtung. Für einen Moment war es wie vor Jahren in einem verunglückten Tanzkurs – führen oder geführt werden. Nicht der Tanzkurs war schlecht gelaufen, der lief ganz gut, nur für Mona war das Experiment mit dem Paartanz-partner schneller vorbei als begonnen. Diesmal gab sie nach, wegen der Schmerzmittel, wegen der Aussichtslosigkeit sich zu wehren? Schon saß sie auf einer Bank, das Bein wieder ausgestreckt. Wann hatte sie das letzte Mal ihr Portemonnaie aus der Hand gegeben? Vor Jahren mal bei Alisa, endlos her. Jetzt gab sie es einem Fremden und wunderte sich nicht einmal darüber. Sie hielt ein Ticket mit Sitzplatzreservierung im Schnellzug in der Hand, Abfahrt in 50 Minuten. Sie brauche nur da vorne beim Kiosk zu den Gleisen zu gehen, das seien normalerweise vier Minuten Weg. Wenn sie sich 15 Minuten Zeit nähme, immer wieder innehielte, könne sie das gut schaffen. Wenn sie keine Scheu habe, in der Kälte zu warten, dann wisse er wohl doch die bessere Lösung und lachte. Er schulterte wieder ihre Tasche und reichte Mona den Arm. Auf zum Bahnsteig. Erst als Mona sich auf einer schmalen Bank am Bahnsteig wiederfand, die Reisetasche neben sich, verabschiedete sich der Unbekannte und verschwand. Mona wollte ihm etwas geben, rief hinter ihm her – zu spät.

Und in Gdansk? Przemek jetzt doch anrufen und sich von ihm am Bahnhof abholen lassen? Sie verwarf die Idee blitzschnell. Stolz fühlte sie sich, als sie das Hotel anrief und bat ein Taxi zum Bahnhof zu schicken. Na also, es ging doch. Wäre doch gelacht.
Dass es dann eine ebenso mühsame wie schmerzhafte Tortur war, vom Ankunftsgleis durch die Eingangshalle bis zum Ausgang und dann zum Taxiwarteplatz, den das Hotel ihr per Kurznachricht genannt hatte, dass zwischendurch das Handy klingelte, weil sie im Schneckentempo vorankroch, weil der

Taxifahrer beim Hotel angerufen hatte, der Fahrgast käme nicht, dass sie sich schweißgebadet ins Taxi quälte, dass sie nur noch liegen wollte, endlich ins Hotelzimmer wollte, das stillgelegte Bein aufs Bett hieven, Schmerztabletten einwerfen, drei Liter Wasser nachtrinken. Dass sie, die ewige Treppensteigerin, den Aufzug nehmen musste, dieselbe Etage wie letzte Woche … ja gerne, ach du meine Güte … sie kann doch kaum laufen. Dritte Etage, wo waren überhaupt die Aufzüge … Das alles sagt sie später niemandem.

Das Zimmer ist besser. Nicht das Zimmer, vielmehr der Blick aus dem Zimmer, nach hinten ins Grüne. Wahrscheinlich ist das Zimmer auch ruhiger, obwohl sie der Straßenlärm nicht gestört hat – albern, wenn einen so was stört.

Nur die Treppe kann sie vergessen. Von der Bushaltestelle zum Hotel, die paar Stufen bis zur Eingangshalle, von der Rezeption zu den Aufzügen und in der dritten Etage der endlose Flur.

Mona sitzt auf dem einzigen Stuhl, rückt mit dem Stuhl ans Fenster, schaut in die beiden Ahornbäume. Der Fuß schmerzt, der Schmerz pocht, das Pochen wird stärker, die Stärke irritiert sie. Mona legt den Fuß hoch, es wird etwas besser, nur etwas.

Ablenken, aber wie? Die Ahornbäume gefallen ihr zwar, reichen aber nicht als Ablenkung.

Jemanden anrufen, aber wen? Hauptsache niemanden, der vom Unfall weiß. Das ist nicht schwer. Wer weiß schon vom Unfall? Nur Przemek und Richard. Und der nur halb. Gestern hat sie Richard eine Nachricht geschickt, hat vom Ungeschick gesprochen – alles in der Vergangenheit, beinahe überstanden, kein Grund zur Sorge.

Das Handy summt. Przemek ruft an.

Frisch geduscht, im engen Jeansrock mit lockerer Bluse und natürlich auch mit Klumpfuß – lächelnd empfing sie Przemek im Frühstücksraum. Sie kam alleine zurecht.

Przemek freute sich, Mona zu sehen, sie so zu sehen, wie er sie kennengelernt hatte, wenn man mal davon absah, dass sie etwas blasser war und das Bein nicht gut bewegen konnte.

Er hatte sich gerne um Mona gekümmert, als sie im Krankenhaus lag und hätte sich gerne mehr gekümmert, aber das war etwas anderes. Er war gerne für andere da, half, wo er meinte gebraucht zu werden. Mit Verliebtheit hatte das rein gar nichts zu tun. Es war eher so ein Verliebtheitsstoppschild. Wenn er half, dann half er, sah, was zu tun war, konnte überall anpacken. Das hatte er gelernt, als seine Mutter früh verwitwete und zunächst nicht gut zurechtkam. Mutter war verwirrt oder traurig oder beides gleichzeitig. Przemek war erleichtert, er hatte seinen Vater nicht besonders gemocht, sich schon lange von ihm entfernt. Er organisierte die Beerdigung, die Rente, die Krankenversicherung, bezahlte Rechnungen und entsorgte Kleidung. Als seine Mutter nach einigen Monaten wieder ganz gut klarkam, war er so in seinem neuen Modus angekommen, dass er weitermachte: Anlegen von Aktenordnern, Erneuern des Duschkopfes im Bad, Verabreden von Arztbesuchen, Bestellen einer neuen Lesebrille. Dieser Modus war gut für ihn; so kam er mit Mutter gut klar. Vorgestern hatte er gemerkt, dass er im Begriff war, den Modus bei Mona einzuschalten. Das gefiel ihm ganz und gar nicht. Er hatte sich gefragt, wie viele Modi ihm überhaupt zur Verfügung ständen und hatte sich ebenfalls erschrocken gefragt, ob sein Repertoire so begrenzt wäre.

Doch Mona machte es ihm leicht.

Ihn sehen, so als wäre nichts, das ist es, was sie möchte.
Die Klaviatur beherrscht sie.

Sie plauderte drauf los, kein Wort von den Schmerzen, kein
Wort von den schlaflosen Nächten im Krankenhausbett, sie
hatte am Morgen im Internet was über die polnisch-belarus-
sische Grenze gefunden. Es interessierte sie, was Przemek darüber wusste.
Przemek erzählt von seinem Sohn. Medizinstudent in Warschau. Hilft an der Grenze zu Weißrussland Geflüchteten, be-
gibt sich in Gefahr. Er erzählt von der Gruppe ‚medycy na gra-
nicy‘, mit denen fuhr sein Sohn ins Grenzgebiet. Medizinische
Erstversorgung – schnell, notwendig, unbürokratisch. Völlig
entkräftete, verletzte, unterkühlte Menschen lagen im Grenz-
streifen. Für einige kam jede Hilfe zu spät. Nach einem
Hilfseinsatz fand die Gruppe, mit der sein Sohn gekommen
war, ihr Auto demoliert vor. Kurze Zeit später wurden drei
Hooligans aus der Region als mutmaßliche Täter festgenommen. Die polnische Regierung hindert Organisationen wie die
seines Sohnes an ihren Hilfsaktionen. Przemek sieht in Monas
Augen ihr Entsetzen und erläutert: „Die Schikane- und Blocka-
depolitik der polnischen Regierung richtet sich neben Journa-
listen auch gegen renommierte internationale Hilfsorganisatio-
nen. Anfang Januar teilte Médecins Sans Frontières (MSF) mit,
dass sie ihre Notfallhelfer aus dem Grenzgebiet abgezogen
haben. Obwohl es "immer noch Menschen gibt", die sich in
den Wäldern versteckten und Unterstützung bräuchten, "konnten wir sie nicht erreichen", sagte eine MSF-Sprecherin. Drei
Monate hatte sich die Organisation um eine Zugangsgenehmi-
gung für das Grenzgebiet bemüht – ohne Erfolg. Wenn dann

die offizielle Regierungslinie noch Unterstützung bei örtlichen Verbrechern findet, ja, was dann?! Zum Glück gibt es immer die anderen, es gibt die Anwohner, die sich bei Green lights registrieren, die grünes Licht in ihre Fenster stellen, als Zeichen, dass ihre Türen offenstehen."

„Pushback wurde gerade zum Unwort des Jahres gekürt", sagt Mona, „gewaltsames Zurückdrängen von Flüchtlingen aus dem EU-Gebiet."

Während sie das sagt, fällt ihr auf, dass sie zum ersten Mal von Przemeks Sohn hört. Am Ende hat er noch mehr Kinder, vielleicht auch Geschwister, vielleicht Enkel. Nein, Enkel nicht, zu jung, der Sohn außerdem Student, und wenn sie an ihre Freundinnen denkt, dann ist es unmöglich, Enkel zu haben ohne pausenlos davon zu erzählen, tausende Fotos rumzuzeigen, im Handy, auf dem Tablet oder auf zerknittertem Papier im Portemonnaie. Wer die meisten Enkel vorzuweisen hat, hat gewonnen. Dieselben Frauen, die jahrzehntelang keinen 8. März ausgelassen haben, die die Frauenbüros gestürmt haben, die gendern, was das Zeug hält, und jetzt nur noch das Enkelthema – auch ein Pushback.

Und dann wechselt Przemek das Thema. Er hat gerade nicht so viel Zeit. Er sagt, er hilft gerne bei den Nachforschungen nach dieser Julia. Mona müsse ihm nur ein paar Daten nennen.

Ob sie denn schon die Dame kontaktiert habe, von der sie doch so angetan gewesen sei. Wie hieß die noch gleich? Małgorzata, ja, stimmt. Mona runzelt die Stirn. Sieht er ihre Schmerzen nicht? Wie soll sie mit Klumpfuß dahin gelangen? Er glaubt wohl, sie sei beweglich wie vor einer Woche.

„Ja, das mache ich, ist doch klar", sagt sie nur.

Przemek muss los. Ein ganz normaler Werktag. Das kleine Treffen dazwischengeschoben. Muss sein Chef ja nicht merken. Den nächsten Kundentermin kann er einfach etwas verkürzen. Es war schön, Mona in so guter Verfassung zu sehen.

„Ach, da bist du wieder, wie schön!", sagte Małgorzata als Erstes. Und fügte gleich hinzu: „Ich wusste, du würdest wiederkommen. Ich wusste, du würdest noch mehr wissen wollen. Warum bist du überhaupt so schnell weggefahren?"
Die Frage beantwortete Mona nicht.
Małgorzata gab selbst die Erklärung: „Ja, ihr jungen Leute, ihr habt nie Zeit, es muss alles schnell gehen. An einem Ort sein und schon an den nächsten denken. ,Wenn du schnell ans Ziel kommen willst, muss du dir Zeit lassen'. So etwas klebt an eurer Kühlschranktür, darüber schmunzelt ihr."
„Ich bin nicht jung", warf Mona ein.
Małgorzata ließ das nicht gelten, machte nur eine wegwerfende Handbewegung und fuhr fort: „Ich war doch ganz genauso wie ihr. Erst jetzt lasse ich mir Zeit, ich muss es mittlerweile, es geht nicht anders. Mehreres auf einmal machen überfordert mich, ist aber nicht schlimm. Das Einzige, was doof ist, jetzt, wo ich mir mit allem Zeit lasse, habe ich gar nicht mehr so viel davon übrig."
Małgorzata kochte Kaffee, lehnte Monas Hilfe ab. Mona blieb am Tisch sitzen. Wie sollte sie anfangen? Erst allgemein, Małgorzatas Gesundheit, ihr dummer Unfall, sich allmählich an den Grund ihres Besuchs herantasten? Auf keinen Fall möchte sie unhöflich sein.

„Ja, Kindchen, worum geht es denn? Was hast du auf dem Herzen? Immer raus mit der Sprache." Sie hatten kaum den ersten Schluck Kaffee genommen.

„Ja, also, ich wollte mal wissen, du hast doch neulich eine Julia erwähnt? Ob du wohl mehr über sie weißt?"

„Ich habe mir das fast gedacht. Ich habe gleich gemerkt, dass du wenig Ahnung hast. Ich meine, Ahnung von dem Leben früher, dem Leben deines Vaters, und ich vermute, ihr alle drüben wisst nicht viel davon."

„Ja, das stimmt. Wir wissen eigentlich nichts. Und können ihn nicht mehr fragen."

„Na ja, ich weiß auch nicht, was aus Julia geworden ist. Aber, was ich weiß, das erzähle ich dir gerne. Ist ja nun schon lange her. Aber dass er nichts gesagt hat! Wirklich gar nichts? Ich fasse es nicht!" Sie schüttelt den Kopf und sieht Mona fragend an. Mona hält ihrem Blick nur kurz stand, dann gießt sie schnell noch Kaffee nach und nimmt sich ein Plätzchen.

„Ja, weißt du, ich habe ihn wirklich geliebt. Deinen Vater. Ich war ein dummes Huhn. Aber so war es nun mal. Und er? Doch, er mochte mich auch. Das schon. Aber das habe ich dir ja schon erzählt, dass wir nicht zusammenkommen konnten. Ich hätte ihm auch das mit dieser Krystyna verziehen, wenn er nur nicht so feige gewesen wäre. Wir wussten das doch sowieso alle."

Mona versteht nichts.

„Wer wusste was?"

„Na ja, Dariusz und ich, wir wussten davon. Und natürlich Hanka auch."

Mona schaut ratlos. Sie schaut auf den Plätzchenteller. Sie traut sich nicht, Małgorzata anzusehen. Hofft, dass sie weiterredet.

„Zu dem Zeitpunkt hätte ich ihm noch verziehen. Das ist klar. Es war nach dem Aufstand. Vielleicht zwei Jahre später. Oder drei. Lass mich rechnen. Es muss '59 gewesen sein. Ach, die Zeiten waren konfus. Und wir waren konfus. Und dein Vater war nicht gerade einfach."

Mona nickte und hoffte, Małgorzata würde weiterreden.

„Er hat sich aber doch anständig verhalten. Ja, anständig war er. Deshalb hörte ich auch nicht auf, ihn zu lieben. Ein schöner Mann. Nur eben, na ja. Ich habe später mal mit Krystyna gesprochen. Sie wusste, was zwischen uns war. Es war ihr etwas unangenehm mit mir zu sprechen. Sie bestätigte das, was ich vermutet hatte. Wie nennt man das heute? One-night-stand? So etwa in der Art, sagte sie das. Und ich glaube nicht, dass sie mich angelogen hat. Jedenfalls kam es mir nicht so vor. Sie war ja noch blutjung, wie wir alle. Und jetzt können wir sie nicht mehr fragen, sie ist ja dann später weggegangen, in den Westen, mit Julia."

„Und dann?"

„Keine Ahnung."

Małgorzata macht eine kurze Pause, trinkt einen Schluck Kaffee.

„Martin war damals verzweifelt. Natürlich nicht so wie sie, das ist klar. Aber leicht nahm er das nicht. Er wollte aber kein anderes Leben. Das war klar für ihn. Ich weiß es noch wie heute, er kam eines Abends zu Darek, ich war auch da und wir merkten gleich, dass da was war, denn er war so anders als sonst. Er küsste mich flüchtiger als sonst, er war nicht richtig da. Es war Darek, der ihn geradeheraus fragte, was los sei. Und Martin rückte damit heraus, es war einfach so passiert, er würde sie unterstützen – damit meinte er das Geld –, er würde so viel arbeiten neben dem Studium, wie es ging, er würde ihr immer Geld überweisen. Aber eines sei klar, sie dürfe ihn nicht verraten, kein Sterbenswörtchen, zu niemandem, hoch und heilig versprechen sollte sie es. Und dann täte er alles für sie, und besonders für das Kind.

Ich glaube, er hat Wort gehalten. Zumindest die ersten Jahre hat er das ganz sicher, in den 60er Jahren, da bin ich hundertprozentig sicher, dass er Mutter und Tochter unterstützt hat, also zunächst waren wir ja noch zusammen. Ich war wütend über seine Heimlichtuerei, über seine Erpressung, der Krystyna alles Mögliche versprechen, wenn sie nur dichthält. Er hatte Glück, sie war so ein schüchternes junges Ding und sagte zu niemandem was. Aber ich ärgerte mich maßlos über ihn, diese überhebliche Art. Natürlich war er mit mir ganz anders, so konnte er mich nie behandeln, das wusste er genau, wahrscheinlich achtete er mich, aber sie eben nicht, und das konnte ich nicht ertragen. Als ich das spürte, ging ich hierher nach Gdansk in mein neues Leben. Das hat ihn schwer getroffen. Als er nach Deutschland aufbrach, ja, da weiß ich natürlich nicht, wie es weiterging, aber wie ich deinen Vater kenne, oder kannte, hat er weiterbezahlt."

Mona sitzt vor dem Plätzchenteller und erschrickt – sie hat alle Plätzchen gegessen, ohne es zu merken. Unmöglich diese Unhöflichkeit. Was kann sie noch sagen? Oder fragen? Nichts fällt ihr dazu ein. Małgorzata hat noch salziges Gebäck. Sie holt eine angebrochene Flasche Saft aus dem Kühlschrank, sucht eine passende Schale für das Gebäck und zwei Gläser für den Saft.

Mona bleibt still.

Małgorzata schaut sie an und merkt, dass tatsächlich alles neu für Martins Tochter ist, alles unbekannt. Mona tut ihr leid. „Das ist alles, was ich dir zu Julia sagen kann. Ich kann dir nicht helfen, sie zu finden. Krystyna, so hieß die junge Mutter, ist ja mit Julia in den Westen gegangen. Wann, weiß ich nicht. Ich kenne ja noch nicht einmal den Nachnamen."

Als Mona sich von Małgorzata verabschiedet hat und sich die Treppen hinuntergequält hat, natürlich ohne einen Laut von sich zu geben, zieht sie an der Haustür das Handy aus der Tasche. Drei Anrufe von Przemek, eine Nachricht. *Hast du Zeit? Wäre schön. Ich will dir was zeigen.*

Der Fuß schmerzte höllisch. Mona sagte kein Wort davon. Przemek sammelte sie in der Nähe von Małgorzatas Wohnung ein. Er war schnell da. Ein Glück, denn als Mona am Straßenrand stand, war ihr, als müsse sie sich gleich mitten auf den Gehsteig setzen, einfach fallen lassen. Przemek fuhr mit ihr zu Günter Grass. Bloß kein Museum, dachte Mona, bitte heute nicht, bitte nur noch Ruhe. Przemek fuhr und schwieg. Er hielt an einem kleinen Platz, parkte das Auto gleich neben einer Bank.

„Was soll das, die ist besetzt, oder? Da sitzt doch schon jemand." Dann lachte Mona los, Przemek lachte mit, sie blieben im Auto, schauten auf die Bank und lachten. Sah man nicht ganz genau hin, konnte man tatsächlich meinen, es sei der Dichter höchstpersönlich, der da Platz genommen hatte. Gleich neben dem Elternhaus.

Später saß Mona neben dem Dichter auf der Bank. Przemek kniete vor ihr und massierte inbrünstig ihren Fuß. Das Lächeln des Günter Grass.

23

RICHARD

Richard gab auf Barbaras Mailbox seine Ankunftszeit durch. Er freute sich auf zu Hause. Er freute sich auf Barbara. Auf die Kollegen. Auf den Kaffee, den er Barbara jeden Morgen ans Bett brachte. Auf die *Tagesthemen* am Abend. Den Kinobesuch am Freitag. Ihr Ritual zum Wochenabschluss und zum Hineingleiten ins Wochenende. Der Rotwein nach dem Kino. Das Geplänkel um Süßes oder Salziges dazu. Hauptsache was Ungesundes – Barbaras Erdnussflips oder seine dunkle Schokolade. Oder beides. Er fürchtete den Tag, an dem Barbara genauso wie ihre Freundinnen mit Möhrenschnitzen oder Salatblättern ankäme.

Als Richard das Handy weggelegt hatte, fiel ihm ein, dass er versäumt hatte, den Ankunftstag durchzugeben. Übermorgen. Er holte es schnell nach und telefonierte dann kurz mit den Leuten auf seiner Baustelle. Alles so weit in Ordnung. Sie erwarteten ihn draußen. Es sähe dort gut aus. Er würde zufrieden sein. Nur aus dem Treffen im Büro wurde nichts. Drei Leute gleichzeitig in einem Raum, unmöglich. Sein Kollege schien empört über das Ansinnen.

„Besprechungen weiterhin nur über Videokonferenz, ist dir das denn nicht klar?"

Die coronamäßig aufgeheizte Atmosphäre. Die argwöhnischen Blicke. Die richtige Maske? Oft genug gewechselt? Oder tagelang dieselbe? Was war er für einer? Nahm er die Sache etwa nicht ernst?

„Doch, doch, natürlich, genau wie ich!" Aber klang das überzeugend?

Die letzte Woche hatte genügt, ihn das alles vergessen zu lassen.

Hier überbot man sich in Witz. Voller Stolz berichtete Kasia vom Familientreffen mitten im allerstrengsten Regeldiktat. Strikte Personenbegrenzung. Treffen nur mit einem Haushalt. Mit nicht mehr als vier Personen. Sind nicht gerade die strengsten Regeln dazu da, um sich um sie herumzuschleichen? „Nein, nie würden wir sie übertreten. Aber wir zählen die anwesenden Personen einfach anders. Es waren ja auch nicht alle gleichzeitig da, und was ist schon ein einziger Haushalt, da können doch sehr viele dazugehören, manchmal eben auch Nachbarn, und manche haben wir einfach vergessen zu zählen, man kann doch nicht an alles denken. Oder die Schwägerin, die an Covid erkrankte, und für die wir anderen die Einkäufe machten. Rotwein, ihre Lieblingssorte, war natürlich im Einkaufskörbchen. Nur einmal verzichtete die Kranke darauf, ließ ihn kurz mal von der Liste streichen, es sei eine unnötige Geldausgabe, das war, als sie ohnehin nichts mehr schmeckte. Zwei Tage später war die Welt wieder in Ordnung, die Schwägerin hatte den Rotwein wieder auf die Wunschliste gesetzt."

Die waren hier einfach anders, nicht so grundsätzlich, nicht so obrigkeitshörig, immer schlitzohrig, auch ein bisschen rebellisch, aus allem was Lustiges herausholend. ‚Was für ein Blödsinn', schoss es Richard in den Kopf. Konnte er als Ingenieur, als Statiker, denn so denken? Waren das nicht alles Zufälle? Seine Begegnungen mit den Freunden und den Freunden der Freunde? Und den Freundinnen – pardon, liebe Gendergerechtigkeit. Hätte er hier nicht genauso gut ganz andere

Erfahrungen machen können, wenn er so richtig strenge, verängstigte, verbissene Menschen getroffen hätte?

Hätte er nicht, fand Richard, und er spürte, was er übermorgen vermissen würde.

An seinem letzten Tag ließ Richard sich Zeit, viel Zeit, Zeit fürs Abschiednehmen.

Er frühstückte im Hotel in Kalisz.

Er spazierte in aller Ruhe zum Bahnhof, ohne vorher einen Zug rauszusuchen.

Er wartete auf den nächsten Zug nach Poznań.

Ein Bummelzug, der an jeder Milchkanne hielt. Er ging durch zwei Wagen, bis er einen freien Fensterplatz fand. Schaute aus dem Fenster, ohne etwas zu sehen. Holte das Buch aus dem Rucksack, schlug es beim Lesezeichen auf, schaute hinein, ohne zu lesen.

Schlenderte zum Hotel. Packte sorgfältig seine Sachen, faltete jedes T-Shirt, putzte die Schuhe mit dem hauseigenen Schutzputzset und kochte sich einen starken Tee.

Er wollte im Café in der Ulica Żydowska einen Tisch für vier Personen reservieren. Das ging nicht, das Café machte keine Reservierungen. Er musste umplanen, studierte den Stadtplan, überlegte hin und her und entschied sich für das thailändische Restaurant in der Swiete Marcin, drei Schritte vom Hotel entfernt. Er reservierte. Meldete sich bei Piotr. Kasia war am Telefon. Sie freute sich über seine Wahl. Hatte nur Gutes über den Thailänder gehört. Dann erst fiel ihm ein, dass sie ja nur zu dritt wären. Schleppte er Mona im Gepäck mit? Merkwürdig. Wo er sich doch so wohl fühlte ohne sie. Konnte er es noch nicht so recht glauben, dass er es war, hier in Polen, mit Konga, mit Piotr, mit Kasia, mit den Fahrten nach Gniezno und nach Kalisz? Dass er kein Kindermädchen mehr brauchte, niemanden, der ihm sagte, welche Schokolade man mitzubringen hat, was man am besten anzieht, wie lange man bleibt, ohne den Gastgebern auf die Nerven zu gehen. Er fläzte sich mit der Fernbedienung aufs Bett, zappte durch die polnischen Sender, schaltete den Fernseher aus, entdeckte seinen Rucksack mit dem Laptop neben dem Bett, beugte sich rüber und versuchte mit der rechten Hand den Rucksack zu erreichen. Das wollte nicht ganz gelingen, er schob sich näher an den Rand des Bettes, jetzt bekam er den Rucksack zu fassen, zog ihn zu sich ran, hob ihn hoch, ohne seine Position zu verändern, fingerte den Laptop heraus, legte sich in den Kissen zurück, den Bildschirm vor sich auf der Brust, oder vielleicht eher auf dem Bauch. Er suchte deutsche Nachrichten. Und freute sich auf den Abend. Alles verlief ruhig, und so sollte auch der Abend werden.

Das Foto zeigte er Kasia und Piotr.
Das mit seinem Vater und den Freunden, das sie beim ersten gemeinsamen Besuch nur gestreift hatten.
Mit Dariusz natürlich. Und am Rand Wanja.
„Ob ihr ihn wohl kennt?"
„Ja, kennen nicht, aber gehört von ihm. Dariusz hat von ihm erzählt. Arbeiter in den Stalinwerken. Von Anfang an im Poznaner Aufstand an vorderster Front. Ein wirklicher Freiheitskämpfer, so sagte es jedenfalls Vater. Er hatte ihn bewundert. Das spürte ich. Wahrscheinlich hat er, der richtige Arbeiter, die jungen Schüler mitgerissen, in seinen Bann gezogen. Ihm ging es von Anfang an um mehr als um chleb, das Brot. Brot, das war das Thema der Familienväter, die nicht wussten,

wie sie ihre Kinder satt bekämen. Junge Männer wie Wanja, die träumten andere Träume. Freiheit für alle; leben, wie man wollte; vielleicht sogar reisen; jedenfalls eine bessere Welt. Dafür konnten sie sogar zwischendurch auf chleb verzichten. So war Wanja.

Bis die Panzer kamen.

Bis ihn die Schüsse trafen.

Bis er neben Vater zusammenrutschte. Ja, so hat Vater das gesagt, ,zusammenrutschte'. Vater sah, wie der andere, der eben noch aufrecht neben ihm gewesen war, immer kleiner wurde, kleiner und kleiner im Laufen und weiterlief, und dann lag er da. Lag einfach nur da. Auf dem Pflaster.

Vater hatte geschrien: ,Los komm, weiter!', der andere hatte nicht reagiert, Vater hatte ihn an den Schultern gepackt, gezerrt und gezogen, weg von der Menge, die ihn überrannt hätte, bis an den Straßenrand zu den Häusern. Ich glaube, dann hat er geschrien, richtig geschrien: ,Ein Arzt, wo ist ein Arzt?!' Aber das weiß ich nicht, das hat er nicht erzählt. Wollte er wohl nicht. Oder erinnerte sich nicht. Oder wollte sich nicht erinnern.

Sowieso hat er nur ein einziges Mal davon gesprochen. Also, ich meine, mit mir. Wir wanderten. Nur wir beide. An einem ersten Maiwochenende. In der Hohen Tatra. Wir waren immer als Familie gewandert, immer zu dem Maifeiertag. Einmal war es so, da war ich schon im Studium, dass Ewa, meine Schwester, – die kennst du übrigens noch gar nicht, wird Zeit, dass ihr euch kennenlernt – also Ewa hatte sich den Magen verdorben, so sagten die Eltern das und ich war überzeugt, dass sie zu viel gesoffen hatte. Das tat sie damals jedenfalls, das wussten die Eltern nicht, die Freunde, mit denen sie wegging, die hätten ihnen nicht gefallen, wenn sie von deren Existenz gewusst hätten. Ich hatte die mal kurz gesehen. Das hatte mir gereicht. Ewa lag jedenfalls zu Hause im Bett, oder war abwechselnd im Bett und auf der Toilette. Mitfahren konnte sie nicht, das war klar. Janek brauchte die freien Tage, um für Prüfungen zu büffeln. Er hatte oft Prüfungsangst. Ein hundertfünfzigprozentiges Fundament könnte ihn retten, meinte er. Mutter wollte dann auch nicht weg, wollte lieber Tee mit Honig für ihre ‚Kleine‘ bereiten. Vater ärgerte sich, dass Mutter nicht mitwollte, er fand Ewa könne ruhig alleine zu Hause bleiben. Mutter ärgerte sich über seine Herzlosigkeit und sagte ihm das auch; das bestärkte ihn nur noch mehr darin, an seinem Plan festzuhalten. Er war so traditionsbewusst, immer zum Maiwochenende in die Hohe Tatra, die beiden stritten sich, er fuhr mit mir. Es war unsere einzige Reise zu zweit, Vater und Sohn. Es war das einzige Mal, dass er mir von Wanja erzählte. Von Wanja und von Wanjas Tod.“

Die Bedienung brachte das Essen. Eine große Schüssel mit Reis stellte sie in die Mitte. Hühnchen mit Gemüse in einer Erdnusssauce für Piotr, Ente für Richard, eine vegetarische Variante für Kasia. Die junge Dame brachte noch ein kleines Schälchen mit roter Paste – scharf.
„Vorsicht“, meinte Piotr, „ich habe hier schon meine Erfahrungen gemacht.“ Richard und Piotr bestellten noch ein Bier, Kasia einen indischen Gewürztee.
Richard war froh über die Unterbrechung. Sich von dem Reis bedienen, ein Stückchen Ente kosten, der Bedienung zulächeln, ein Schluck Bier; das Löffelchen – das aussah wie seinerzeit aus der Puppenstube seiner Tochter entsprungen – nehmen, ein

Fitzelchen rote Paste auf den Reis geben, umrühren, den Reis erneut probieren und schnell noch ein Schluck Bier.

„Ist tatsächlich scharf."

„Möchtest du das Hühnchen mit Erdnusssauce kosten?"

„Ja, warum nicht, und du von der Ente."

„Und du, Kasia?"

„Nein danke, ich bleibe vegetarisch."

Waren sie nach dieser Woche miteinander vertraut wie eine Familie, fragt sich Richard. Er kennt dieses Hin und Her von Tellern, Gabeln und Löffeln nur vom Essengehen mit Barbara und Luisa. Mit allen anderen gab es sowas nicht.

„Zum Dessert haben wir heute Litschis mit Vanilleeis, überbackene Banane, Schokoladentarte."

„Nein, danke!" Alle drei waren satt und wollten nur noch einen Espresso – Piotr koffeinfrei, es war ja abends. Kasia sagte, sie könne immer Kaffee trinken, auch um Mitternacht und drei Minuten später tief und fest schlafen, kein Problem.

Richard muss noch etwas wissen. Unbedingt. Das mit den Schüssen. Mit dem Panzerfahrer, den die Aufständischen kannten.

Piotr wird wütend.

„Fake News. Nichts als Fake News. Wer hat dir das erzählt? Sicher Konga. Immer das Gleiche mit meiner Cousine. Als wäre das Ganze nicht schon schlimm genug. Ich will dir mal was sagen: Erstens kann man von außen unmöglich erkennen, wer in so einem Panzer sitzt.

Wir haben das tausend Mal überprüft. Sogar an dem Panzer im Museum. Du kannst noch so nah rangehen, du siehst nichts von dem, was da drinnen vor sich geht. Unmöglich einen Menschen, der drinnen sitzt, zu erkennen.

Zweitens, und das ist nachgewiesen, kamen Panzer und Panzerschützen aus anderen Landesteilen Polens, von weit weg, waren hunderte von Kilometern gefahren. Das hatte die Regierung schon so eingerichtet, man kann sagen, geschickt eingerichtet.

Und drittens ist die Sache an sich schlimm genug, und es war wirklich so, dass Polen auf Polen schießen mussten, furchtbar, unsagbar schlimm, da muss man doch nicht so einen rührseligen Quatsch erfinden. Die zieht alles ins Lächerliche, diese Konga. Wenn sie so was in die Welt setzt, dann weiß man nachher gar nicht mehr, was noch stimmt."

Als die Bedienung zum Kaffee einen kleinen Likör anbot, aufs Haus natürlich, lehnten sie nicht ab. Richard wusste gar nicht, ob er noch was hören wollte von Schüssen, Panzern, Blut. Das Essen hatte ihn müde gemacht, mit Piotr und Kasia fühlte er sich vertraut. Ein guter Abend. Ein Abend, nur mit sich alleine, das hätte er nicht für möglich gehalten. Er hoffte, sie würden in Kontakt bleiben. Er wollte sie nicht gleich wieder verlieren. Er hatte die beiden schon nach Hildesheim eingeladen. Er würde das nochmal mit Nachdruck wiederholen. Er hatte den Eindruck, sie würden kommen. Wann war zuletzt jemand, den nur er kannte, zu ihnen zu Besuch gekommen? Also nicht für ein paar Stunden, für ein Wochenende, für länger, jedenfalls zum Übernachten. Barbaras Studienfreundinnen kamen, Barbaras Geschwister kamen, Barbaras Mutter sowieso. Piotr und Kasia

würden kommen, er würde die Betten beziehen, den Kühlschrank füllen, eine Lammkeule zubereiten, ein Ausflugspro-
gramm zusammenstellen.

„Was ich noch sagen wollte …" Piotrs Stimme kam von weit
her. „Damals, als wir in der Tatra waren, nur Vater und ich, da
hat er noch was erzählt. ‚Kämpft weiter', hat er gesagt, zu mei-
nem Vater und zu Martin. Dieser Wanja. ‚Für die Freiheit.
Gebt nicht auf!' Das hat er gesagt, als er schon getroffen war.
Von der Kugel. Und das haben sich die beiden geschworen.
Dein Vater und meiner. Deshalb die große Enttäuschung."
„Welche Enttäuschung?"
„Dein Vater ist gegangen und hat zu meinem Vater gesagt:
‚Warum ich gehe, das geht niemanden was an.' Und Vater hat
mich gebeten, damals in der Tatra, still zu sein. ‚Das erzähl
bitte nicht weiter', bat er mich. Ich habe nichts davon erzählt.
Bis heute nicht. Jetzt ist Vater tot. Da ist es etwas anderes.
Vater hat mir erzählt, wie er neben Wanja auf Hilfe wartete,
viele andere um ihn herum waren geschäftig, trieben einen Arzt
auf, holten eine Liege aus einem Haus, betteten den Verletzten
mit vielen Händen auf die provisorische Liege, legten einen
Druckverband an, da, wo das Blut austrat. Während er dastand,
den Freund fest im Blick, der Liege mit dem Freund folgte,
sich im Krankenhaus wiederfand, stundenlang wartete, keine
Ahnung hatte, wo er war, den Freund verloren hatte, nur ins
Leere starrte."

24

MONA

Es gibt keinen Nachnamen. Przemek ist enttäuscht. Mona berichtet mit ruhiger, klarer Stimme. Wie eine Nachrichtensprecherin. Nur sie selbst spürt einen klitzekleinen innerlichen Triumph. Würde Przemek sie besser kennen, dann könnte er diesen Triumph heraushören, an der zum Ende eines Satzes betonter und kräftiger werdenden Stimme, ehe die Stimme zu Beginn des nächsten Satzes wieder in die ruhigen mittleren Gefilde gleitet. Betonter und kräftiger, das klingt jetzt stärker als es ist, es ist mehr eine Andeutung als eine Veränderung. Richard würde diese Andeutung sofort bemerken, wüsste sogleich darauf zu reagieren, und Richard würde daraufhin still sein, abwarten, möglicherweise das Thema wechseln.

Przemek vermag nicht auf Tonlagen zu achten, das Nichtgesagte zu interpretieren. Wer könnte das schon, wenn die Muttersprache nicht Deutsch ist. Und noch dazu, wenn das Gesagte nach Widerspruch verlangt.

„Lass gut sein. Was ich wissen wollte, das weiß ich."

„Ja, aber, darum ging es doch bei deiner Reise."

„Unsinn. Vor der Reise wusste ich rein gar nichts von Julias Existenz. Also konnte es ja gar nicht darum gehen."

„Du hast mir von deiner Suche erzählt. Von den Briefen. Deshalb bist du gekommen. Und dann haben die Briefe dich weitergeführt. Von Poznań nach Gdansk, von Piotr zu Małgorzata. Von Małgorzata zu Hanka. Zu Julia. Jetzt bist du beinahe am Ziel."

„Es ging um Hanka. Deshalb bin ich gekommen. Und nun lass mich in Ruhe."

„Ich meine ja nur, ich kann versuchen, Informationen zu bekommen. Auch ohne Nachnamen. Manchmal reichen uns winzige Hinweise, ein Datum, ein Einkaufszettel, ein Stück Stoff. Und schon finden wir die Person."

„Lass uns aufhören damit. Przepraszam."

„Warum nur? Das ist doch spannend. Oder wie sagt man es am treffendsten auf Deutsch?"

„Spannend vielleicht für dich. Hör bitte auf damit. Und zwar sofort."

Wie kam das jetzt raus? War sie zu direkt? Zu ruppig? Soll sie wieder was zurücknehmen? Sie will ja wirklich nichts mehr davon wissen. Es reicht.

Doch sie spürt auch, dass er Recht hat. Das ist es ja gerade. Er hat Recht. Und er hat alles im Kopf. Ihre ganze Recherche. Jetzt zählt er ihr alles auf, der Reihe nach. Wie ein Buchhalter. Alles, was sie ihm selbst erzählt hat.

Doch Recht hat er nur in seinem System. Eine Recherche abschließen. Nicht auf halbem Wege stehen bleiben. Bis zum Ende die Spuren verfolgen. Die Trophäe in die Höhe halten. Die Belohnung kassieren.

Sie hat kein System. Und will keins. Will keine Logik der aufeinanderfolgenden Schritte. Will einfach nur hier stehen bleiben. Eine halbe Recherche reicht.

Es reicht.

Sie will Przemek nicht als Ahnenforscher. Geschweige denn als Leichenfledderer. Zusehen, wie er das Seziermesser ansetzen will. Sein triumphierender Blick, wenn er das Innerste nach außen gekehrt hat.

Warum interessiert er sich nicht einfach für sie, statt für ihre Familienleichen im Keller?

Sein fragender Blick. Sie kann ihn jetzt nicht ansehen. Die hilflosen Fragezeichen in seinen Augen bringen sie ins Wanken. Sie will nicht wanken. Sie will ihrer Wut freien Lauf lassen. Sonst müsste sie zugeben, dass sie ihm unrecht tut. Sie selbst hatte ihm ja haarklein von der Recherche erzählt. Es war ihre Idee gewesen, ihn mit ins Boot zu holen. Was kann er dafür, dass sie jetzt nicht mehr will? Gar nichts, müsste sie zugeben, wenn sie ihn anschaute. Sie will nichts zugeben. Ihn nicht anschauen. Wütend sein.

„Aber Mona, wenn deine alte Bekannte den Nachnamen nicht kennt, so lass uns gemeinsam überlegen, wie wir weiterkommen auf der Suche nach dieser Julia."

Wenn Przemek jetzt nicht bald aufhört, ja, was dann? Dann ist sie weg. Endgültig. Ruckzuck.

Dieses Korsett in ihr drin. Schnürt sie ein. Immer enger geschnürt. Die Atmung kurz. Der Atem steckt im Korsett fest. Kommt nicht durch. Steckt irgendwo unterhalb des Kehlkopfs. Wenn das jetzt so weitergeht … Wenn er nicht sofort aufhört … Ach, es ist sowieso zu spät. In ihr ist alles leer.

Er nimmt ihr alles. Ihre Recherche. Ihre Menschen. Piotr, Małgorzata, Hanka und jetzt auch noch Julia. Sie bleibt zurück. Mit leeren Händen. Hat alles verloren. Alles an ihn verloren.

Alles bei ihm. Unter seiner Kontrolle. Er kann triumphieren. Soll er doch triumphieren. Ohne sie.

Przemek nimmt ihre Hand. Mona zieht die Hand zurück.

Przemek schaut Mona an. Mona schaut zu Boden.

Przemek sagt: „Ok, ich lasse das. Kein Problem."

Mona murmelt: „Ok", die Hand gibt sie ihm nicht, der Blick bleibt am Boden.

Sie bleiben stumm und gehen nebeneinander her. Die Altstadt. Ein allererster Hauch von Frühlingssonne. Es könnte so schön sein. Es ist nicht schön. Nicht für sie. Nicht für Mona, nicht für Przemek.

Mona denkt: ‚So geht es immer zu Ende.'

Przemek denkt: ‚Wenn mir doch nur etwas einfiele, wie ich sie wieder gewinnen kann.'

Mona denkt: ‚Er hat „Okay" gesagt. Er hat gesagt: „Ich lasse das." Ich glaube ihm kein Wort.'

Przemek denkt: ‚Und wenn mir gar nichts einfällt, und ich trotzdem alles versuche …'

Mona denkt: ‚Das war's. Jetzt kann keiner mehr zurück.'

Przemek denkt: ‚Das kann es nicht gewesen sein. Es muss irgendwie gehen.'

Sie gehen stumm nebeneinander. Bis zur nächsten Straßenecke. Bis zur Ampel. Die steht auf Rot. Wie zwei perfekt koordinierte Automaten kommen sie in derselben Sekunde zum Stehen. Beide machen einen Schritt mit dem rechten Fuß, beide ziehen das linke Bein heran. Przemek schaut geradeaus. Auf das rote Licht. Mona hebt den Blick, schaut geradeaus. Auf das rote Licht.

Przemek denkt: ‚Und wenn ich jetzt etwas sagen würde, was wäre das? Vielleicht so: „Ich brauche die Recherche nicht, ich brauche dich.“'

Przemek denkt: ‚Wenn ich nicht Ich wäre, dann könnte ich das sagen.'

Przemek denkt: ‚Aber ich bin Ich. Und kann es nicht.'

Die Ampel schaltet auf Grün. Przemek weiß, dass es jetzt sein muss, an dieser Ampel. Und jetzt ist es zu spät, die Ampel schaltet auf Grün, sie werden weitergehen, nebeneinander, wie die Zombies.

Przemek weiß, dass er … ja was eigentlich, nichts weiß er.

Mona kreist ums Warum.

Hätte sie ihm doch gesagt, dass es ihr nicht mehr um Nachforschungen geht. Dass sie genug von der Familie weiß, dass sie das Buch zuklappen möchte. Dass es allerhöchstens um ihn geht. Allerhöchstens. So hätte sie das gesagt. Er hätte ‚allerhöchstens' nicht verstanden. Sie hätte es erklärt. Warum hat sie das nicht gesagt? Jetzt ist es zu spät.

Die Ampel schaltet wieder auf Rot. Mona setzt einen Fuß auf die Straße. Przemek greift ihre Hand und zieht Mona sanft zurück. Mona zieht ihre Hand zurück und bleibt stehen. Schauen auf das rote Licht. Das zu Grün wechselt, wieder zu Rot. Wieder Grün. Przemek zählt die Wechsel der Ampel wie das Bahnen-Zählen im Schwimmbad, wenn er unbedingt die tausend Meter schaffen will. Nie ist er ganz sicher, ob er tausend oder nur neunhundertinzig Meter geschwommen ist.

Die Ampel wechselt. Mona schaut auf das Licht. Przemek schaut auf das Licht. Wie in einer einstudierten Choreographie des Warschauer Balletts drehen sie in derselben Sekunde die

Oberkörper, dann die Köpfe, dann die Blicke. Als ihre Blicke sich treffen, lachen sie los. Und lachen …

Die Ampel wechselt. Keiner zählt die Schwimmbad-Bahnen. Mona und Przemek lachen. Er laut, sie leise.

Kein Kuss, keine Berührung, keine Umarmung.

Dreiundzwanzig Ampelschaltungen später überqueren sie die Straße. Przemek nimmt vorsichtig Monas Hand, drückt sie und lässt sie im Weitergehen wieder los. Mona lächelt still, es gefällt ihr beides, dass er die Hand nimmt, dass er sie wieder loslässt.

25

RICHARD
Die anderen schrieben immer was auf. Hatten kleine Notizheft-chen. Hübsch eingebunden in dunkelblau oder weinrot, hand-geschöpftes Papier in unregelmäßiger Struktur. Die anderen. Jetzt war es anders. Alles anders. Nein, bloß nicht übertreiben – vieles war anders.
Richard holte sein Klemmbrett und den Skizzenblock aus dem Rucksack. Klemmte ein leeres Blatt ein. Der HB2-Bleistift. Gut gespitzt. Noch zwei Stunden bis Berlin. Vergleichen. Zu-rückblicken, Vorausschauen. Vorausahnen. Das wollte er. Und schrieb:

In diesem Zug. Vor zwei Wochen. Mit Mona.
Warum? Keine Ahnung.
Ihr zuliebe.
Wie immer.
Wie ein dummer Teddy rannte ich hinterher.
Immer hinterher.
Nickte mit dem Kopf.
Brummte vor mich hin.
Und war so nett. So weich. So gemütlich.
Wer hätte mich nicht knuddeln wollen?

Vor zwei Jahren – oder war es schon drei Jahre her? Corona brachte alles durcheinander, sogar die Zeitrechnung. Also, vor einigen Jahren hatte ihn Barbara mitgeschleppt. Kurz vor dem Jahreswechsel.

„Das wird dir guttun. Du wirst schon sehen. Den Trainer kenne ich schon lange. Hat was drauf. Wirklich."

Sie hatten geschrieben, wie sie sich fühlten und was sie spürten. Manches ging. Manches gar nicht. Das Schlimmste – er erinnert sich, sein liebster Geruch, sein liebster Geschmack. Barbara war begeistert. Er hatte sich abgemüht, sich gefühlt wie der dümmste Teddybär. Das hatte er nicht geschrieben. Natürlich nicht.

Jetzt ein neues Blatt:

NICHT TEDDY, NICHT BÄR, NICHT HASE.
EINFACH NUR RICHARD... ICH.

Kurz vor dem Aussteigen ergänzte er unten rechts in Schönschrift:

EINFACH ANDERS

und dachte unwillkürlich an die Signaturen bei den alten Meistern.

26

PIOTR
Zwei Wochen nach Richards Abreise fand Piotr das Heft.

Das Arbeitszimmer sollte schon am folgenden Tag ukrainische Flüchtlinge aufnehmen. Wahrscheinlich wird eine junge Frau mit ihrem sechsjährigen Sohn bei ihnen unterkommen. Piotr hatte sich am Bahnhof in der provisorisch eingerichteten Vermittlungsstelle gemeldet. Gleich neben dem Bahnhof, ein Sprung nur bis zum Übergangslager. Helferinnen mit Brot, Milch, Suppe.
Piotr schaute zur Seite und ging schnurstracks in das kleine Büro. Er wollte nichts sehen von dem Elend, er wollte nur helfen. Als er das Büro verließ, fühlte er sich besser. Morgen würde er die Beiden abholen. Jetzt blickte er sich nicht um. Jetzt eilte er nach Hause. Das Arbeitszimmer mit der Gästecouch eignet sich gut. Ist nur recht unaufgeräumt.

Da lagen noch die Fotoalben, die er den Deutschen gezeigt hatte. Auf der Anrichte im Wohnzimmer stapelten sich Stadtpläne und Straßenkarten, die Piotr hervorgekramt hatte. Aufräumen und sortieren – alles wieder an Ort und Stelle. Dann waren da noch all die Bücher aus dem Nachlass seines Vaters; auch Bildbände, Poznań in den dreißiger Jahren, schwarz-weiß-Fotos. Die hatte er rumgezeigt. Alisa hatte sich dafür interessiert. Die Synagoge, der Stary Rynek mit Autoverkehr, verschiedene Ansichten polnischer Landschaften, Hohe Tatra, der schwarze See, unberührte Natur, Trachten in Zakopane. Als er die Bildbände zurückstellte, fiel es ihm auf, zwischen den Romanen, die keiner mehr haben wollte. Jetzt sah er das dunkelrote Büchlein, das eigentlich kein Buch war, mehr ein etwas dickeres Heft, wie ein Doppelschulheft, der Einband rote Pappe und keinerlei Aufdruck. Er schlug es auf, kein gedrucktes Buch, handschriftliche Einträge, auf Deutsch. Er kannte die Schrift nicht. Wer schrieb auf Deutsch? Mona konnte es nicht gewesen sein, das Heft sah ziemlich alt aus. Außerdem kannte er Monas Schrift. Und die von Martin mittlerweile auch. Die seines Vaters sowieso. Sogar, wenn er auf Deutsch geschrieben hatte. Wessen Schrift war das?

Soll er es Mona geben? Oder Richard? Warum gehen die beiden getrennte Wege? Das geht ihn nichts an, aber es stört ihn doch mehr als er dachte. Kasia sagt immer: „Lass die beiden, spielt ja für uns keine Rolle." Da hat sie natürlich recht, seine Kasia, sie lässt das nicht so nah an sich heran. Das kann sie, aber blöd ist es doch mit den beiden, und Alisa steht irgendwo dazwischen. Warum dieses ganze Getue von Mona? Erst konnte es ihr nicht schnell genug gehen, zu kommen, und gleich ihre Familie mitzubringen. Nun, das war gar nicht schlecht, mit Richard war es von Anfang an gut, da konnten ihn Mona und die Vergangenheit nicht einholen, nicht überrollen. Bei Mona wusste man nie. Dann ihr Verschwinden … Es hatte ihn erstaunt, wie locker Richard und Alisa das genommen hatten, und er selbst eigentlich auch. Es war gut, Richard besser kennenzulernen, gerade hatten sie sich alle dran gewöhnt, da tuchte Mona wieder auf, wie eine kleine Wolke, die sich kurz ber die Sonne legt und schon bald wieder verschwindet. Na ja, b Richard im Sonnenlicht strahlte, als Mona wieder weg war?

Vielleicht ein bisschen? Egal. Was ging ihn das alles an. Gar nichts, Kasia hatte vollkommen Recht.

Er nahm das Heft in die Hand, blätterte und las. Nach wenigen Zeilen verstand er. Hankas Heft.

Sonntag 23 Uhr
Gestern mit Gosia Kaffee getrunken, es war wieder kein echter, war nicht zu bekommen, aber wir taten so. G regte sich auf, sie kann sich so herrlich aufregen, ich mag es, wenn sie sich aufregt, weil ich sie dann besonders in mein Herz schließe. Das sage ich ihr natürlich nicht und würde es nie sagen. Es ging wieder einmal um den Schulleiter, er war in ihren Klassenraum reingeplatzt, ohne Voranmeldung, das dürfen Schulleiter, und es ist normalerweise auch nicht so furchtbar schlimm, aber bei Gosia schon, denn bei ihr sitzen die Kinder ja nicht immer brav an ihren Pulten, sie dürfen rumlaufen, sie sollen es sogar. Sie hatten gestern früh in Gosias Polnischunterricht kleine Zettel mit Problemen der polnischen Grammatik gezogen, sollten rumlaufen und sich gegenseitig dazu befragen. Gosia hatte natürlich alles unter Kontrolle, sie sagt, die Kinder lernen besser, wenn sie nicht nur ihren Geist, sondern auch ihren Körper bewegen. Ich kann das nicht beurteilen, vor allem denke ich, sie lernen, weil sie Gosia mögen. Jedenfalls platzte der Schulleiter rein, er hatte wohl vor der Tür gelauscht, meinte Gosia nachher, er blieb in der Tür stehen, alle verharrten in ihrer Bewegung, in das Schweigen hinein seine Worte: „Kommen Sie bitte um 12 Uhr in mein Büro."
Die Standpauke in der Mittagspause regte Gosia weniger auf als der Moment des Reinplatzens, in dem er alles zerstört hatte.

Wir tranken unseren schlechten Kaffee, und natürlich mussten wir ihn mit unserem Aufgesetzten veredeln. Wir genossen die Süße auf der Zunge und die Wärme beim Schlucken. Wurden später albern, Gosia neckte mich, fragte mich nach allen aus, die mir den Hof machen, die gockelig um mich herumtanzen, ahmte sie nach in ihren verzweifelten Bemühungen, mich rumzukriegen. Köstlich.

Abends im Bett war die Likörsüße verflogen. Und in mir wieder die Klarheit, es gibt keinen für mich. Niemanden und niemals.

Piotr las weiter. Er las über allerlei Begegnungen, die Hanka schilderte, Männer, immer wieder Männer, und jedes Mal zieht sie sich zurück. Piotr liest und fragt sich: Hat sie ihnen Hoffnungen gemacht? Jeder von ihnen schien ihm nett. Warum nur konnte sie sich nicht entscheiden? Er empfindet Mitleid mit den Männern, schüttelt über sich selbst den Kopf. Und liest weiter.

Mittwoch, morgens um 4 Uhr, wenn alle normalen Menschen schlafen, nur ich nicht

Wieder mal kreisten meine Gedanken um Martin und darum, was er Julia angetan hatte, oder besser gesagt ihrer Mutter.

Darüber kann ich nicht mit Gosia sprechen, es ist das Einzige, was ich mit ihr vermeiden sollte, sie trauert wohl ihr Leben lang um Martin, auch wenn sie die Gabe hat, die mir leider völlig fehlt, die Vergangenheit hinter sich zu lassen, ihr Leben zu gestalten.

Ich bewundere sie dafür und werde es nie können.

Er schickt weiter Geld, manchmal Päckchen, Bohnenkaffee.

Freitag, 18. März 1974

Ich fasse es nicht. Unbegreiflich. Katastrophal.

Ich habe die Akte gesehen.

Mit meinen Augen. Verbrannte Augen.

Die Anmeldung. Beim Amt. Julias Geburt.

Mutter: Krystyna B.

Vater: unbekannt.

Die Anmeldung hat er vorgenommen. Dreimal habe ich nachgefragt. „Ja", sagte der Beamte mir, „die Anmeldung ist von ihm. Da steht sein Name." Da steht Martin mit seiner Unterschrift, alles rechtmäßig angegeben, alles korrekt eingetragen. Martin als Anmelder.

Verleugnung und Anmeldung gleichzeitig.

Ich fasse es nicht.

Mit so einem Bruder leben, es geht nicht, ich kann es nicht, ach, wäre ich doch nicht zum Amt gegangen, hätte ich bloß nicht Julia helfen wollen. Sie hatte mir gesagt, sie brauchte demnächst Papiere für die Ausbildung, wenn sie mit der Schule fertig wäre, sich um eine Lehrstelle bemühen würde, wusste nicht, wo sie die Papiere bekam, ich wollte helfen, wollte die beglaubigten Abschriften für sie besorgen. Hätte ich das doch nicht getan. Ich wäre ohne dieses Wissen.

So sehe ich ihn vor mir, nervös, seine Tochter ist zur Welt gekommen, wie kann er jetzt das Geheimnis wahren, bevor Krystyna zum Amt gehen wird, die Anmeldung vornehmen wird, man wird sie fragen, wer der Vater ist. Sie wird ihn nennen. Er musste schneller sein. Noch lag sie im Wochenbett.

Er ging hin und sagte ‚Vater unbekannt'.

Und ich fasse es nicht.

Das war der letzte Eintrag. Danach nur noch ein paar leere Seiten.

Piotr schaute erneut auf das Datum. März 1974.

Im April 1974 war Hanka aus dem Leben geschieden.

Wie war das Tagebuch zu seinem Vater gekommen?

Das deutsche Tagebuch zu seinem polnischen Vater.

Piotr blätterte vor und zurück.

Vielleicht hatte das Heft beinahe fünfzig Jahre bei seinem Vater gelegen.

Sollte es jetzt zu den Deutschen kommen?

Piotr schob das rote Heft wieder zurück ins Regal. Es verschwand zwischen den großen Bildbänden.

27

SECHS MONATE SPÄTER
IN ALISAS GARTEN

Schon morgens um 10 Uhr erreicht das Thermometer 29 Grad.
Für den Nachmittag sagt *Wetteronline* 36 Grad voraus.

„Wir brauchen Schatten im Garten, ich kümmere mich drum."
Thomas ruft zur Küchentür hinein, er vermutet Alisa zu Recht
in der Küche.
„Komm aber bitte rechtzeitig zum Abholen", ruft sie zurück.
„Ok, wann?"
Alisa wirft einen Blick auf ihr Handy.
„Also, Mama schreibt, dass die alte polnische Dame um 13:25
Uhr am Hauptbahnhof ankommt, Mama wird zum Bahnhof
fahren, dann will sie mit der alten Dame den Bus zu uns nehmen. Ich habe ihr schon geantwortet, dass wir mit dem Auto
zum Bahnhof kommen, die polnische Freundin ist ja ziemlich
alt und hat eine ewig lange Fahrt hinter sich. Wen Mama sonst
noch so im Gepäck hat, weiß ich nicht. Ich vermute, den polnischen Freund. Für halb zwei brauch ich also auf jeden Fall das
Auto. Die anderen, also Konga und so, kommen erst gegen 15
Uhr. Außerdem will sich Onkel Richard um die kümmern. Ach
ja, Oma! Ich frag gleich noch mal bei Onkel Richard nach, ich
glaube, er bringt sie mit. Es geht also nur um Mama um halb
zwei. Dann sind da noch Piotr und Kasia, die kommen sowieso
mit dem Auto. Sind, glaube ich, schon vorher bei Richard zu
Besuch gewesen."

Thomas weiß, dass er jetzt nichts Falsches sagen darf. Er denkt an ihr langes Gespräch gestern, gleich nachdem er Jonas ins Bett gebracht hatte. Sein Fazit hieß: „Ruhe bewahren." Alisa hatte davon gesprochen, sich nicht provozieren zu lassen, Abstand zu ihrer Mutter zu halten.

„Vorsicht ist die Mutter der Porzellankiste, besonders bei diesem Neustart", das hatte Alisa so gesagt, es sich fest vorgenommen.

„Mach dich nicht verrückt, bis um halb zwei bin ich dreimal zurück. Außerdem wollte ich sowieso die Abholfahrten übernehmen. Du kannst solange hier allem den letzten Schliff verleihen, aber nur wenn du willst. Besser, du gönnst dir schon mal einen Prosecco, das entspannt."

„Hör auf damit, ich komm schon klar. Der Bienenstich ist fertig, die Kirschtorte mach ich gerade, dann fehlen noch die Dips. Ach, halt, ich hab nicht genug Brot, kannst du schnell noch beim Bäcker vorbei? Danke! Und was ist das überhaupt mit dem Schatten im Garten? Was hast du vor?"

„Ich besorg nur ein paar Sonnenschirme. Oder willst du, dass sich zehn oder zwölf unter unseren kleinen Schirm quetschen? Geht ja wohl gar nicht."

„Was heißt hier besorgen? Was sollen wir nachher mit zig Sonnenschirmen anfangen? Ich fass es nicht." Alisas Stimme klang jetzt schrill.

„Ich kann nicht mehr. Am Ende holen sie sich alle einen Hitzschlag. Hätte ich doch nie diese bekloppte Idee gehabt. Und ich habe mir vorgestellt, das wäre gut, so ein Familiengartenfest. Alle zusammenbringen, alle und die polnischen Freunde. Diese bekloppte Hitze. Wie sollte ich damit rechnen?!"

Thomas wusste, was jetzt seine Aufgabe war. Völlig ruhig bleiben. Später würde sie wieder strahlen, mit allen anstoßen, lustig und spritzig sein, und abends oder eher nachts todmüde wie ein Stein, aber glücklich, ins Bett fallen.

„Lass mich das machen. Ich habe schon bei Carlo und Ines angerufen, die haben zwei Superschirme, letzter Schrei, wir können beide haben, sie sind sowieso woanders verabredet. Und einen dritten als eiserne Reserve hole ich bei Manni. Zum Abholen bin ich rechtzeitig zurück. Ach so, Brot besorge ich unterwegs, Vollkorn und kräftiges Bauernbrot."

Die Idee mit den Schirmen war gut. Das Thermometer stieg minütlich. Essen gab es viel zu viel. Klar, wer hatte schon mit der Hitze gerechnet?

Dafür floss das Wasser – nicht der Wein – in Strömen. Auf dem Weg zum Bahnhof hatte Thomas noch beim Getränkemarkt angehalten. Drei weitere Kästen ins Auto. Zweimal Medium, einmal Classic.

Mona hatte tatsächlich den Überraschungsfreund im Gepäck. Thomas hatte sie und Przemek am Bahnhof abgefangen. Gemeinsam warteten sie auf den verspäteten Zug aus Berlin. Die alte Dame aus Gdansk hatte dort bei Freunden übernachtet.

Piotr und Kasia kamen mit so einem richtig dicken Spritfresser, das hatte sich Alisa schon fast gedacht. Überraschend war, dass auch ihr Sohn und seine Freundin dabei waren.

„Ok, das senkt den Altersschnitt etwas", sagte Alisa auf dem Weg in die Küche zu Thomas.

„Läuft doch alles prima", wagte Thomas eine erste Einschätzung.

„Na ja, das sagst du jetzt, ich weiß noch nicht so. Hoffentlich. Warte, ich muss schnell neue Eiswürfelbehälter füllen."

„Lass mich das mal machen, und geh zu deinen deutsch-polnischen Gästen." Thomas schickte Alisa aus der Küche.

Alisa hatte Mona begrüßt, mit einer leichten Umarmung, nicht überschwänglich, nicht kühl, nicht ganz so locker, wie sie wollte, aber ohne Magenschmerzen. Beim ersten Aperol Spritz entspannte sie sich ein wenig, beim zweiten noch mehr, danach trank sie lieber erst mal Wasser. Jonas rannte auf seine Oma zu, blieb abrupt einen Meter vor ihr stehen, drehte sich zu Alisa um, klammerte sich mit beiden Armen an ihr rechtes Bein und drehte den Kopf in Richtung Mona – blieb aber in der Umklammerung. Mona ging in die Knie, stellte ihre Tasche vor sich ab, Jonas schaute zu. Als sie den Reißverschluss der Tasche öffnete, drehte er sich ganz zu ihr, löste sich aus der Beinumklammerung, musterte das Päckchen, das Mona herauszog und ihm in die Hand gab. Zusammen holten sie Bobo Siebenschläfer aus dem Papier; zusammen saßen sie auf dem Küchenstuhl und lasen. Am Abend konnte zumindest Jonas das Buch auswendig und korrigierte Oma, wenn sie ein winziges Wort wegließ oder verdrehte.

Als Alisa zum hundertfünfzigsten Mal auf die Straße geschaut hatte und beim hunderteinundfünfzigsten Mal den klapprigen Golf von Richard um die Ecke biegen sah, fiel ein Gewicht von ihr ab. Alisa kniff die Augen zusammen und versuchte zu erkennen, wen Richard da alles mitgebracht hatte. Vorne erkannte sie Oma, hinten quetschten sich Tante Barbara, Luisa, Konga und Witold zusammen. Wie Richard sie alle in das Auto gekriegt hatte, ein Rätsel, verboten sowieso. Richard rannte um das Auto herum zur Beifahrertür, seine Mutter hing tief in den ausgeleierten Polstern, Richard half ihr aus dem Auto. Die alte Dame trat vorsichtig von einem Bein aufs andere, strich sich die Haare glatt, klemmte ihre Handtasche unter den Arm und ging zum Eingang. Richards Versuche, ihr den Arm zu reichen oder sie zu stützen, wehrte sie vehement ab.

Barbara blieb eine Weile neben der Autotür stehen, schaute sich suchend um, wusste wohl nicht so genau, wohin. Luisa kletterte als Letzte aus dem Auto, reckte und streckte sich, rannte lachend Alisa entgegen. Luisa machte sich aus der festen Umarmung mit ihrer Lieblingscousine los, lief zu ihrer Mutter zurück, hakte sich bei ihr unter und zog sie zur Cocktailbar, wo Thomas mehr oder weniger starke Drinks mixte. In welchem Zustand Konga und ihr Mann aus dem Auto kletterten, wusste später niemand mehr zu sagen. Nach Małgorzatas Freudenschrei, ihre Tochter hier zu treffen, erhob Alisa das Glas, diesmal wieder alkoholisch gefüllt, und begann ihren Willkommensspruch.

Jetzt war seine Alisa in ihrem Element, dachte sich Thomas, als er bewundernd spürte, wie die Anspannung in Hundertstelsekunden von seiner Freundin abfiel, wie sie sich nach rechts und links drehte, abwechselnd Polnisch und Deutsch redete, ihre Tage in Poznań erwähnte, mit jedem anstieß, jeden und jede der Runde vorstellte.

Mona mit Jonas, der nicht von ihrer Seite wich, Przemek und Małgorzata; Piotr und Kasia, Sohn Antek und Freundin Pola, Oma und Onkel Richard, Tante Barbara, Luisa, Konga und Witold, und dann drehte Alisa eine Pirouette, stoppte zehn

Zentimeter vor Thomas und küsste ihn auf die Nase: „Mein liebster Thomas!"

Gut, dass der liebste Thomas mehrere Sonnenschirme besorgt hatte. So konnte neben der allgemeinen, herzlichen Verbrüderung auch ein innerpolnischer Dissens überbrückt werden. Konga und Witold trafen sich keine Sekunde an diesem langen Nachmittag und Abend am Schirm mit Piotr und Kasia. Ein paar giftige Blicke genügten – alle verstanden. Die Familie wird zwar meterhoch und noch höher gehalten in Polen, aber manche aus der Familie werden wohl bewusst so hoch in die Luft gehalten, dass sie unmöglich Gift spritzen können.
Luisa folgt Alisa in die Küche. Gemeinsam füllen sie Tabletts, gehen von Tisch zu Tisch, von Schirm zu Schirm, immer wieder neue gebackene Köstlichkeiten.
„Schlaraffenland", lacht Luisa. „Und sogar vegane Kuchen!", freut sie sich. Könnte nicht Luisa immer mit ihr sein, denkt sich Alisa, als sie so unbeschwert wie noch nie mit ihrer Mutter plaudert.

Przemek schwitzt. Er zieht sein Jackett aus. Suchend schaut er sich um. Mona versinkt mit ihrem Enkel in einem Liegestuhl, ein Buch auf den Knien. An einem Tisch erkennt er den Freund der Tochter. Die Tochter läuft mit Kuchen von Tisch zu Tisch. Die anderen kennt er nicht. Obwohl sie vorhin alle von Monas Tochter vorgestellt wurden. Das ging ihm zu schnell. Er nimmt sein Jackett, geht ins Haus, durchquert das Wohnzimmer, kommt in einen Flur, fragt sich kurz, ob er vorhin durch diesen Flur mit Mona gegangen ist – er weiß es nicht. Er hatte damit zu tun, Monas Erklärungen zu folgen, die gleichzeitig mit dem jungen Mann, den sie am Bahnhof getroffen hatten, auf ihn einredete, beide wollten ihm alles erklären. Herauskam, dass er gar nichts verstand. Przemek öffnet eine Tür – die Toilette. Nicht schlecht. Er lässt sich kaltes Wasser über die Hände laufen, drückt die Hände ins Gesicht, schöpft erneut Wasser, streicht sich über die Schläfen. Aus der Gesäßtasche zieht er einen Kamm, fährt sich über die Haare. Eine Strähne fällt immer wieder halb ins Gesicht.

„Sieht blöd aus", sagt er seinem Spiegelbild; er hält den Kamm unter den Wasserhahn, fährt sich erneut ins Haar, holt noch zweimal Wasser auf den Kamm und klatscht energisch die Strähne fest. So könnte es gehen.

Neben der Toilette entdeckt Przemek eine Garderobe. Er kann seine Jacke loswerden. Muss nur nachher daran denken. Was heißt hier nachher? Er hat keine Ahnung, wie lange Mona bleiben will. Übernachten scheint sie bei ihrer Tochter nicht zu wollen. Zumindest war davon keine Rede. Er hat Mona gefragt, sie reagierte schnippisch.

„Lass uns doch einfach mal sehen, wie es läuft, musst du immer schon alles vorher wissen, brauchst du einen Plan für jede Minute?"

Er hat dann nichts mehr gesagt. Es war ihm egal. Nicht egal war ihm, dass es Mona gut ging. Nicht egal war ihm, dass sie ihn dabei haben wollte, bei ihrem deutsch-polnischen Treffen. Nicht egal war ihm, dass er Monas Bruder kennenlernen wollte. Ihm was sagen wollte. Das brauchte Mona allerdings nicht zu wissen.

Alisa und Luisa gefallen sich als strahlende Serviererinnen. Sie tänzeln von Schirm zu Schirm, machen bei Thomas Halt, der gerade mit der Witz sprühenden Konga im Gespräch ist. Konga greift lachend nach einem Stück Bienenstich, greift fest zu, die Füllung quillt an der Seite heraus, Kongas linke Hand ist eine einzige Bienenstichfüllung. Alisa reicht ihr drei Papierservietten auf einmal und danach eine Kuchengabel.

„Thomas, das ist so genial, was du da mit diesen Schirmen gemacht hast."

Das findet Thomas übrigens auch. Da sieht er den polnischen Freund oder Bekannten, oder was auch immer, von Alisas Mutter auf sich zukommen. Der sieht richtig nett aus. Vielleicht kann er so von dieser Konga loskommen, die ihn schon eine halbe Stunde lang zutextet mit Familiengeschichten, von Menschen, die er noch nie gesehen hat, von denen er noch nie gehört hat, die er vermutlich nie sehen wird. Alisa scheint die Frau zu mögen, jedenfalls strahlt sie sie an. Na ja, das will nichts heißen, wenn Alisa gute Laune hat, kann sie jede und jeden anstrahlen.

Thomas geht ein paar Schritte auf Przemek zu und lenkt ihn vorsichtig zu einem anderen Sonnenschirm. Przemek wundert sich über die Zielstrebigkeit, mit der er da geschoben wird. Wie ein Tanzlehrer in der Tanzstunde, bis es auch der Dümmste begriffen hat. Er lässt sich schieben. Schließlich will er ja etwas loswerden, nicht bei diesem jungen Mann, aber der kann ihm hilfreich sein bei seiner Mission.

„Ist nicht auch der Bruder von Mona hier, dieser Richard?", fragt er ihn.

Dann ist da noch die morsche Bank. In der hinteren Ecke des Gartens. Da, wo das Unkraut stehen bleibt. Thomas und Alisa beginnen immer vorne neben der Treppe mit dem Unkrautjäten. Nach zwanzig Minuten verlässt sie die Lust, nach dreißig Minuten schreit Jonas, weil er mit den Brennnesseln Bekanntschaft gemacht hat. Alisa als Trösterin ist erlöst vom Unkraut. Thomas rupft weiter; vor der Ecke am Zaun verlässt ihn der Mut. Zu viel Gras, Nesseln, Giersch. Er schaut auf die Uhr. „Wir müssen los. Ich muss noch einkaufen und kochen."

Und weil es jedes Mal so geht, weil sie immer neben der Treppe anfangen, weil die Natur immer Tücken bereithält – wenn es nicht Brennnesseln sind, sind es Stechmücken oder Wespen –, bleibt die morsche Holzbank im Wildwuchs. Verwunschen.

Seit einer Weile sitzen dort Małgorzata, Alisa und Luisa. Genau genommen nur Małgorzata und Alisa. Luisa lagert gegenüber im Gras.

Małgorzata erzählt. Alisa und Luisa staunen. Diese alte Dame hat ihren Großvater geliebt. Auch wenn die Liebe nicht vermochte, sie beieinander zu halten. Und weil sie ihn liebte, konnte sie in ihn reinschauen. Sie möchte jetzt nach siebzig Jahren loswerden, was sie da in ihm gesehen hat. Sein Leiden an der Familie. In der Familie. Die deutsche Familie, wie alle verächtlich sagten. Sie blieben und wurden als Deutsche verhöhnt.

Lange wusste Gosia nicht warum. Warum ihre Mutter nicht wollte, dass die Kinder zu den Nachbarkindern gingen, warum die Nachbarn nicht miteinander sprachen, warum Martin auswich, wenn sie ihn fragte. Was wusste er? Was ahnte er?

Später hatte Gosias Mutter die Mauer des Schweigens durchbrochen. Hatte den Kindern, also Darek und ihr, alles erzählt. Dariusz war nun tot. Jetzt war sie die Einzige, die sich an die Worte ihrer Mutter erinnern konnte.

Ihre Mutter nahm es nur zähneknirschend hin, wenn die Nachbarskinder sich nach der Schule trafen. Den Schulweg konnte sie den Kindern nicht verbieten. Während des Krieges, als Gosia ganz klein war, da war die Distanz zwischen den Erwachsenen deutlich spürbar, nach dem Krieg wurde sie zur Mauer.

Vor dem Krieg waren die Familien befreundet. Nachbarschaft. Die Väter waren Kollegen. Arbeiteten zusammen an der Oberschule. Tauschten sich über die Schüler aus, über die Kollegen, über den Schulleiter. Am Sonntagnachmittag trafen sich die Familien, aßen Szarlotka und Streuselkuchen und tranken Aufgesetzten.

Das konnte immer so weiter gehen, und es ging weiter, bis die Nazis kamen. Im September '39 war es vorbei. Die Nazis schikanierten die polnische Intelligenz. Lehrer wurden reihenweise inhaftiert, ohne Grund. Erst mal inhaftieren, möglicherweise später freilassen, das war die Einschüchterungsmaschinerie. Martins Vater war nach ein paar Tagen wieder zu Hause. „Sprecht nur noch Deutsch!", befahl er seiner Familie. „Kein polnisches Wort mehr!" Wie war er so schnell entlassen worden? Małgorzatas Mutter wusste es. Seine Frau hatte Papiere zusammengesucht, hatte Wurzeln ausgegraben, deutsche Wurzeln. Das hatte geholfen. Der Vater von Gosia und Dariusz blieb im Lager. Die Mutter versuchte Kontakt zu ihm zu finden. Ging zur Kommandantur. Stieß auf verschlossene Türen. Nach vier Monaten war er wieder da. Im Januar 1940. Man hatte ihm keine antideutschen Machenschaften nachweisen können, hieß es. Er sprach wenig. Mit dem Nachbarn sprach er kein Wort.

„Und warum kam es zu dem Zerwürfnis?" Luisa schaut die alte Dame fragend an.

„Was Martins Vater gemacht hatte. Wir wissen es nicht genau. Die Vermutungen waren niederschmetternd. Es war nicht nur so, dass seine Frau blitzschnell die entsprechenden Papiere auf die Behörde brachte – so wurde es später immer gesagt. Es ging auch um Verrat. Das merkte unser Vater in den Verhören deutlich, sagte selbstredend nichts, als er nach vier Monaten entlassen wurde, als gebrochener Mann, sprach kein Wort mehr mit dem Nachbarn. Nach dem Krieg sagte er es, sagte es seiner Familie, schrie es in seiner Wut und Enttäuschung so raus, dass es alle mitbekamen. Nicht er selbst war verraten worden, sonst wäre er nicht freigekommen, jedoch andere, die Folter und Haft nicht überlebten.

Das sagte unsere Mutter. Martin schämte sich dessen, wie sein Vater seine Haut gerettet hatte.

Jetzt wisst ihr, warum euer Großvater wegging, nach Deutschland ging. Martins Vater starb in den 60er Jahren an einem Herzinfarkt. Ich erinnere mich an ihn, still, in sich gekehrt. Euer Urgroßvater."

Alisa sagt leise: „Wir wissen absolut gar nichts."

„Das stimmt nicht", sagt Małgorzata. Jetzt wisst ihr mehr als eure Eltern.

„Alisa, weißt du, ich konnte das deiner Mutter nicht sagen. Sie kam zu mir und wollte vieles wissen. Ich habe es nicht geschafft, ihr das zu erzählen. Was ich ihr auch nicht sagen konnte, war Folgendes. Fast die gesamte deutsche Bevölkerung Poznańs wurde zwischen 1945 und 1947 vertrieben. Eure Familie nicht. Wieder hatten sie Papiere hervorgekramt, wieder ging es um Wurzeln, diesmal polnische. Sie blieben. Eisernes Schweigen. Oder sagt man eisiges Schweigen? Euer Großvater hielt das nicht aus. Er ging."

Thomas lässt Musik laufen, schenkt Wein und Bier nach, schaut nach Alisa. Sein Blick schweift über die Tischgruppen. Wo könnte sie sein? Arm in Arm mit Luisa kommt sie aus der wilden Ecke. Einen Arm um Luisa geschlungen, hält sie jemanden an der anderen Hand. Wen bloß? Eine relativ kleine Person. Die drei kommen näher. Thomas erkennt die alte polnische Dame, der man übrigens die Strapazen der Reise keineswegs anmerkt.

Konga singt. Die anderen summen mit. Konga tanzt. Die Anderen wiegen sich in den Hüften. Mona tanzt mit Jonas. Piotr kommt hinzu. Sie tanzen zu dritt. Kasia tanzt mit ihrem Sohn. Das Lied ist zu Ende. Piotr holt Aperol für Kasia, Mona und Antek. Eine Limonade für Jonas.

„Gut siehst du aus", sagt er zu Mona.

„Das ist die Danziger Luft, ich war seit Februar dreimal dort", antwortet Mona und lächelt. „Und es war sicher nicht das letzte Mal, weißt du", fügt sie hinzu und zeigt in Przemeks Richtung. „Im Winter will ich für mindestens vier Wochen hin."

Przemek und Richard stehen etwas abseits unter dem kleinen Schirm in der Ecke.

Vertieft ins Gespräch. Przemek sagt, dass er Experte für Familienrecherche ist. Richard hat Interesse an Recherche. Richard weiß, dass seine Schwester damit abgeschlossen hat und erfährt nun, dass Przemek recherchiert hat. Mit leiser Stimme ergänzt Przemek, dass Mona nichts davon wissen will, kein einziges Wort, dass alles unter Männern bleiben muss. Er fragt, ob Richard mehr hören möchte. Richards Interesse ist größer als je zuvor.

„Bitte sag es mir. Was hast du herausgefunden?"

Przemeks Stimme wird noch leiser. Er beugt sich über den Tisch zu Richard.

„Diese Julia, hast du von ihr gehört?"

„Ja, natürlich."

„Sie lebt in Süddeutschland."

„In?"

„Warte mal, mein Zettel. In Heilbronn. Ihr Nachname …", er wird noch leiser, „ … Kriegel."

„Wie bitte?"

„Ja, Kriegel. Hier sind E-Mail-Adresse und Telefonnummer." Den Zettel schiebt er Richard rüber.

„Sie ist übrigens die Tochter von Martin Czernowicz. Eure Halbschwester. Die Unterlagen habe ich in meinem Laptop. Kann ich dir gerne nachher zeigen. Kann ich dir auch weiterleiten."

„Wie hast du das alles…?", stottert Richard.

„Herausgefunden habe ich das über die Melderegister. Na ja, ich kenne mich etwas aus. Ahnenforschung ist so was wie mein Hobby. Aber ganz leicht hat euer Vater es mir nicht gemacht. Er hat diese Tochter erst sehr spät anerkannt. Das geht aus den Unterlagen beim Melderegister hervor. Da stand jahrelang ‚Vater unbekannt'. Geändert wurde das in den Akten erst Ende der 80er Jahre. Doch, bitte, kein Wort zu Mona. Versprochen?"

„Versprochen", murmelt Richard.

Hat Richard zu viel getrunken? Er ist sich nicht sicher. Sicher ist, er wird diese Julia anrufen. Er wird zu ihr fahren. Er wird die neue Schwester kennenlernen.

Und seinem Vater verzeihen? Vielleicht.

* * *

Danksagung

Zahlreiche Informationen über den Poznaner Aufstand von 1956 erhielt ich im Gespräch mit meinen polnischen Freundinnen und Freunden. Mein herzliches Dankeschön dafür geht an Sylwia Adamczak-Krysztofowicz und Darek Krysztofowicz.

Über die Autorin

Angela Schmidt-Bernhardt wurde in Schleswig geboren zwischen Nachkriegszeit und Wirtschaftswunder. Heute lebt sie in Marburg/Lahn. Sie studierte Romanistik und Sozialwissenschaften in Bochum, lebte und arbeitete einige Jahre im Südwesten Frankreichs, unterrichtete  danach viele Jahre in Schulen und Universitäten. 2007 promovierte sie an der Universität Marburg zum Thema „Jugendliche Spätaussiedlerinnen – Bildungserfolg im Verborgenen". Im Jahr 2021 schloss sie den Masterstudiengang im Bereich ‚Biografisches Kreatives Schreiben' an der Alice Salomon Hochschule / Berlin ab. Mit Begeisterung vertieft sich Angela Schmidt-Bernhardt schreibend in Verflechtungen von persönlichen Schicksalen und zeitgeschichtlichen Entwicklungen. Ihr Interesse an unserem Nachbarland Polen entwickelte sich in zahlreichen Studienprojekten. Im Winter 2016 war Angela Schmidt-Bernhardt ein Semester als Gastdozentin in Poznań tätig. Aus diesen Erfahrungen keimte die Idee zu dem vorliegenden Roman.

Weitere Veröffentlichungen der Autorin:

- *Spätsommerhimmel in Sanssouci*, 2012
- *Oktoberzug nach Riga*, 2014
- *Zwischenwelten*, 2016
- *Das Wilhelminische Schloss*, 2019

Unsere BÜCHERSTUBE
im LESSINGHAUS in Berlin

Nikolaikirchplatz. 7, 10178 Berlin

(Nikolaiviertel, Nähe S-Bf. Alexanderplatz)

Öffnungszeiten

Di – Fr   11.00 – 17.00 Uhr

Wir bieten Ihnen Bücher, DVDs und CDs

zu den folgenden Themen an:

Osteuropa, Berlin und

Deutsche Aufklärung des 18. Jahrhunderts,

sowie geisteswissenschaftliche Fachliteratur.

www.lessinghaus.eu

www.anthea-verlagsgruppe.de